U0745510

GEMINI MAN

THE OFFICIAL MOVIE NOVELIZATION

双子杀手

美国泰坦图书　著　洪丹莎　陈拔萃　译

图书在版编目（CIP）数据

双子杀手 / 美国泰坦图书著 ; 洪丹莎 , 陈拔萃译
. -- 北京 : 北京联合出版公司 , 2019.11
ISBN 978-7-5596-3724-6

Ⅰ . ①双… Ⅱ . ①美… ②洪… ③陈… Ⅲ . ①长篇小说—美国—现代 Ⅳ . ① I712.45

中国版本图书馆 CIP 数据核字 (2019) 第 233374 号

北京市版权局著作合同登记号：图字 01-2019-5323

This translation of GEMINI MAN:THE OFFICIAL MOVIE NOVELIZATION,
first published in 2019,is published by arrangement with Titan Publishing Group Ltd
through The Grayhawk Agency LTD.

双子杀手

作　　者：美国泰坦图书
译　　者：洪丹莎　陈拔萃
责任编辑：管　文
封面设计：吴黛君

北京联合出版公司出版
（北京市西城区德外大街83号楼9层 100088）
北京新华先锋出版科技有限公司发行
涿州汇美亿浓印刷有限公司印刷　新华书店经销
字数136千字　787毫米 × 1092毫米　1/16　14印张
2019年11月第1版　2019年11月第1次印刷
ISBN 978-7-5596-3724-6
定价：59.00元

第 1 章

从比利时列日开往匈牙利布达佩斯的火车行驶路线可谓蜿蜒曲折——首先要穿过德国和奥地利，然后沿着斯洛伐克西南部弯弯曲曲的边界行驶，最终朝着匈牙利中北部长驱直入，到达布达佩斯。这一路少说要花十三个小时，往多了说，可能要整整一天，这取决于火车经停的站点数量和转乘的次数。从列日市是无法直达布达佩斯的，中途必须转乘。一般人转乘四到五次就可以了，也有人需要转乘七次甚至十次。

了解了这些，你大概能理解为什么说瓦莱里·多尔莫夫的这趟出行安排算得上是一个小小奇迹了——他只换乘了两次！第一次是在法兰克福站，第二次是在维也纳站。而且全程只停靠了十一个站，就算把布达佩斯站算上也才十二个——耗时绝对不到十三个小时。

不过，这样绝妙的行程并不是多尔莫夫自己安排的，而是出自从不露面的幕后人员之手。这些幕后人员能从三个维度来分析列车时刻表，而大多数普通人看到的只是一堆时间数据，他们无法把这些时刻完美地衔接起来。

多尔莫夫心想，幕后人员从地下办公室把巧妙的行程安排呈给上司过目的时候，可能还是会免不了受一顿唠叨，上司肯定会埋怨“怎么停靠的站点这么多”，而不会为他们的成果鼓掌，或是拍拍他们的背鼓励他们。可是中途停靠的事情谁也没有办法改变——这儿又没有直达列车。欧洲没有那种可以开上连接城市与城市的立交桥的火车。

瓦莱里·多尔莫夫并不介意火车在中途停靠其他站点，但是他的保镖们都很紧张。每次车门一打开，他都有可能受袭，因为那是刺客混进车厢的良机，至于换乘的危险性就更不用说了。当然，在行动之前，他和他的保镖们已经把换乘的流程一步步过了好几遍。保镖们也跟他强调，必须按照排练时的步骤来。

多尔莫夫很想跟保镖们说，如果真的有刺客，那可能已经在列日火车站和他们一起上车了。不过他也知道，保镖们肯定不会说：“热烈欢迎您来指导工作。”他们能朝自己点点头已经很给面子了。

多尔莫夫是俄罗斯人，今年六十好几了，还好只需要换乘两次，否则，他每隔几个小时就要带着三个高大强壮的保镖从一个站点跑到另一个站点，还真有点儿吃不消。这倒不是说他身体不好——上次在美国体检的时候，四十岁的医生还夸多尔莫夫血压正常，肌肉也很紧实，说很羡慕他呢！只是他已经一刻不停地连轴转了好几天，确实累了。他希望接下来的时间里，自己能坐着就不站着。只要能让他一直坐在椅子上，叫他干什么都行。

搭火车这个主意是多尔莫夫自己提的。搭飞机肯定能更快到家，不过他告诉接头人，那些搜捕他的美国人肯定已经派人监视了各个机场，甚至可能已经在机场安保人员中安插了眼线，伺机暗中下手。当然，那些人也不会放过火车站，不过火车站鱼龙混杂，人群密集，就算他带着保镖，也能藏得比较隐蔽。好吧，说实话吧，他就是讨厌坐飞机。在火车上，他想什么时候上厕所就什么时候上，对他这个年纪的人来说，这一点可太重要了，而在飞机上就没那么自由了。

其实多尔莫夫知道，就算自己提议坐飞机回莫斯科，局里的人也不会同意的。这倒不是因为坐飞机更容易被追踪，而是因为他们希望让他安分点儿，不要有那么多想法—— 诚然，他能回国，俄方很高兴，但也不会让他得寸进尺。局里的人肯定会装模作样地给他使点儿绊子，好给自己的工作增添一点儿乐趣。多尔莫夫倒是不介意。他也可以做做表面功夫，让局里的人知道—— 在美国这三十五年里，他并没有“恃宠而骄”。

话说回来，随着年纪渐长，多尔莫夫对很多事情都变得比较包容了。如果是在二十年前，他早就无法忍受那个此刻正在车厢过道上跑来跑去、用比利时法语大声说话的小丫头了。如今，他竟然能宽容到接受孩童们幼稚的行为，比如他们一听到要搭火车去旅行就激动尖叫的样子。他知道，要不了多久，这些小屁孩就会长大，会在学校和社会受一些教训，最终成为无聊的平庸之辈，扮演着良好市民的角色。当然，还有另一种成长之路，那就是变成愤世嫉俗的“炸药桶”，常常用一些错误的标准和看法去挑别人的毛病，好让自己显得很特别、很有想法。

坐在多尔莫夫身旁的保镖问他想不想喝咖啡或茶、需不需要吃点儿东西，都不知问了多少遍了。多尔莫夫没看保镖，只是摆摆手、摇摇头，仍看向窗外。坐在他们对面的两个保镖看起来就是普通的俄国壮汉—— 表情坚毅而冷酷，眼神比其他乘客更警惕。

多尔莫夫身旁这个保镖就不一样了。他看起来更年轻，而且没什么经验的样子。多尔莫夫甚至怀疑这是他第一次执行任务，因为他似乎不知道，作为一名保镖，只要安静地坐着，摆出一副“我是恶犬，生人勿近”的样子就可以了。这个小保镖一直在问多尔莫夫要不要吃点儿什么、喝点儿什么、坐得舒不舒服，以及需不需要毛毯。

多尔莫夫想起……好吧，尤里确实说过很多人都抢着要护送这个“出手大方的科学家”回归祖国母亲的怀抱呢。这个尤里，说话总是那么夸张。

多尔莫夫想，尤里的这种说话习惯可能和他的工作性质有关。这么多年来，尤里一直在东欧和西欧之间斡旋，这样的工作难免会让人变得诡诈古怪。

东欧和西欧有很多共同点，但它们之间的差异是无法互补的——俄国妈妈可穿不下麦当娜的紧身衣。多尔莫夫打从心底里相信，柏林墙倒塌和随后的苏维埃政权垮台，其实是由三种因素直接造成的：麦当娜、音乐电视台以及香香的厕纸。而互联网的诞生则推动了整个世界不断向前，现在已经没有人想回到从前了。

说起从前，不得不提难忘的 1984 年。就是那一年，美国人找到了多尔莫夫，说会为他提供天堂般的高科技实验场所，而且不受秘密警察的监管。多尔莫夫一开始觉得听起来不错，从而被哄到了美国。不过，经历了三十五年那样的生活，他已经知道秘密警察是无处不在的，就算你没有身处西伯利亚的古拉格集中营[1]，也不意味着你是自由身——只不过你用的厕纸比犯人的更软一点儿罢了。

而且还有道德问题呢。

唉，天啊！

多尔莫夫一直希望成为一个品德高尚又正直的人。也许在和平年代，“品德高尚”和“正直”是比较难以精准定义的品质，必须考虑各种复杂的因素，但是多尔莫夫出生的那个年代，要判断一个人是否品德高尚和正直并没有那么难。

多尔莫夫逃往美国，当然不是为了收看音乐电视台或为了用上香香的厕纸，而是因为他知道，如果不离开，他的科学研究迟早会成为党争的工具。他不想某天早晨醒来发现自己已经被丢到古拉格集中营去了。在那个鬼地方，除了能在背后文一个威风凛凛的教堂文身，这辈子再没有别的指望了。

逃往美国，难。下决心离开美国，难上加难。

---

[1] 指苏联的劳改营和所有形式的政治迫害。——译者注（本书脚注皆为译者查注）

突然，坐在多尔莫夫左边那个年轻殷勤的保镖又问他需不需要枕头，一下子把他的思绪拉了回来。

多尔莫夫还是摇摇头。坐在他对面的那两位保镖不动声色，但多尔莫夫看到他们悄悄对视了一眼。也许他们在疑惑，为什么那个年轻保镖这么烦人呢？多尔莫夫心里暗笑，这个年轻人还嫩。他现在的行为和那个在过道上跑来跑去且不停地碎碎念的小丫头一样烦人，不过，被流放了三十五年，多尔莫夫宁愿多听听自己的同胞说俄语，也不想再听**那些人**说话，哪怕他们的口音很好听。

那两个保镖一路上基本没有说话，除了沟通换乘计划的时候，以及检查他身上是否有窃听器和 GPS 追踪器的时候。现在的追踪设备都非常迷你，任何人都能把它们放到你身上，哪怕只是在街上看似偶然地擦肩而过，或是在火车站，甚至当你坐在火车的座位上时。一旦那些人成功了，就意味着你们的计划会暴露无遗。

多尔莫夫很清楚这些把戏。美国佬们在不经意间教会了他很多监控手段。在美国，时不时会有一些看起来不可能是间谍的人想要监听他在实验室的动静，甚至监听他家的动静。他一般都能识破那些人，因为他们为了靠近他，总会编造出一个没人听过的政府部门的名称，说自己是那个部门的人。一发生这种事，多尔莫夫就不会在实验室继续工作了，直到人们把实验室清理干净——他要求清理整个实验室，包括洗手间。那些想要探听他和助手的工作内容的人，只能从窃听设备中听到早已准备好的虚假消息。

多尔莫夫并不是因为感觉受到监视才决定回国的。他很清楚，自己在莫斯科只会处于更严密的监控之下。不过，俄罗斯政府不像美国政府那样，对监视一事遮遮掩掩。在俄罗斯，你能猜到是某一群人、某一个部门在监视你。而在美国，民众总是在争取隐私权，说什么政府也无权侵犯个人隐私，等等，所以那里的人只好把窃听器越做越小，隐藏手法也越来越高明。

后来，“9•11 事件”爆发了，就连普通民众都在思考，到底是要争取个人隐私权，还是以公众安全为重。不过这并不代表美国政府以前没有窃取过民众的信息，对于一些被认为会危害国家安全的人，不管多么隐私的事情，美国政府也照查不误。一些情报机构发现，“危害国家安全”这个词真是太好用了，只要用了这个词，他们就可以不解释自己的行动，有时甚至可以不承认采取过行动。

政府监视只是一方面。让多尔莫夫完全无法接受的是美国政府最近提出的要求。他一直在想，等他觉得忍无可忍的时候，就永远离开美国。后来他明白了，那些美国佬是不会让他退休回家颐养天年的。他的知识太重要了——他已然成了一个会危害国家安全的人。也是从那时候起，他打定主意一定要逃离那个鬼地方。

回家去！

多尔莫夫当然也很明白，为什么自己回俄罗斯会受到欢迎。把脑子里宝贵的知识带回去，顺便打击美国，可谓一石二鸟，这才是俄罗斯政府的目的。

不过这些对多尔莫夫来说没什么意义。回国后，至少他能尝到一大碗地道美味的酸辣浓汤。再来一大杯格瓦斯[1]——真正的格瓦斯，不是美国餐厅卖的那种掺了糖的水。

多尔莫夫一边回忆着故乡的酸辣浓汤和格瓦斯，一边盯着窗外的列日火车站出神。那巨大的流线型玻璃天幕顶，让人不禁感慨这个火车站真是美得摄人心魄。多尔莫夫第一次见时，觉得它像一阵被冻结的汹涌的白色海浪，只是海浪里卷着许多凹槽。这个火车站是由钢筋、玻璃、白色水泥建成的，没有围起来的门面或巨大的前门，只有这么一个海浪屋顶。海浪里的凹槽其实是混凝土梁，阳光普照时，会在地板上映出美丽的几何阴影

[1] 俄罗斯、东欧产的一种低度数酒精饮料。

图案。

那个殷勤的保镖告诉多尔莫夫，这是西班牙建筑师圣地牙哥·卡拉特拉瓦·巴利斯的标志性设计。多尔莫夫很欣赏这个设计。要是现在能遇到一个志同道合、知道他心中所想的人就好了。不过，这个火车站看起来又很怪异，有一种异星球的科幻感。不对，火车站就在它该在的地方——多尔莫夫觉得是自己和周围格格不入。

可能是太想家了吧。多尔莫夫想。

火车开动了。

就在火车朝东方轰鸣而去的那一刻，他才意识到，自己想家已经想了三十多年。越接近俄罗斯，思念就越强烈。

等到达布达佩斯和尤里联系上，应该会轻松很多。多尔莫夫期待着。匈牙利虽不是故乡，但也不算是西欧了。就算现在喝不了酸辣浓汤和格瓦斯，能喝上一壶匈牙利牛肉汤，再来一瓶伏特加，也是很不错的。

在布达佩斯城西南角几公里外，有一处人迹罕至的悬崖，高耸的悬崖旁是保持着天然原貌的河谷。此时，亨利·布洛根坐在停靠在悬崖上的SUV里，将一只强壮的深棕色手臂伸出车外。他右手抓着方向盘，目视着远方。如果路人看见他那副思考人生、回忆往事、思索前路的样子，说不定会以为他来这个荒凉的地方是为了冥想呢。

不过，如果这位路人仔细观察，就会发现，亨利在驾驶座上坐得直挺挺的，继而能猜测到他可能有军队背景。确实，亨利曾是海军成员，不过那是很久以前的事了。当兵那些年，他练就了一身好本领，后来退役了，也一直在训练和加强，现在已然技艺高超。除此之外，军队留给他的，就只有右手手腕上那个绿色矛头的文身了。这么多年来，他早已把军装和其他所有军用物品都丢弃了，这个文身原本也可以一并抹去，但它对亨利实在意义深远，比他在军队获得的所有奖励和勋章都更重要。文身就是他的化身。每次看着它，他似乎都能看到内心最深处、最真实的自己。这也许就是世人常说的“灵魂”所在吧。他并不喜欢探讨“灵魂”这个概念，不过幸运的是，他也不需要去探讨。他的灵魂就寄存于那枚小小的绿矛文身中。文身是那样干净、利落又精致，就像他喜欢的生活的模样。

现在，他的注意力集中在800码外的一段铁轨上，等着从列日开过来的火车开上布达佩斯铁轨的那一刻。他时不时也会抬头看看贴在后视镜上的那张照片。照片中的人有点儿模糊，不知这是从护照、驾照还是工作证上抠下来的，但还是能辨认出五官。照片底部端端正正地印着一个名字：瓦莱里·多尔莫夫。

门罗·里德很喜欢坐火车到处跑。欧洲人确实擅长搭乘陆上交通工具出行。不过事实上，他也不得不学会享受搭火车，因为坐飞机越来越麻烦，也越来越不舒服——不仅要排很长很长的队伍过安检，还要忍受安检人员在身上“探寻”，这已经够讨厌了，而更糟糕的是，现在的机舱一般都有两种甚至三种等级，但不管哪种等级都差劲极了。和亨利一起出任务时，一般可以不坐飞机。不过有时候，美国国防情报局也会给他指派额外的任务，或是让他做一些收尾工作，像那样单独行动时，国情局是不会专门派直升机去接他这样的小角色的。

现在的情况也好不到哪里去。门罗已经坐了六个小时的火车了，这期间，他不仅要忍受哇哇大哭的婴儿，还有身后那个不断踹他椅背的小鬼——好像就是现在在过道上跑来跑去、大声叫喊的小丫头。门罗不知道她多大了——六岁，或者七岁？反正是不能单独坐火车的年纪。他现在非常不爽，他四处张望，想看看这个小丫头的父母是谁。但是车厢里好像没有人想管她的样子。门罗的父母虽然不常体罚他，但如果他像那个小丫头那么闹腾的话，罚站一星期是逃不掉的。

算了，别管她了。门罗心想。毕竟车厢里的其他人好像都不觉得这丫头烦人，就连多尔莫夫也没有说什么。门罗还以为多尔莫夫这老头儿脾气很差呢！门罗会这么想也很正常，毕竟他眼中的多尔莫夫只是一个叛徒——谁会把叛徒想象成心地善良又招人喜欢的人呢？不过换一个角度看，多尔莫夫本就是俄罗斯人，所以这个老头儿可能根本不觉得自己是叛徒，还觉得自己只是普通退休呢。也许在美国待了三十五年后，他最想念的还是自己的故乡。而且现在，他不用再担心克格勃[1]会半夜把他抓走，扔到古拉格集中营了。

门罗胡乱联想了一通。他觉得，多尔莫夫在俄罗斯的退休生活，肯定没有在美国那么悠闲自在。而且，如果他不是回去养老的，而是想继续进行所谓的“研究”，那他肯定要失望了，因为除了他自己从美国卷走的一些机密文件外，俄罗斯不可能像美国一样为他提供那么多世界顶尖的科研技术和设备。做他的梦吧！能分到一把腰椎承托力良好的椅子就算他走运了。上了年纪的人总是在抱怨他们的椅子对腰椎不好，至少门罗认识的老人们都这样。

算了，多尔莫夫很快就不需要担心这些问题了，就算担心，他也没机会说出口了。门罗暗暗地想着。等到下一个站，门罗就不用再忍受那个精力过剩的小丫头了，如果计划顺利的话，他就能下车了。他相信计划一定会成功。跟他合作的可是亨利·布洛根！亨利从来没有失败过。每次执行任务，亨利就像一台没有感情的机器。没有任何事情能够烦扰他，让他分心。他就像激光射线一样，只专注于一个点，他把控时机的能力更是无人能敌。门罗在任务开始前总是紧张兮兮的，生怕有变数，到最后才会发现，所有的担心都是多余的。

可是，今天好像有点儿不一样。门罗现在满脑子都是那个在过道上跑来跑去、吵吵闹闹的卷发小女孩儿。他简直要发疯了！她有没有六岁啊？

[1] 苏联的秘密警察。

猜小孩子的年龄不是门罗的强项。其实任何人的年龄，他都猜不准。他很有自知之明地想着。以前他还说亨利应该快四十岁了，结果呢，你可以想象当亨利告诉他自己已经五十一岁时，他震惊得下巴都掉到地上的样子。怎么可能会有五十多岁了状态还保持得那么好的人类？

该死！这小鬼的家长到底去哪儿了？火车马上就要出发了，他们怎么还不来把她带走？噢，对了——这里不是欧洲，连家庭教育的方式都不一样了。门罗想起来了，不知是从哪儿听来的，法国家长在孩子三岁时，就会给他们倒一杯红酒来搭配晚餐。可能这种做法在说法语的地方都流行起来了吧，比如列日市？那个小女孩第一百零一次大喊大叫着从他身边跑过时，他看了看手表，距离晚餐时间还有一个小时。太可惜了，否则可以给她灌一杯红酒，让她老实点儿，也许还能让她睡死过去。想到这里，他似乎明白了为什么法国家长要让孩子喝酒了。

隔着一条走廊，再往下数三排，就是多尔莫夫和保镖们的座位了。门罗看到那个殷勤的保镖从上车以来就一直在打扰多尔莫夫。莫非他在入行之前是护士吗？多尔莫夫一直朝他摆手，但那个保镖还是一直在问。

就像那个烦人的小丫头一样，保镖对多尔莫夫无休止的关怀也让门罗感到心烦意乱。门罗坐在座位上，听到保镖一遍又一遍地问："要不要吃什么？""要不要喝什么？""要不要看书？""要不要枕头？""座位舒服吗？"又看到那老头儿一遍遍摆手回答："不用。""不需要。""不要。"如果门罗不认识他们，恐怕他已经冲过去让保镖放过这个可怜的老头儿了。不过，门罗又想，多尔莫夫才不值得可怜，而且他很快就没有烦恼了。门罗的脸上浮起了微笑。

小女孩儿又从反方向跑过门罗身边。门罗心想，如果火车再不开动，他也要在过道跑一跑发泄一下。不过，就算列车晚点了也没关系，只要亨利准点就好了，而亨利从来没有迟到过。

火车好像是在回应门罗一般，车身抖了一下。出发了。与此同时，火车的广播里传来了一个女声，大声说着列车的行驶时间、终点站等信息，还提醒乘客要注意安全。她是用法语说的，听起来非常悦耳，甚至有点儿迷人。门罗听说比利时法语比法国法语更温柔。不过他听不出来二者的区别。也许亨利能听出来，他的听觉就是那么敏锐。

门罗看向窗外。

“六号车厢，”他冷静又清晰地说着，“我们出发了。座位号4A。重复一遍：4A。靠窗，保镖在旁边。”

布达佩斯西南方几公里外。

亨利回复：“收到。”他依然盯着远处的铁轨，尤其是进入山谷隧道前的那一段，那里的地势好像比最佳射击点低一点儿。他迅速而冷静地从车里下来，走到车后，打开后备厢，停下来看了一下手表确认时间。这个手表是以前当海军时在新生训练营基地买的，看起来很衬他，似乎海军就应该戴这种手表。它现在还能走，亨利也仍很喜欢它。然后，他打开了后备厢里一个巨大的硬壳箱子。

他的雷明顿700狙击步枪已经有些年头了，但仍然坚挺，就像他的手表，就像他自己。开始拼装枪支的那一刻，他体内奔涌的血液好像都安静下来了。他感到无比的平静，似乎一切尽在掌握。这股平静的能量从内心深处涌出，流动到大脑和掌心，就连他身边的空气都受他控制似的。他沉着、镇静地吞吐气息，寻找着最平衡的状态，调整好自己的大脑、身体以及手上的雷明顿步枪。

亨利调整好步枪的瞄准镜，将它安在枪管的两脚架上，然后俯身趴在悬崖上。他感觉到腹部逐渐温热起来了。这感觉就像回家一样暖。每一次都如此。

“速度？”亨利问道。

“稳定在238公里每小时。”

亨利听着门罗的声音，笑了。

门罗在座位上动来动去，仿佛因为皮肤太紧绷而需要放松一下似的。他把手里那本一直假装在看——或说尝试假装在看——的书从左手换到右手，又从右手换到左手。

“你似乎很兴奋。”亨利的声音一如既往的冷静，听不出一点儿情绪。

“我确实很喜欢抓坏人。”门罗说着，又在座位上动起来。如果亨利看到他这副样子，肯定恨不得用枪屁股敲晕他。

“为了你自己，你也不得不喜欢。”亨利心想，待会儿见到门罗一定要跟他说，“你那么兴奋很可能会把我们的事搅黄。”

门罗强迫自己低头看书，不再偷看多尔莫夫和他的保镖。这不是他的第一次任务，他知道一定要控制好自己，不能一直盯着目标。否则，他们会注意到事情不对劲的。他跟自己这么说着，但眼神却还是往多尔莫夫那边飘去了。

多尔莫夫终于对那个过分热情的保镖不耐烦了，敷衍地朝他摆了一下手，头都懒得回，一直看着窗外。

时机快到了。门罗想着，不禁更加激动了。

距离悬崖 800 码以外的铁轨上，列车出现了。

亨利往步枪里装了一颗子弹。一击足矣。如果他没能一枪打中……不过，不存在这种可能性。他用肩膀抵住枪托，调整一下位置，然后瞄准。

“等等，等等。”

亨利能听出来，门罗此刻肯定紧张得攥紧了拳头。他正打算让门罗别胡思乱想，门罗说了一句话：“有平民。”

亨利马上停下来。整个世界好像都和他一起暂停了。只有那列该死的火车，呼啸着冲向隧道，好像拼了命想要逃到安全的地方去。

一个好消息和一个坏消息。

好消息是，那个小丫头终于没在过道上跑来跑去了。坏消息是，她停在了多尔莫夫和他的保镖旁边，像一根木头一样愣在原地，盯着他们。多尔莫夫也盯着她，显然被她赤裸裸的好奇心弄得很不自在。

“她站在那里会救了他的命！”门罗惊慌失措地想着，“这小浑蛋会救了那个老浑蛋的命！她会让我们失去唯一阻止外国势力占据机密文件的机会。这该死的小丫头！”

门罗打算站起来。得想个法子让她移开位置，哪怕把她敲晕。就在这时，小姑娘的妈妈终于现身了。这个美丽的少妇穿着白上衣、蓝裙子，母女俩长得很像，但不知为什么，她居然一直没有被认出来。她推着女儿的肩膀往前走，用法语轻声批评了女儿，那声音传进门罗的耳朵，简直动听极了。

当母女俩回到座位上，门罗大喘了一口气。小丫头就坐在门罗身后，她会让门罗坐得非常不舒服，但是没关系，只要她没有站在死亡座席旁就可以了。

“搞定。”门罗压低了声音说。

亨利从瞄准镜里盯着火车，感觉自己终于能重新呼吸了。“去确认。”他说。火车的第一节车厢已经进入隧道了。“现在就给老子去。”他在心里默默加了一句。

“已确认。可以动手。”门罗的声音又急促又紧张。

“收到。”亨利的食指一弯，扣动扳机。

射击的最佳时刻只有一瞬间。唯一的瞬间。在那个瞬间，世界处于有序的状态，也只有在那个瞬间，世界的运行才是合理的。万事万物的本末始终都匹配无误，所有事物都在正确的位置，所有位置都在他亨利的计算之中。子弹射出枪膛的那一刻，亨利看到它在阳光下飞向车厢的轨迹。他知道，这颗子弹进入车厢后，也将会出现在它应该出现的地方，就像那个瞬间有序的世上万物一样。

然而这一次，事情没有按照亨利规划的路线发展。

亨利不再看瞄准镜了。刚才将他裹挟起来的那股冷静、清晰和肯定的能量也消失了。宇宙的秩序也在一瞬间重新变得混乱。那唯一的、完美的时刻没有降临。他没有感受到冷静。他只是一个男人，拿着来复枪，趴在欧洲西北部的一块泥土地上，头顶是漫不经心的蓝天白云。

他错过了。

他不知道自己是怎么感觉出来的，但他就是知道。

门罗对于亨利的这些想法毫不知情。

整个车厢的人都发狂了。那个小丫头的妈妈把女儿紧紧抱在怀中，用一只手捂住女儿的眼睛，虽然她本来就看不见那血腥的场景，她甚至连多尔莫夫靠着的车窗上有一个小洞都看不见。至于多尔莫夫，他的头昂着，看起来不是很优雅，血液不断地从喉咙上的枪孔中流出来，浸染了他的衬衫。

三个保镖在座位上直挺挺地坐着，仿佛这一枪把他们都变成了雕像，就连那个过分热情的小伙子也僵在原地。火车开进了隧道，他们三人依然呆若木鸡。等他们向上级汇报时，定然要付出天大的代价。他们的任务只有一个，却华丽地失败了。Tant pis[1]！

对门罗来说，只是一个坏人被处决了。现在，不管多尔莫夫三十五年来从美国政府资助的研究中取得了多少成果，他都没办法透露了。他所知道的所有关于生化战的内容，都随他一起去了。解决了一个麻烦，一切还是原来的模样。世界没什么变化。

[1] 法语，意为“倒大霉了”。

“上路吧，老东西。”门罗高兴地说。

亨利摘下了耳机，没有回复他。以前听到门罗的结束语，亨利会觉得更高兴，但今天，他一点儿心情都没有。他仿佛把自己调到了自动挡，机器人一般拆卸着步枪，完全感受不到以往那种消灭了恐怖分子的愉悦感和满足感，即便这次是生化恐怖分子。

亨利明明让世界更安全了，可这次的意外，却让他不想和门罗说话。

第 2 章

亨利的旅行次数多到他自己都数不过来。起初是因为他的军人身份，后来是因为要给现在的雇主打工。但是和其他经常旅游的人不一样，他不认为世界上存在两个一样的地方，凡是持相反观点的人，在他看来都不够用心。他坚信每一个地方都有另一个地方找不到的个性和特征。

但一类地方除外——废弃建筑。

如果把他蒙眼带到随意一栋废弃建筑中，然后用枪顶着他的脑袋，让他猜猜自己身处何地——不能看（破碎的）窗外的风景——那他就只有等死的份儿了。世界各地的废弃建筑，在他眼中似乎都长着一个样子：地板上永远有碎石块，台阶和扶手栏杆都是木片搭成的，到处都是玻璃碴子，还有一些生活垃圾，表明曾经不止一批未成年人来这里开派对、豪饮，或是一些走投无路的人在这里生活过。

他现在所处的废弃建筑也长这个样子。

恍惚间，他意识到自己正站在一个写着“鱼油”的板条箱上出神，手里还拿着雷明顿步枪的组件，好像不知道要怎么办似的。也许他应该拿几罐鱼油回去，用 ω-3 和 DHA 补补脑力，而不是单单利用它们来偷运武器。不过就算吃了鱼油也没办法瞄准吧。他这么想着，难过地把手里的步枪组件塞回了箱子。

“还是运到同一个地方吗？”身后传来门罗欢快的声音。

“对。”虽然刚才有些不愉快，但亨利还是忍不住笑了。

门罗就是有这种影响力。他像一只欢脱的小猎犬，充满了欢快的能量，让人看到他就觉得很高兴。门罗虽然比较年轻，但是也不小了。在国情局里，像他这个年纪的人，大部分都已经失去了神采奕奕的快乐光芒，但门罗没有，至少目前还没有。亨利希望门罗在这个方面能比其他二三十岁的人坚持得更久一点儿，尽管最后，这种快乐光芒肯定还是会被消磨殆尽。没有人能抵挡国情局的摧残。

“不得不说，这是你有史以来最有水平的一次暗杀。”门罗年轻的脸上洋溢着灿烂的笑容。好像没有什么事能影响到他。他说着走到亨利踩着的板条箱旁边。

没错，他就是一只人型猎犬。

亨利暗暗地想着。

“要考虑风阻、角度，还有射击窗户之后的角度变化。我真服……”

“我射中他哪里了？”亨利很不想打断他的赞美，但是没忍住。

“脖子……而且目标是在一辆行驶的列车上。”门罗把自己的苹果手机递给亨利。

“你还拍了照？”亨利往后一缩，一脸惊恐地问他。

“拍了啊。所有人都拍了。”门罗的语气十分肯定。

亨利脑海中马上浮现出一个画面——车厢中，一大群人围着尸体掏出手机，推搡着争夺最佳拍照位置，却没有一个人去求救，包括售票员。

想到这里，亨利越发觉得恶心了。

这些人有什么毛病吗？一群食尸鬼！

“删掉。”他命令门罗，“我受不了。”

“亨利，在你接到任务之前，已经有四个杀手——都是高手——出动搜捕这个老头儿了。但是，你，一击就把他拿下了。”门罗说着，用手捂住胸口，佯装用力地抽泣着，“我真是太激动了。”

“删掉。”亨利几乎低吼着说出这句话。

“好的，好的，我删掉啦。”门罗把手机举到亨利面前。

现在，手机上只有一张车子的照片，车头绑着一个气球，气球上有几个不遵循语法的词，好像说想要不知道什么牌子的芝士汉堡。

“你看，没有了。高兴了吧？”

亨利一点儿也没有“高兴”的感觉，应该说离“高兴”还差十万八千里。但好歹门罗的手机里没有那张血腥的照片了，所以他也没有“不高兴”。他很不想给这孩子泼冷水，但是没办法，真相就是真相，知道了就是知道了，否认真相没有好处。

亨利伸出手。

门罗感到很惊讶，但还是握住了他的手。

“和你合作很愉快。祝你好运。”

说完，亨利转身走向放在板条箱旁边的背包。他拿起背包，拉上拉链。他身边这只“人型猎犬”的表情从一开始的“哇，我的天啊，我太高兴了”到现在满脸疑惑不解。

“等一下！”门罗喊住他，“‘祝你好运’？你在跟我道别吗？”

亨利把背包甩到肩上。“是啊。我不干了。”

有那么一两秒钟，门罗完全愣住了。他硬生生地挤出几个字：“为什么？”

亨利的脑海中又闪现出多尔莫夫的喉咙被开了个洞、随即瘫倒在座位上的场景。“因为我瞄准的是他的头。”

亨利走了。就算不回头，他也能感受到身后的门罗是多么震惊，甚至仿佛能看到他傻眼了的表情。他真不想对这只小猎犬这么残忍，但他没得选。扣下扳机的那一刻，他就知道自己射偏了。门罗拍的那张令人作呕的照片，证实了他的预感。他老了，记忆力也下降了。记得刚入行的时候，他对自己说过：“瞄不准的那一天，就是退役的那一天。”如今，他不能也不会背叛自己的诺言。如果下一次出现偏差，可能就没有这么好运地完成任务了。

但是，该死！他一定会非常想念这只凶猛的小猎犬的。

第3章

如果说世界上没有两个一样的地方——除了废弃建筑，那么自然可以推算出，世界上也不会有哪个地方和故乡一样。就算亨利的这些观点都是错的，至少有一点他可以确定，那就是世界上绝对找不出第二个佐治亚州的巴特米尔桑德湾。

亨利漫步走过长长的船坞，和往常一样，小心翼翼地走到防浪板中央。他现在已经脱离国情局了，可以尽情享受居住在大河边的乐趣。不过，在列日任务正式收官之前，他还有一件事要做。

他走进船库，从裤袋里摸出一张瓦莱里·多尔莫夫的照片，又从另一个裤袋里摸出一个 Zippo 打火机。他擦了一下打火轮，一束火苗应声而起。亨利把火苗挨近照片，火光霎时间就把照片吞没。他又把燃烧着的照片放入架子上的鱼缸里。终于，这张印着俄国人的照片和他以前收到的其他照片一样，化作了鱼缸中的灰烬。

这就是故事的全部。

现在，他才算正式退休。

亨利转过身打算回家，但又停了下来。

一只鱼缸，和积了大半个鱼缸的照片粉末。

他这辈子的事业，最后就换来了这些东西吗？

也许在世界的某个地方，某个在办公室工作了一辈子的人，正在接受一只金手表作为退休礼物——虽然很可能只是一只金黄色的手表——以此纪念他在办公桌上慵懒度过的几十年工作生涯。他会把手表拿回家，然后某天看电视的时候，他突发心脏病，撒手人寰，世间将不再有他的痕迹，就像他从未来过一样。但至少，他留下了一只手表，多实用。而自己呢？只有半鱼缸的灰，想掏出来在空中扬一把都不过瘾。

亨利使劲摇摇头，让自己不要再想了。这是在干什么呢？去他的吧！他已经有一只手表了，用了一辈子，现在还能走呢。更何况，他的手表可不仅仅是用来倒计时看自己还能活多久的。

他从船库出来，步行回家。

该死！都是那颗射歪了的子弹，毁了他的一切。

阳光明媚，亨利的心情好多了，也没那么计较列日任务的不完美了。生活在四面窗户大开的房子里，而不是围墙合成的方块里，他感觉非常舒服。他的房子宽敞又通风，他喜欢从屋里眺望外面大片美好的光景。不仅如此，他希望阳光能照亮房子的每一个角落，尤其是在完成一项任务之后，他会非常渴望沐浴在阳光中。他以前进行的很多任务不同于列日任务，那些任务需要借助茫茫夜色的掩盖才能完成，所以他非常清楚长期不见天日对一个人会产生什么样的影响。

他的客厅在屋子的中央，这是他完成任务后待得最多的地方，因而有几处不同寻常的设计。客厅有一面和厨房共用的墙，他在墙上安了一个柜子，柜子里放着几乎所有他会用到的工具——螺丝刀、扳手、木凿、钻孔器、老虎钳、插座、螺丝、钉子，以及其他。工具的排列不仅根据尺寸的大小，还根据取用的便利性和使用的频率，既符合他的审美，又能满足他对顺序和便利性的要求。他使用了一种非常巧妙的方法，叫作“二八分类法”——20%的工具是80%的时间都要用到的，反过来说也成立。他现在不做特工了，或许可以考虑去五金店再就业，专门教人怎么摆放工具。他非常热爱五金店，从孩提时代就爱。他为五金店制定了一条“百分百原则”——要解决事情，百分百会用到店里的工具。

柜子旁有一张工作台，台上放着一盏巨大的带有放大镜的灯。他把工作台放在客厅里，这样就可以一边干活一边看电视，既不耽误工作，也不会错过费城队的棒球比赛。最近，他在做一个鸟窝，一边做一边看深爱的费城队比赛。鸟窝做好后，他把它挂在身后的窗户上。他看着它，感觉心情更好了。

他做这个鸟窝完全是心血来潮，更像是他给自己找的一个小乐趣，至少他刚开始做的时候是这么想的，毕竟，这看起来像是一个九岁小男孩去参加夏令营时会进行的活动，而不是一个成熟的国家特工在闲暇时会做的事。但是，亨利自己也没有想到，他竟然会觉得亲手打造某样东西——包括自己动手砍木头、将木材粘连起来、磨砂、做防风防雨保护，最后上漆——是这么有成就感的事情。当他完成这个鸟窝后，他仿佛看到了自己不为人知的一面。谁能想到，一个杀手竟然能在五十多岁的时候有这样的体验？**（刚过五十而已。五十岁出头一点点儿！天啊，怎么我就五十岁了？！）**

亨利把鸟窝挂起来时，他的成就感更足了。他确确实实亲手建造了一间小屋子。**好吧，我知道，**只是一间小小的屋子，不是大型船库或花园凉亭。要是建造后者，他得请专业人员。不管怎么说，他为活物造了一个避风港，鸟儿们在迁徙之前，可以住在这里，就像家一样。有多少特工能够在退休时发现自己有这样的建筑天赋呢？可能没有了吧。

看着小鸟窝在风中轻轻地摇摆着，亨利皱起了眉。好像有点儿不对劲。

可能他只是想起了列日任务中的不愉快吧。自从子弹射偏了之后，他觉得整个世界都变得虚假了。

不，不是的。真的有点儿奇怪。

过了一会儿，他发现了问题所在—— 鸟窝的屋顶和墙壁左边连接处，有两块向外突起的木头渣子。亨利知道，没有人会注意到这两块小小的突起，就算注意到了也不会理睬。但是，寻找住所的鸟儿不同于人类。在鸟儿看来，这两块木头渣子就像两根磨尖了的桩子。假如有鸟儿飞过来，正好碰上一阵劲风，没能成功飞进鸟窝，那么一定会被这个尖尖的木桩刺中的。或许这就是为什么从他把鸟窝挂上去到现在，都没有鸟儿居民进驻。细节决定成败。

亨利走向工具柜，拉开抽屉，里面按照磨砂程度有序地放着一沓方形的砂纸。他先从中间抽了一张，又换了一张不那么粗糙的，这才走到窗边去改善他的鸟窝。他把那两块木渣磨掉了，然后探出脑袋四处张望，看看有没有鸟儿租客大驾光临。

“好啦，鸟儿们，我已经把房子修好了。你们最好快点儿过来，不然淘气的翠鸟就会过来霸占这个小窝，那你们就只好在荆棘丛上筑巢养崽啦。”他在心里这么说着。

不过，还没有听到鸟鸣声，他就先听到了手机发出的提示音。

有一辆汽车正在朝他家开过来。

他知道是谁。

其实他一直在为这次会面做心理准备，说实话，他恨不得能快点儿开始。可能是因为来这里的交通不太方便，所以才拖了这么久。他正准备朝屋外走，忽然想起来砂纸还没放好，于是又匆忙跑回客厅去了。就算车里的人把喇叭按得震天响也得等着。假如现在大天使降临，告诉他今天是审判日，他的屁股是一片杂乱的草坪，而尊贵的上帝就是那台割草机—— 不好意思，那也要等亨利把所有的东西放回原位，才能开始审判。他给家里每个物品都规定好了位置，在做其他事情之前，他一定会先确认所有的物品都回到原位。没办法，这是他的地盘，就得听他的。

车喇叭又响了。

亨利走到门口，看到戴尔·帕特森刚把他的大轿车停好（还是和以前一样停得很没有技术），然后一跃从驾驶座上跳下来。他冲向亨利，手里挥舞着亨利前天提交的辞职信。

“你不能这样！”帕特森连招呼都免了。

“很高兴见到你，戴尔。”亨利说道，“进来，随便坐，我给你拿点儿喝的。”

帕特森端端正正地坐在客厅沙发的边上。那让人心情愉悦的日光仿佛在他身上失去了魔力。他手里还紧紧攥着亨利的辞职信。亨利从厨房里出来，手里多了一罐啤酒和一罐可乐。

“我必须辞职。”亨利先开口，“在其他任何一个行业里，一点儿偏差可能不算什么。但是干这一行，绝对不能出错。”

“但你依然是我们这里最强的，无论去哪个机构都是最强的。”帕特森回道，“你得信我，我调查过的。”

亨利把可乐放在帕特森面前的咖啡桌上。

帕特森一直盯着亨利，看那表情，他已经处于爆发边缘，再给他灌东西就要炸开了。他的鼻子上架着一副黑框眼镜，如果是其他人戴，可能会显得书生气，像固执古板的教授。但是他戴着，有一种不怒自威的权威感，让人觉得他说的话都是认真的，他做的决定都是不可违逆的。

“别给我喝可乐，尤其是今天。”帕特森把那封信捏成一个球，放在咖啡桌上，然后用手指把它弹飞了。

亨利挑了挑眉，“你确定？”

“你确定要退休？”帕特森平静地问。

亨利点了点头。

“那我就确定。”

亨利把可乐移开，放上啤酒。

亨利第一次见帕特森的时候，就看出这个人喜欢小酌一杯。后来帕特森越来越喜欢喝酒，有一段时间，甚至被认为严重到酗酒的程度了。可是某天，在没有任何声明、解释或道歉的情况下，帕特森忽然不喝酒了，改喝可口可乐了。包括亨利在内的所有人都在猜测，他这次戒酒能维持多久。大家都在等他说点儿什么，但没有人敢直接去问他。有一位探员以前也有酗酒的毛病，他打算试探一下，就问帕特森：“你认识比尔·威廉[1]吗？”但据那位探员说，帕特森看起来确实不认识比尔·威廉，所以应该没有参加戒酒协会。

亨利最后还是没忍住。不知道真相实在是太难受了。帕特森告诉亨利，由于工作的需要，自己必须全年无休，为了探员们，必须保持清醒的状态。“我只能说这么多了。”帕特森补充道。他认为空谈无益，行胜于言，让亨利不要再谈这个话题了。

亨利对这个答案很满意。每个人的行动都有自己的理由。如果这就是帕特森拯救自己、避免坠入黑暗深渊的方法，那就这样吧。亨利终于不用再想着这件事了。

“说不定待会儿帕特森会说我硬劝他喝酒。”亨利心想。他坐在帕特森身旁，并没有回避后者炙热的目光。“还有很多人能当特工，”亨利说，“海军、陆军游骑兵、海豹突击队……”

“但都不是你。”帕特森好像在控诉他似的，仿佛这是亨利做的第二件对不起他的事情，“他们都没有你那么多年的战绩。”

“不错。我认为这么多年的战绩才是问题。”亨利说，“我已经干了太多年了。我们都知道，特工并不是年纪越大就越好。年纪越大只是越老

[1] Bill W，即 William Griffith Wilson，匿名戒酒协会的创始人。

而已。”

“谁来继续训练门罗？”帕特森大声说着，看起来非常痛苦，“那家伙已经给我打了三个电话，他让我劝你回来。”

亨利叹了口气，摇摇头。“真是不好意思。”

帕特森把屁股往前挪了挪，神色紧张。“亨利，我们一起经历了很多事情。我们让这个世界变得更安全了。如果我们没有从事这份工作，就会有好人遭殃、坏人得逞。好事可能变坏事，而坏事可能会变得更糟。我们的工作很重要—— 非常重要。但是，如果不是和我信任的人一起，那我什么事都做不成。我不可能像信任你一样去信任那些新人。”

亨利还是摇摇头，更坚定地说：“我是认真的，戴尔。这次任务让我感觉很不好。所以我的子弹射偏了。我甚至觉得，我趴着的那块土地都有问题。”

帕特森在房子里四处张望，好像是在找什么证据来支撑自己的观点。突然，他看到了窗外的鸟窝。

“所以你以后要干什么？去造鸟窝？”

“戴尔，当时多尔莫夫身旁有一个孩子。如果子弹偏六英寸，死的就是她。”亨利还是尝试说服他，“我要退出。”

帕特森的表情说明他终于把亨利的话听进去了。他败了。亨利早就料想到这次谈话不可能轻松愉快。干他们这一行，没有商量的余地，他们没有时间也没有地方进行社交闲谈。他们的关注点必须放在工作上，放在大局上，除了任务，什么都不能考虑，就连组员都不能考虑。他们必须假设，任务进行时，所有人物一定会在规定的时间到达规定的地点。一切都是计划好的，没有任何运气，没有多余的举动，没有废话，没有失误，这样才不会出现无辜伤亡。亨利每次想到那个小女孩就觉得后怕。他差点儿杀了她。如果他运气没那么好，那个孩子就死了—— 那是个孩子！

“你知道吗？我以前在军队的时候，从来没有动摇和困惑，”亨利说，

“我的任务就是去消灭坏人。那是杀戮的艺术——只要能完成任务，做什么都可以。但是在列日……”他摇摇头，“真的，在列日，没有什么杀戮的艺术。我只是运气好而已。我对那一枪丝毫没有把握，不像以前了。”他停下来，深呼吸。

帕特森脸上流露出的更多的是惋惜，而不是被伤害的痛苦。他以前也是职业特工。他能明白。

“不只因为年纪大了。到现在为止，我已经杀了七十二个人。”亨利说，“那么多人啊，我心里很受折磨。我的灵魂都觉得痛苦。我想我已经不能再夺走任何人的生命了。现在，我只想过平静的生活。”

帕特森重重叹了一口气。“那……我该怎么办呢？”

这个问题让亨利一下愣住了。

帕特森才是管事的人——他制定计划、拍板，应该由他来告诉亨利应该怎么做，而不是亨利来告诉他。

亨利两手一摊，耸耸肩说：“祝我身体健康？”

第 4 章

在巴特米尔桑德湾的码头，停泊着许多高大、豪华、威猛的船只，但在亨利眼中，没有哪艘船像“艾拉·梅”那么经典。

艾拉·梅制造于 1959 年，是码头上最小的一艘船。她的船身是用木头制成的，亨利认为，就凭这一点，她就比那些“玻璃浴缸”高了好几个档次。木制船身也意味着，艾拉·梅需要更精心的保养与维护。亨利认为值得，因为她是一艘真正的船。

亨利带着燃油泵，将艾拉·梅开到码头去加油。加完油，他把头上的棒球帽往下压了压，走向收费窗口。他没想到，今天那里坐着新的工作人员，是一位满面笑容的可爱女性，她有着黑色头发、粉粉的脸颊，穿着巴特米尔桑德湾的工作衫，年轻的光彩让人心神摇曳。亨利走近了。

她摘下耳机。“早上好！”她说话的语气真诚而欢喜，让亨利觉得她是真心喜欢这个美好的早晨。

“你好，”亨利说，“杰瑞怎么没来？”

“他退休了。”她露出明媚的笑容，“这里太忙，他受不了。我叫丹妮。”

“我叫亨利。”他感觉自己即便是在她这个年纪的时候，也没有像她这么年轻过，“我需要给你23美金46美分。”

“准备去钓什么？”她看到亨利拿出一张百元大钞，眼睛睁得大大的。

“去钓一片平静。还有鲭鱼。”

她一边找钱一边笑着说：“那我猜你是要去比彻角？”

杰瑞就不会说那么多话。可能她觉得和客户搞好关系也是一项服务吧。

“你推荐那里吗？”亨利俏皮地反问道。

“今天去那里应该很舒服。”她说。

亨利还没来得及开口，一只蜜蜂从他身边飞过。他条件反射般地迅速摘下帽子狠狠地朝蜜蜂扣去，嗡嗡响的蜜蜂就这样坠落在码头上。

“哇！”丹妮站起来，头伸出窗口去看那只死掉的蜜蜂，“看来你不是一个能和小昆虫和平共处的人啊？”

“我对蜜蜂过敏，会死的。”亨利告诉她，“你是学生吗？还是说只是很喜欢鱼？”他朝柜台上的教科书努努嘴。书的封面是一张水母的艺术照，水母像是悬浮在空中，特别美丽。

“我在考研究生呢，”她说，“海洋生物专业。”

“达连湾的乔治亚大学？”亨利问道。

丹妮把手握成一个小拳头，举起来说：“是啊，要加油！”

“好吧，注意一点儿，”亨利笑了，“码头上也有要加油的呢。”

“我能搞定的，”她的语气非常肯定，话语中带了些许活泼与俏皮，然后又把耳机戴上了。

亨利大步慢跑回艾拉·梅，感觉自己像个傻子。

“码头上也有要加油的呢。”**我说的什么鬼？**如果那么想发扬父爱，给年轻女孩一些温馨提示的话，最好先去把毛袜子套上，穿一件袖子上有皮补丁的羊毛衫，嘴里叼一只烟斗，那样看起来才像一个老父亲。干脆跑回去告诉她过马路要左右看得了。她那么年轻，说不定还需要别人来教她怎么过马路呢！

他看了看手表。

算了，没时间出丑当傻子了。

他还有地方要去。

艾拉·梅在这片平静的水域上已经行驶了一个小时左右。亨利坐在船上，聆听着瑟隆尼斯·孟克的爵士钢琴乐，感觉自己的喜怒哀乐都被一扫而空。在这里，他不会想起自己的年龄或退休的事，不会想起那失误的一击，也不会想起刚才对码头办事处的小姑娘说的那些蠢得要命的话。只有咸咸的、凉凉的风，轻轻摇晃的船只，以及孟克独一无二的钢琴乐。那个男人——孟克——的演奏非常特别，像是在对键盘发起攻击似的，让人不仅能听到音乐，还能真切地感受到音乐的情感。只有孟克能够做到。

在水上，亨利能够享受到在陆地上从未有过的轻松。他不喜欢泡在水中，一点儿也不喜欢。但是在水面上是完全不一样的感受。亨利觉得，这是一个普通人能享受到的最靠近天堂的时刻。他把棒球帽往下拉了拉，盖住自己的脸，然后在船上浅浅地睡去，至少他以为自己睡得很浅。然而，当听到引擎的声音靠近时，他站起来一看，这才发现太阳已经高挂在空中了。

引擎声越来越响，估计开了十成马力，看来附近有巨轮。亨利走到船的右舷，俯下身子捧了一捧海水洗脸，让自己清醒一点儿。他转过身去拿座位上的小毛巾时，恰好看到那艘游艇从左舷方向朝他驶来。

亨利认出了那艘船的船型，也许并不十分准确。这种船型受到了很多有钱有品位的百万富翁的青睐。它的驾驶舱设立在狭小上层甲板上，只够容纳船长和一位陪同人士。不过，有的人喜欢自己一个人开船，比如亨利现在看到的那位正在减速的驾驶员。游艇从左舷滑过来，和艾拉·梅并肩停靠。水波涌动，艾拉·梅就像海浪中的一个软木塞子一样摇晃起来。

船长关闭了引擎，笑着向下看向亨利。虽然已经有二十多年没见过了，但亨利还是马上认出了他，并且给了他一个灿烂的微笑。

“裂痕八号”下层甲板的布置称得上优雅。它明亮而宽敞，两侧有木质围栏，带软垫的座椅贴围栏而设，沿着座椅，亨利看到了甲板上的小吧台，吧台整个儿都是木制的，比周围所有的东西都抢眼。吧台旁，也就是船身的右舷，有一座旋转楼梯与甲板下方相连。这艘游艇简直就是一栋在海上行驶的私人豪华别墅。以亨利的理解，这很有可能—— 不，这一定是杰克·威尔斯的杰作。

杰克上身着大方敞开的白衬衫，下身着花哨的沙滩短裤，脚踩一双航海鞋，一看就是这座漂浮豪宅的主人。岁月对他不算残酷，他的变化不像亨利认识的其他人那样大，但脸上仍留下了风霜的痕迹。他还是和以前一样爱笑，但眼角的皱纹并不是因为大笑产生的，而是因为忧愁。他的下巴有了圆润的曲线，肚子也大了一些，不过以前锻炼的肌肉还没有完全消失。他走动时，也仍保留着以前那种轻巧和灵便的劲儿，毕竟他不是长期坐着办公的人。

亨利突然感觉有点儿尴尬，尽管他不清楚这感觉从何而来，也许是因为他知道杰克也会观察自己这些年的变化。和亨利一样，杰克的手腕上也有一个绿矛文身，这两位战友之间不存在虚假的伪装。

前一天晚上，当亨利接起电话、听到杰克的声音时，他又惊又喜。自从杰克决定自己开公司做生意之后，他们就没怎么联系过了。杰克曾经给亨利发出过邀请，但亨利拒绝了。后来，杰克时不时会给亨利寄一些明信片，一般都是美丽的沙滩和海边风光，背后潦草地写着：“我真希望你也在这儿，难道你不想来吗？确定不再考虑一下？”

就这么过了一段时间，杰克不再寄明信片了。亨利想，也许杰克终于接受他的回答了。亨利从来没想过杰克会来电说想见他。当然，亨利并不是不高兴——自从杰克告诉他见面的地点后，他就一直期待着两人重逢。不过现在，他却感觉有点儿茫然，不知道自己的手要怎么放，也不知道眼睛该往哪儿看。

“看来我不用问你生意做得怎么样了。”亨利笑着看着杰克的游艇说道。

“你原本也可以这样。我当初可是问了你几十遍。”杰克的笑声听起来也有点儿拘谨。

亨利这才意识到，原来紧张的不止他。

“见到你真好，亨利。”

“见到你我也很高兴。”亨利真诚地说。

他们拥抱了一下，两个人都很尴尬的样子。不过，他们一起经历过太多的事了，一点儿小尴尬算不上什么。

“你现在干什么呢？看起来挺性感的。”亨利朝杰克敞开的衬衫扬了扬下巴。

杰克又笑了，然后两个人一起走向豪华船舱。

“谢谢你来得这么早。”

“已婚人士？”亨利问道。

“是啊，”杰克说，“我老婆这会儿正在巴黎购物呢。我儿子在苏黎世的寄宿学校读书。你呢？”

亨利摇摇头。“没有老婆，没有孩子，也没去过巴黎。”

杰克走到吧台后，从小冰箱里拿出两罐啤酒。他打开啤酒，递了一罐给亨利，然后两人碰杯，这感觉是多么让人怀念啊。

“敬下一场战争，”杰克说，“‘没有战争’。”

“没有战争。”亨利同意。

罐子相碰，两人自仰头大喝一口。上次一起喝酒是二十几年前了。亨利真希望他们能慢慢地尽情地享受这一刻，可惜他们这次见面，并不是为了喝啤酒或打听对方生活的。

“说吧，什么事？”

杰克笑了。“你这只猛虎，还和以前一样不喜欢‘细嗅蔷薇’吗？”

亨利的头歪向一边，说：“我已经在努力了，兄弟，是你说事态紧急的。”

杰克点点头，从架子上拿起一台笔记本电脑，带亨利走到船尾。他们背靠客舱坐下，杰克打开电脑，屏幕立刻被唤醒了。

“认得他吗？”杰克问道。

亨利确实认识这个人。他昨天才看过他的照片，后来他把照片烧了，那些灰烬现在还在鱼缸里。他努力让自己看起来面无表情，然后他转向杰克。“是谁在问？”

“一位担心你有危险的老朋友。”

杰克沧桑的脸上露出了严肃的表情。亨利多少年都没看过他这个表情了，也希望永远不要再看到。

“说吧，认得吗？”

“认得。几天前我送他上路了。”

“他们有没有告诉你他的身份？”

亨利眉头紧皱。他们当然告诉他多尔莫夫的身份了。国情局每次都会说明目标的身份。这一点杰克应该知道。

“瓦莱里·多尔莫夫，一个恐怖分子。”

杰克看起来十分痛苦。“不是的。瓦莱里·多尔莫夫，一名分子生物学家，”他的声音渐渐变得深沉，“他在美国工作三十多年了。”杰克点了一下笔记本的触摸板，多尔莫夫的照片缩小消失了，屏幕上换成了多尔莫夫的驾照，驾照是由佐治亚州签发的，而且现在还没有过期。

“但是我看过他的档案，”亨利感觉胃里像长了一个巨大的冰肿瘤一样难受，“档案里说他是一个生化恐怖分子。”

“那份档案是伪造的，”杰克说，“不知道谁做的。”

巴特米尔桑德湾平静的水面上，这艘豪华巨轮几乎没有移动过，但亨利却感觉整个世界都倾斜了。他隐约期待着真的能看到世界倾斜的场面，可一切看起来又是那么平常。

不，不再平常了。如果戴尔·帕特森确实对他说了谎，那么一切都不再平常了。

在过去的二十五年里，可以说，亨利把自己的命都交到了帕特森的手上，他从未对帕特森产生过怀疑。他相信帕特森说的每一句话，他相信帕特森以及队伍中的其他成员都一条心。

如果今天这个消息不是杰克亲口说的，亨利死都不会相信的。杰克是他的战友、兄弟。如果不是百分百的确定，杰克肯定不会在分别这么多年后还坚持要找到亨利，然后告诉他这个消息。

“为什么？”亨利终于从震惊中恢复过来了。

杰克耸耸肩，略带抱歉地说：“我也不知道。但是在多尔莫夫决定投身别国的时候，很多部门都拉响了警报。”

亨利脑中思绪万千。如果说谎的不是帕特森呢？也许他也是被高层欺骗了呢？难道帕特森是狡猾的叛徒吗？是无知的蠢蛋吗？以亨利对他的了解，他绝对不是这两种人。

“谁告诉你的？”亨利问道。

杰克犹豫了，好像在斟酌用词，然后小心翼翼地说：“国外的一个朋友。”

一个“朋友”。

亨利很清楚这个词的含义，遗憾的是，这个人肯定是他没有直接接触过的。他要去确认这个“朋友”的身份，才能知道真相，才能确保杰克没有被欺骗，虽然后者不太可能——杰克总是能在骗子还没靠近时就识破对方，即便是在天气恶劣得看不清人的时候。唯一能让亨利确信的办法，就是和杰克的那位“朋友”见面。杰克会理解的。如果两人的立场反过来，杰克也会做出这样的选择。

“我想和你这位朋友聊聊。”亨利说。

杰克被啤酒呛了一口。“噢，好的，没问题！你想怎么聊？打个网络电话还是视频聊天？”

亨利还是面无表情的样子。“我想和他聊聊。我必须这么做。”

杰克的大脑飞速运转，他在盘算着用各种理由告诉亨利这是不可能的，但他心里又明白，亨利绝不会放过这个机会，因而感到非常矛盾。

“管他呢——这家伙欠我的。”杰克说完，把啤酒放在左手边的杯架上，手指飞快地敲击着键盘，然后把屏幕转向亨利。

屏幕上白底黑字写着：

尤里·科瓦奇

布达佩斯

亨利正准备向杰克道谢，忽然听到身后有动静。扭头一看，竟是一位绝色美女从下层甲板款款走上来。

美女走进客舱。她有一头浓密的蜜糖色头发，比基尼仿佛是量身定做一般贴身，而她那曼妙的身姿也丝毫没有被比基尼外的薄纱所掩盖。她在客舱里停留了一会儿，低头从墨镜上方的空隙对杰克眉目传情，流露出既克制又含有强烈占有欲的表情。接着，她转身走了，轻快优雅地登上旋转楼梯，去了上层甲板。

亨利没想到还有这么一出。他回过头看向杰克。这位美人背后的故事一定非常精彩。

杰克笑了，耸了一下肩。“这是凯蒂。为了弥补那些年我在国情局时没做成的事。”

“你觉得你在国情局还有没做成的事吗？”亨利大笑起来。他想提醒杰克，在他们开始工作的时候，这位美女应该还在幼儿园用人生的第一套蜡笔学习怎么涂色呢。他想了想，还是不说了。杰克肯定知道他想说什么。

杰克带亨利逛了逛他的水上别墅。在亨利看来，这比他去过的几家真正的别墅还要豪华。美丽的凯蒂没有回来找他们喝酒。她消失得无影无踪了，这确实是美女经常做的事情，仿佛那是她们的超能力。杰克没有再提起她，所以亨利也没问。如果你和某人一起出生入死过，那么你就不会对他的任何行为感到大惊小怪，哪怕你们已经有二十五年没有见面。

他们回到船尾，又一起喝了点儿啤酒。看着眼前辽阔的水域，感受着无人打扰的清静，亨利非常享受这一刻，不管刚才发生了什么。他抬头看着万里无云的湛蓝天空，觉得那就像一个大碗，把他们都罩住了。

不过天空并非绝对纯净。亨利看到一小块金属在反射太阳光，就像一只金属小鸟在飞。可惜了，原本是多么纯粹的蓝色。不知为何，他心里升起一种不祥的预感。不过，自从杰克跟他说了那些话之后，他就知道大事不妙了。

“你这样联系我太冒险了。”亨利转过头去，不再看远处金属的反光，“你不应该联系我。”

“我知道，但我能怎么办呢？我爱你，兄弟。”说到最后五个字，杰克哽咽了。

“我也爱你，兄弟。”亨利回应道。

现在，亨利心里一团乱麻。在战场上，情感有时候会让人盲目。但杰克在战场上一直是非常稳定的，他很擅长控制情感，只关注形势的瞬时变化。不过，这里不是战场，或者说，这里不应该成为战场。但天空中的那一点反光，打破了一切。

第 5 章

“……有没有告诉你他的身份？”

“瓦莱里·多尔莫夫，一个恐怖分子。”

“不，瓦莱里·多尔莫夫，一名分子生物学家，他在美国工作三十多年了……”

杰克的声音清晰得仿佛他本人就在珍妮·拉西特的办公室里似的。这段对话来自那台盘旋在豪华游艇四千米外的无人机，当然还有一艘停靠在巴特米尔桑德湾、负责指挥无人机的小船。无人机上的摄像头的像素放大到足以让拉西特和克莱·韦里斯把甲板上的人看得清清楚楚。

那位美女在杰克和亨利谈话的过程中出场，这让拉西特顿时感到非常苦恼，五官都拧在了一起。她差点儿忘了，杰克并不是独自来找亨利的。估计他现在正祈祷他这位女伴马上离开，下午去萨凡纳城[1]逛街，晚上在

[1] 佐治亚州第四大城。

那边享受一顿休闲而昂贵的晚餐，不要回到游艇上。不过这已经来不及了。

那位女士登上了最上层的甲板，脱去薄纱，泡在驾驶舱后面的涡旋式浴缸里。她把修长的双腿弯曲起来，将一头闪耀的秀发梳到浴缸外，以免弄湿。瀑布般的长发垂到了地板上，在阳光下熠熠生辉。拉西特感到非常困惑——怎么会有人在那个地方摆一个浴缸呢？船这么大，有这么多地方，却偏偏放在那里！

好吧，主人明显就是为了炫耀自己钱多。确实，任何一个有钱人都能买下一艘又大又贵的船，但是为什么要买船呢？所有又大又贵的船看起来都一个样。其实买船并不是重点，重点是买一个又大又贵的身份象征，而一般人只会买一堆车尾贴或者去弄一个文身来宣扬自己的身份。

不管怎么说，拉西特都觉得这个女人真可怜。她肯定是看到杰克在这艘游艇上，然后打起了小算盘。也有可能她之前就听说过杰克这个人，因而有心靠近他。她完全不知道自己被卷入了怎样的事件中。绝大多数女人都有这个毛病，拉西特觉得，当然，她可没有把自己算进去。

拉西特对于自己选择的这个行业从未抱有任何幻想。在情报机构中，占主导地位的一直以来都是男性，国情局也不例外。从一开始，拉西特就知道，如果自己想要成就一番大事业，那她必须下一番狠功夫，她必须往上爬、往上挤，必要时还得往下踹一脚，才能爬到金字塔顶端。她一直以来也是这么做的。不过，她至今还没有撞到“玻璃顶”，因为障碍物太多了，她还碰不到顶。她唯一能做的，就是努力去冲、去撞，最后，要么她把所有障碍粉碎，把玻璃顶撞开，要么她遍体鳞伤，无力再战。

爬得越高，遇到的障碍就越多，就越要奋力去拼，因为没人能帮你。没人——男性——会帮你狠狠地砸玻璃顶，让你轻松地突破，或是悄悄塞给你一把玻璃刀，或是告诉你一条能绕开它的秘密通道——包括你的父亲。这也无所谓——只要当一辈子爸爸的宝贝女儿就行了。

如果真的有男同事为你挺身而出，其他人肯定会说——“她是靠出卖肉体上位的。”这很可笑，因为拉西特亲眼见识过，情报机构中的女性是不可能靠肉体爬到高层的。也许有的人靠着这种关系能走到中层，但这不是拉西特的目标。

经历过多年的争斗与拼搏，拉西特现在终于到了比较高的“平流层”，这里的空气要寒冷且稀薄得多。但她就算死，也不会让任何人看见自己颤抖着挣扎求生的样子。每天早上，她都会精神抖擞地起床化妆，然后提前一个小时开始工作。她告诉自己——“这是对的。绝对、肯定、毫无疑问是值得的！”她从来没有动摇过，从来不会灰心丧气、自我怀疑。从不！她做到了。她现在是主管了。那是一个神圣的职位，不是没有前途的岗位，不是闲职，也不像仓鼠的跑步机——专门生产资质平庸、目光短浅、缺乏主见的工人。那些人也许起初以为自己能干大事，但最后却只能臣服于别人或丢掉性命。

有人称拉西特为“来自九层地狱的没心肝的贱魔王”。当然，她们只敢在女洗手间悄悄说，可惜的是，当时里面并不只有她们几个。拉西特认为，自己的身份怎么也比那些自称行政助理、实际上却只会聊八卦的秘书好多了。

不过，成为一名自大的、只靠工资为生的秘书倒是有一个好处，那就是不需要和克莱·韦里斯——现在在拉西特的办公室作威作福的男人——打交道。

和克莱·韦里斯第一次见面，拉西特就看不惯他。后来由于工作关系，两人常常需要接触，这让拉西特对韦里斯的厌恶逐渐变成了不可动摇的痛恨。不过，克莱·韦里斯也不需要拉西特的喜欢，因为他已经够自恋了，其程度甚至超过了拉西特对他的厌恶程度。他觉得自己具有远见卓识，是军队中武装过的史蒂芬·乔布斯——身手了得、富有阔绰，而且还没有乔布斯的怪脾气。

在情报局工作，时间久了会失去激情，但克莱·韦里斯没有。他是一个冷血动物，和他比起来，巨蟒都变得像小狗一样可爱。而且，他总是随心所欲地切换状态，时而冷血，时而温情。在这一行虽然有很多危险人物，而他带来的危险会致命。拉西特知道和他打交道必须十分警惕，不过她并不害怕。

“太遗憾了。”韦里斯突然开口，语气听上去很随意，好像他一直在和某人说话似的。

对他的行为，拉西特并不感到惊讶。她知道韦里斯已经把想说的话在心里说得非常大声了。她等待着，看从他嘴里还会蹦出什么字眼儿来。

“我一直很喜欢亨利。”他又说道。

有那么一瞬间，拉西特在想自己是不是听错了，待她反应过来，她真希望是自己听错了。

“亨利是国情局的人，韦里斯。”她语气强硬，“是我的人。”

韦里斯盯着她，露出不耐烦的表情。“他知道你欺骗他了。”

“我们派了人手跟着他，”拉西特说，“这是特工退役的标准流程。他在我们的控制之中。”

“控制？”韦里斯讽刺地笑道，“控制亨利·布洛根？难道我们刚才听的不是同一段对话吗？他已经和多尔莫夫的接头人接触了，他一定会追查下去，直到最后拿枪指着我们的头。”

拉西特摇摇头，“可是……”

“他的接头人呢——那个光头？”韦里斯问道。

“帕特森？”拉西特耸耸肩，“他会站在我们这边的，虽然可能不是很情愿，但他不会违背我的意思。”其实她没有把握能把帕特森拉拢过来，但只有这样说，才能让韦里斯暂时放过帕特森。至少她希望能有这个效果。

“我会把事情解决好的，”韦里斯说，“最后栽赃给俄国人就行。”

拉西特心中怒火顿生。“不用你来解决，”她说，“我可以处理好。我会告诉组员亨利失控了。”

韦里斯从鼻子里轻蔑地哼出一口气。“你之前派出四个人，却连一个多尔莫夫都搞不定，还想搞定亨利？得了吧。你需要双生子了。”

拉西特的怒火再次被点燃，这次火势更凶猛。“我不会让你在美国境内杀人……”

“你根本没有能了结亨利·布洛根的人。”韦里斯打断她的话，大声说道。

“我有。”拉西特再次感受到了体内那股想打人的原始冲动。韦里斯总能让她产生这种感觉。“我们内部的事情可以自己解决，谢谢。”她说这句话的时候，完全就是一副“地狱贱魔王”的嘴脸。

韦里斯走到拉西特的办公桌旁，恶狠狠地将拳头砸在桌上，脸上如寒铁一般无情。“我们之前做的一切努力可能都白费了——多亏了你的失败。”

韦里斯锐利的目光碰上拉西特的目光，他想用眼神逼迫她退缩，但这个地狱魔王扛住了。

“你只有一次挽救的机会。很期待你的表现。”他站直身子走出去，眼睛却仍瞪着拉西特。

拉西特也不甘示弱地直视他的目光。地狱魔王并不害怕他，至少目前不怕，不过，她开始着急了。

亨利把“艾拉·梅”的缆绳拴在缆桩上，他决定听完孟克这首钢琴曲再上岸。他从“裂痕八号”下来后，杰克朝他绝望地笑了笑，然后和他挥手告别。他一个人静静地回到了码头。这期间，空中那个反光的金属不知何时消失不见了，这可不是什么好兆头。亨利很高兴重逢故友，但杰克的到访和那个反光的金属一样，预示着狂风骤雨即将袭来。亨利知道，一切都不一样了。因此，在能够享受的时候再偷一点儿时间去享受吧。

亨利靠着椅背，把腿伸到身旁的另一张椅子上。孟克的钢琴曲《神秘》已经进入尾声。突然，亨利注意到了仪表盘。

舵角表有点儿歪了，似乎有人把它从仪表盘中撬开，然后又匆忙安了回去。亨利非常愤怒。这是专门定制安装的表盘——怎么能够像搭积木一样把表盘拔出来又塞回去！艾拉·梅是一位优雅的女士，即便是死了，也不会有一根头发丝，或一块表盘是凌乱的。亨利一直以尊重、认真的态度对待她，确保她的每一次亮相都让人惊艳。到底谁这么粗鲁？又为什么要这样做？

他把舵角表从木质光滑的表盘中取出来，小心翼翼地往里看，马上就发现了问题。这些浑蛋！他一边在心里咒骂，一边把里面的光纤线路和其他电线分离开。

该死！他早应该想到的。在国情局干了二十五年，他们不可能让他顺顺利利地退休回家。他们一定留有后手。舵角盘里的窃听器是他见过的最小的，只能收录声音。亨利不知道除了引擎的噪音、风声和水声，它还能收录什么，不过现在的监听设备日新月异，他也说不好。他唯一确定的是，这玩意儿让他心跳加速，开始喘起粗气来。那些监听他的人应该能知道他已经被惹怒了。

肯定是门罗告诉国情局的人他打算退休，局里的人趁他还在列日时把窃听器装进去的。杰瑞绝对不会允许其他人碰艾拉·梅，所以他们肯定会先把他弄走。亨利真希望他们能给杰瑞开出很好的退休条件，让他无法拒绝的那种好。杰瑞是个好人，他值得享受好一点儿的生活——前提是他还活着。

亨利关掉音乐，一步跨上码头，冲向收费窗口。很好，这位“海底生物”同学还在。可能她觉得自己很聪明，慢慢摘下耳机，装出一副“噢！我真无辜”的样子，假装什么事都没发生。也许她真的太年轻了，还不知道一个被惹恼了的退休杀手会做出什么事情来。

“有什么收获吗？”她高兴地笑着。

亨利把连着光纤的麦克风丢到她面前的桌上。她盯着麦克风看了一会儿，然后又抬起头来看他，笑容有点儿僵硬。

“好吧，一般男生都会送花，或是放一些他们觉得比较浪漫的歌，但是……”

她是不是对着镜子练习过这种无辜的表情？

“你是不是DIA[1]的人？”亨利生气了。

“呃……这要看情况了，”她的脸上依然带着笑容，不过笑容中有点儿疑惑，“什么是DIA？”

“美国舞蹈指导协会[2]。”亨利说，“谁派你来监视我的？是帕特森吗？”

“帕特森？”她皱了一下眉，第一次听到这个名字似的。

这种如稚子般天真的行为让亨利更加恼火。“听着，你看起来也是个体面人，”亨利说，“但你已经露馅了。你的伪装已经没有用了。”

丹妮的头向旁边侧了一下，“我还在听马文·盖伊[3]的歌呢，所以我还是……”

“说出乔治亚大学达连校区三栋建筑的名字，”亨利说，“来吧，海底生物学专家，随便三个就行。开始吧。”

“你是认真的吗？”她用怀疑的眼神看着他。

“认真的。”

她叹了口气：“罗兹礼堂，麦克沃特礼堂，鲁克礼堂。”

“现在我确定了你就是国情局的人，”亨利说，“要是普通百姓早就让我滚蛋了。”

“那肯定不是有礼貌的普通百姓。”她非常冷静。

“佩服，你确实有点儿本事。”亨利说，“会说话，讨人喜欢——简

[1] 美国国防情报局。

[2] Dance Instructors of America，英文缩写也是DIA。

[3] 美国摩城唱片著名歌手、曲作者，对许多灵魂乐歌手都有巨大影响。

直是教科书级别的国情局做法。你住在这附近吗？”

她眨了眨眼。“什么？”

“我想去你家看看……”

“你在说什么？”她警惕地后退了一点儿。

“你家里肯定连一本海底生物的教科书都没有，只有一大堆关于亨利·布洛根的旧资料。”他终于说完了。

忽然，她的微笑又回来了，但这次不是为他而笑。有两个渔民在亨利身后排起了队，静静等待着。

“和你说话挺有意思的，真的。”她说，“但我还要工作，所以，你不介意的话……”

“好吧，那不去你家了，喝一杯怎么样？”亨利说，“去鹈鹕岬逛逛？”

她的嘴巴张得大大的，一脸惊讶的样子。“我为什么要去呢？好让你继续逼问我吗？”

“是啊。不过也许我会向你道歉呢。不管怎么说，那边每周一都有很棒的乐队表演。”

亨利似乎看到她的小脑袋瓜正在飞速运转，就像杰克一样。应该先答应他然后放他鸽子呢，还是不再伪装直接请后援帮忙？排在他后面的渔民会不会开始抱怨为什么自己今天早上要起这么早呢？

“七点钟。”她终于开口了，笑容有点儿勉强，有点儿谨慎，“不过，你别再说这些疯话了可以吗？拜托！”

亨利笑了，什么也没说。

丹妮在出发去鹈鹕岬之前，回家快速换了一身衣服，上衣是印着“乔治亚大学达连校区”的 T 恤，下装是一条牛仔裤。她比约定的时间提前了一点儿，在户外酒吧一边喝着“加啤威士忌”一边思考着。两个一直在附近徘徊的男生先后过来搭讪，不过在她拒绝之后，就没有再来碰运气。男生看到女生单独在酒吧主动上前搭话，这是常有的事。至少这两人没有死缠烂打。

她越来越不知道待会儿要跟亨利说什么，如果亨利会来的话——不，应该是当亨利到了的时候。亨利不会放她鸽子的，如果他还想继续逼问她的话。当然也有可能会来和她道歉。不过她觉得亨利不是那种会轻易向别人道歉的人。有些人不喜欢道歉，还有些人说不出道歉的话，于是就用各种方式去逃避。包括一起喝酒。

不过，她确实认真考虑过要不要爽约。直到现在，她都不确定和他出来喝一杯到底是不是正确的决定，尤其是他那样和她说话之后。得是什么样的人，才会像他那样和一个刚认识的人说话呢——对方还只是个拿着最低工资的研究生？她能想象如果父亲听到了会做何评价。当时，那两个排在亨利身后的渔民听到了他们的大部分对话，所以亨利离开的时候，他们都向他投去嘲笑的眼神。看着丹妮时，他们也像看好戏似的。她只好耸耸肩，说：“客户永远是对的。”然后马上帮他们处理事情，转移他们的注意力。

她还在想着下午的事情，眼前突然出现了一束花，五颜六色，非常漂亮。花束不过分夸张，但很精美，绝不是临时从便利店买的，用来道歉再合适不过了。不得不说，亨利·布洛根确实知道应该怎么讨好人。

丹妮对亨利露出微笑，却发现自己的脸在发烫。天啊，自己竟然像个孩子一样害羞起来！她惊慌失措地想着，脸颊越来越烫。“噢！”她惊讶地喊了一声，想着怎么掩饰自己的害羞。

“今天真不好意思。”亨利说着，在她右边的高脚凳坐下了，“我的老习惯了。我没办法轻易相信别人。可能……你也是这样吧？”

她的心一下子沉了下去。看来指望他正常一点儿是不可能了。“你为什么这么说呢？”

他拿出一张8cm×11cm大小的白纸，放在花束旁边。丹妮看看白纸，又看着他，摇摇头说：“我不知……”

亨利把白纸翻过来，背面是一张国情局工作证的彩色截图——放大了五倍，因此可以清楚地看到她的全名——丹妮尔·扎卡列夫斯基，还有她的手写签名。

丹妮感觉全身的力气瞬间被抽空了，一下子瘫倒在高脚凳上。她用手肘撑着吧台，掌心扶着额头，安静了好一会儿。“从哪儿来的？”

“在那里忠心地工作二十几年，你也会认识几个好朋友的。”亨利的声音听起来很温和，并不是在耀武扬威，他也没有对此沾沾自喜。

丹妮再次对亨利·布洛根感到惊讶。不过她本来就应该知道这一点——她看了所有关于他的资料，知道他是一个靠谱的人。她一口气喝完了杯里的酒，但没有把酒杯“砰”的一声砸在吧台上。“好吧，现在我有种引火烧身的感觉了。”她说着，觉得自己更加没有力气了，“我完了。我真的完了。”

“这不是你的错，”亨利用着同样温和的语气安慰她，“你已经很厉害了。我再请你喝一杯？”

她郁闷地点点头。这样也挺好，她心想。某天，自己的事业突然从无限光明变成了一坨臭狗屎。挺好的。

“‘加啤威士忌’是警察爱喝的，”亨利看到酒保把啤酒杯和威士忌酒杯放在她面前，问道，“你们家有人是警察？”

“我爸爸以前是联邦调查局的。”虽然自己失败了，但说起父亲，她还是忍不住流露出骄傲，“为国家做出不少贡献呢。”

“以前？”亨利问道。

我从他身上什么料都没挖到，丹妮心想，**连他什么时候拿到我工作证截图都不知道……今天真是越来越精彩了。**

“他不是在工作时牺牲的。”丹妮说，“当时已经下班了，他想去拦住银行抢劫犯。”

“节哀。”亨利说。

丹妮听得出来他是真心的。趁自己还没有做出类似号啕大哭这样的蠢事，她把威士忌倒到啤酒杯里，然后举起酒杯。亨利也举起酒杯和丹妮碰杯，然后大喝了一口。

“你的档案里写着你以前是海军，”亨利说，“属于驻扎在巴林[1]的第五舰队。”

“我喜欢大海。”她说，“但我不喜欢和几百个水手一起生活在一个小铁罐头里。”

“那也比住在摩加迪沙[2]的沙坑里要好。”他的话语中略带苦涩。

“确实。”她轻轻笑了。

“从海军退役后，你加入了国情局，接手国防秘密相关的事情，”亨利接着说，“你负责招募新人、管理资产，没有出现过任何失误。然后，内政部派你来码头上盯着一个只想要退休的人，”他用余光瞟了她一眼，“难道你不觉得大材小用吗？”

丹妮笑了。每一个情报机构中都存在地位斗争的情况。这也是情报工作的一部分，其实和普通老百姓的职场斗争没什么两样。她决定换个话题。

“你知道我父亲最喜欢联邦调查局的什么吗？”她说着，拿起酒杯抿了一口，“它的字母——FBI。他说那代表着Fidelity（忠诚）、Bravery（勇敢）、Integrity（正直）。他经常会说起这些——在喝‘加啤威士忌’的时候……”她轻轻举起了啤酒杯，“这几个字母每天都在提醒他应该成为什么样的人。‘要对得起这些话’，他总是这么告诉我，他还说‘不管你以后从事什么行业，我都会为你自豪的’。我希望他现在真的为我自豪。”

“一定会的。”亨利语气肯定，好像自己真的知道似的。

虽然发生了那么多事，丹妮还是觉得又惊讶又感动。有那么一瞬间，她几乎想告诉亨利，他的那些话有多么让她感到宽慰。但她忍住了。虽然

[1] 一个濒临波斯湾的由低矮多沙的群岛组成的国家，位于卡塔尔和沙特阿拉伯之间。

[2] 索马里首都。

她暴露了自己，但是她的任务并没有结束，她必须演下去。她是一个专业的失败特工。

不过再来一杯“加啤威士忌”也无伤大雅。

两人一起离开鹈鹕岬时，夜色已深。虽然现在的环境并不算非常理想，但她发现自己今晚过得还算开心，毕竟她是在和国情局的传说级人物聊天呢。当然，她在讲故事的时候也适当地有所保留，她知道亨利肯定也是这么做的。不过，这比她之前的几次约会都有意思。好吧，这可能是最有趣的一次约会。

“我想，我们大概要说再见了，亨利。”她希望自己的语气听起来没有那么恋恋不舍，“监视你很开心。谢谢你的花。”她把花束举了起来，“不过明天我可能就要去别的地方了。”

“要不要送你回家？”亨利问道。

丹妮摇摇头，“我家就在这边。”她指着50码外的一栋公寓说道。她很喜欢萨凡纳城。这个城市有历史街区，可以坐着河船游城，还有热闹的城市市场，而且她很喜欢住在海边。但她知道自己是不会想念这个地方的。局里要求她住在这里——这栋公寓离码头很近，她从客厅就可以看到泊船处——但是这里的墙壁比纸还薄，Wi-Fi信号也差得要命，实在很难久住。

丹妮伸出手，希望在分别前和亨利握握手。握手时，她的手忍不住多停留了一会儿。“亨利……为什么要退休？”

他犹豫着，没有马上开口，但她知道这次他不是在想怎么撒谎。“我发现，自己最近不敢照镜子。我想这也许是一个征兆。”

这理由真诚实，丹妮想，很符合他的忠诚和勇敢。

“你自己多加小心。”亨利叮嘱道。

“你也是。”她轻轻笑了，转身走向公寓。

“晚安，小特工。”他又加了一句。

她没有回头，径直走向公寓。她笑得更厉害了，但又忍不住涌起些许愁绪。有时，她会感伤自己走的这条路太孤单了。

这份工作要求他们身处人群之中，但永远不能成为人群中的一员，更不能和普通人有来往。就连和其他特工来往，都不能真心实意地信任他们。工作中，你必须和搭档保持距离，不能让自己的情绪受到影响。否则，一旦搭档死了，或者掉转枪头了，又或者被发现是双面特工，那么你的情绪波动会让你丧失思考能力，做出错误的决定。这很可能会让你自己，以及其他参与任务的人遭遇生命危险，甚至更糟。

即便是在闲暇时间，你也不可能马上调整好状态，像普通人一样和他人沟通、建立联系。如果和别人建立了联系，并且变得很享受普通人的社交生活，那么当你的上司打电话让你去萨凡纳监视一个渴望退休的传奇特工时，你要怎么办呢？你能像按下关闭按钮一样马上结束这段关系吗？所以看吧，你只能过着孤独的生活，隔绝除自己以外的所有人。这就像在使用一台安装了气隙系统的电脑，所有人都在线上，只有你隐身。

不过，偶尔——极少数情况下——你会遇到这么一个人，虽然你尽力克制，但还是忍不住想和他建立联系。这时候你才能体会到一点点和其他人产生联系的滋味——非常私人的联系，不管是出于什么情感，爱情也好，其他也罢。这对于普通人而言，也许是司空见惯、唾手可得的，他们拥有这个宝贝而不自知。特工却只能像经历了一场宿醉一样，去忘记这些事情。

所以，今晚和亨利喝酒，绝对不是什么约会。

“嘿，杰克，你想过历史吗？”凯蒂站在甲板的栏杆边上问道。

杰克站在吧台后调酒，听到凯蒂的话，抬起头来看着她，笑了。他这一辈子都是美女的裙下之臣。他的妻子曾经是他遇见过的最美的女人之一。不过，最近几年杰克发现，一个愿意跟他交谈的美女，比一个只喜欢购物的美女更可爱。这种可爱指的不仅仅是明亮的大眼睛、玲珑小巧的骨架，或是魔鬼般的身材。当然，这几样优点凯蒂也都有。

“每当仰望星空时，我总会想到人类悠久的历史，”凯蒂说，“我会想，山顶洞人也曾仰望这片繁星。克利奥帕特拉[1]也曾凝视过它们。还有莎士比亚。我们抬头看的竟然是同一片星空。我想说，对于星星而言，几百年时光算不上什么。这一点让我觉得很安心。我也不知道为什么。”

杰克也不知道为什么。他很难想象一位如此美丽的女士也会需要外在的安慰，毕竟她又没有遭遇什么意外或是战争。杰克又往外看了她一眼，然后切起了柠檬片。

“以前的人啊，也和我一样凝视这片天空吧，”凯蒂絮絮地说着，“他们也许跟我现在的感受一样——惊奇。这种感觉，也许一百年后的人们也会有。它……”

杰克等着凯蒂接着说，但等来的却是一片寂静。他不用抬头看，也知道凯蒂此刻一定已经不在栏杆边惊奇赞叹了。他从背后的腰包里掏出一支手枪，走到甲板上，小心翼翼地不发出一点儿声音。还是没有凯蒂的身影。他想起亨利说过，不露痕迹地消失是所有美女的超能力，这是她们为了其他帅气多金的男人把我们甩掉的方法。

最好这一次也是如此吧。杰克这么想着，心却越来越沉重。他没想到居然有人敢在美国水域对他动手。本来应该有足够的时间让凯蒂逃到安全地带的，该死！

杰克用余光瞄到甲板边缘处的潜水氧气瓶和游泳鳍的影子，影子慢慢朝他靠近，变成了一个带着枪的人影。杰克朝他奋力一撞，两个人扭打起来，双方都想占得上风。杰克已经有好些年没有和人赤手空拳地搏斗了，而且他能感觉到对方更强壮，可能也更年轻。他必须快速了结他，否则很可能就体力不支了。

[1] 埃及艳后。

杰克试图用枪口抵住对手的胸膛，结果，手里的枪蓦地射出一枚子弹，从他耳旁擦过。他听不见声音了，打斗起来更加凶猛，也不知道自己有没有受伤，只能依靠肾上腺素保持攻势。马上就能把枪口对准敌人的肚子了。突然，从杰克身后伸出了两只手臂，他的头被手臂紧紧地锁住了。

该死！如果刚才枪没有走火的话，他肯定能听到后面有人。他想着，眼皮越来越沉重。

这两个人迅速行动起来，像翩翩起舞的死亡使者一般忙碌着。最后，两人把目标人物和他的女伴都捆起来，又在他们身上绑上重物，丢到船尾去了。

没想到这次的任务这么轻松。那个女的就不提了，但杰克应该是特工界的一把好手才对。看来退休生活对他没有任何好处，他堕落得太快了。这次任务算是虎头蛇尾吧——甚至可以说是让人失望。

真希望接下来的工作不要这么简单。如果对手连一场架都打不了，那他们怎么能在任务中展示自己高超的技巧呢？

第6章

亨利·布洛根在费城体育馆的户外泳池中游泳。

他溺水了。

身边的孩子都在练习踢腿，不断激起水花，水面上满是泡泡。他们大笑着，仿佛"笑"是一件有意思的事。确实很有意思——对于他们来说。他们怎么都不会溺水呢？为什么只有他一个人溺水了？他们都在往池里跳，还玩得那么开心。

就在亨利以为自己马上就要淹死时，两只强壮的手臂抓住了他，架着他的腋窝把他提出水面。他终于呼吸到清爽的、带着消毒水味道的空气了。

亨利用力眨眨眼，把眼睛里的水挤出去，他不断咳嗽着、喘着粗气，而他的父亲则在一旁笑着看着他。

父亲的脸被放得很大，把整个世界都挡住了，连天空都看不见。亨利唯一能看见的，就是那张灿烂的笑脸，以及父亲常戴的太阳镜。从太阳镜中，他看到两个惊慌失措的五岁男孩。那就是他，干瘪的身材，穿着超大码的泳裤。他必须把裤头系得紧紧的，裤子才不会掉下来。镜子里的他大口喘着气，不断挣扎扭动，想逃离那个地方，因为他知道接下来会发生的事——接下来总会发生的事。

“你的踢腿一定要多练！”父亲大笑着说，声音比周围孩子的尖叫声和拍水声还大，“集中一点儿，亨利！你已经五岁了——这不难的！再试一次！”

镜片里的两个小亨利徒劳地挣扎着，直到父亲像抛一条小鱼般把他抛回泳池。太阳镜中的身影变得越来越小。亨利再次沉入水中。他看到父亲的身影和池水一起晃动着。他沉得越来越深。岸边爆发出一阵笑声，但这笑声越来越闷，像有人捂住他的耳朵似的。

疼痛像电流击中亨利一般。他想大喊，但只能发出一阵连他自己都听不清的尖锐的呓语。在他身体的上方，一个明亮的矩形正不断后退。无论他多么努力地试图踢腿、挥动手臂，都没办法让自己浮起来。池水一直把他往下压。他的腿越来越重，好像脚踝上被绑了大铁块似的，拽着他一直往下坠。越来越深，越来越沉，沉到他从未到过的深度，让他永远、永远、永远无法再回到水面。黑暗慢慢将他笼罩起来。父亲的笑声，孩子们的尖叫声、拍水声、玩闹声，都慢慢消逝了，很快，连他自己也会消逝。

救命。他恳求着，抬起眼皮又看了一眼远处透着微光晃动着的水面。救命。

突然，一个黑色的身影投入了模糊的水面，有人正朝他游来。他认出了那个身影——妈妈。他终于集中精神，用力向母亲伸出了手，希望身边的黑暗褪去。妈妈总是会来救他的，但并不是每一次都那么及时。

无边的黑暗先抓住了他，战胜了他，困住了他。这里的水太冷了，泳池的水不应该这么冷。他尝到了咸咸的味道，不是消毒水的味道。

这是大海。妈妈没有来救他。妈妈再也不会来了。爸爸也是。这里不是费城，他也不是那个五岁的小男孩了。在这个地方、这个时候，他知道只会有更糟糕的事情在等着他。他的四肢都沉重无比，无法扑腾，也喊不出话，连在大脑中自言自语都做不到。他只能沉入寒冷与黑暗中。

突然，一阵刺耳而持续的“滴——”划破了寂静。亨利知道这是机器的声音，说明他的心跳停止了。不过这声音不会持续太久的——他马上就要活过来了。他还是被救起来了，当然救他的不是他的母亲。他知道接下来应该要遭受撕心裂肺的痛。当除颤器接触到他的皮肤的那一刻，他猛地惊醒了。

发现原来在自己的床上，亨利松了一口气，但马上又发现了不对劲，那阵刺耳的“滴——”还在响。

他抓起床头柜上的平板电脑，关掉了警报。他听到有人触发了他在房子附近设置的激光绊线陷阱，如果不马上走，很可能自己真的会死。

床对面的墙上有一面镜子，从镜子里能看到外面有人影从窗边走到床的左边，那人用红色激光往里面探，寻找着目标。

亨利悄无声息地从床上滑到地板上，拿出手机拨打电话。“快接。”他在心里祈祷着，并贴着地板爬到床下的暗门处。推开暗门，他滑到离房间地板两米的缝隙里。备用包还在老地方——虽然袋子外面已经布满了灰尘，但里面还是完好且干燥的——他希望。他的手机还在拨打着号码。“快接，快接，快接……”

“希望你是来告诉我我们要重新合作的。”门罗开门见山道。

“在哪儿？”亨利压低了声音问。

“监视一辆破车。”小猎犬听起来很不高兴。

“听好了，马上走。”亨利一边悄声说，一边用手肘撑着身体趴在地上。

他当初建房子时，跟工人说希望能用水泥柱把房子撑离地面两米，工人用一种很奇怪的眼神看着他。不过也不能怪工人不理解，毕竟他们没有夜半飞速潜逃的经历。

“别回家，别去女朋友家。去坐公交，用现金买票。只能用现金。如果没有就去偷一点儿，别去柜员机取钱。然后去一个没有人认识你的地方。”

“真要命，”门罗的声音有点儿颤抖，“你确定？”

“他们就在我窗外，”亨利说，“对不起了，朋友。你要逃命了。”

“我没事。”门罗想强装冷静，掩饰自己的害怕，但最后装不下去了，“我要怎么联系你？”

“别联系我，”亨利说，“想活命就别打电话给我。也别打给任何人。至少别打给国情局里的人。干脆把你的手机丢掉。听到没有？”

有一瞬间，亨利在想门罗会不会和他争论起来，但门罗没有。门罗什么也没有说。相反，他还听到手机掉落在地面的声音，随后就是两声巨响。亨利紧紧闭上双眼，脑海中不断闪现出和这只“人型猎犬”有关的画面——第一次见到门罗的情景；门罗给他看多尔莫夫死亡的照片时的样子；年轻、快乐、得意的门罗，好像永远不会变老。

亨利把悲伤团成团，丢到思维的角落里。没时间伤感了。现在最重要的就是活着。他打开备用包，快速清点了一下里面的东西。衣服和鞋子，还在，而且是高档货，但凡一个有自尊的特工，都不会希望别人发现他死的时候没穿上衣和鞋子，只穿了一条睡裤，就算是退休老特工也是有尊严的。衣服下面还有几捆钞票、一本护照、一把格洛克手枪，最棒的是有两支伽利尔 ACE 步枪—— 以色列人真是让人不得不爱，如果你需要一样能放进备用包、又不会引起怀疑的强力武器，那 IWI 公司[1]能帮上大忙了。

亨利拿出步枪，确认子弹已经上膛，然后用手肘在铺满尘土的地底下匍匐前进，直到爬到房子前面的空地底下。“浑蛋，来抓我试试。”他心里想着。

他正上方忽然传来一连串脚步声，好像敌人听到召唤似的。亨利一个侧翻，开始向上方射击。敌人的尸体重重地倒向碎木渣中。同时，他的

---

[1] 以色列武器工业公司为 ACE 步枪的生产商。

余光也瞄到另一人的身影，于是侧翻回来，看准敌人的位置开枪射击。第二个偷袭者跪倒在地。亨利又瞄准他的头补了一枪，然后从房子底下爬了出来。

爬出来的一瞬间，他注意到在花园棚屋的屋顶有一个狙击手，正在用狙击枪瞄准他。亨利抢先开枪。狙击枪的瞄准镜和他的脸一起炸开了。“先下手为强，后下手遭殃。”亨利稳稳地举着枪，扫视面前的空地。

结束了吗？

还没有——还有第四个人，就在棚屋几米外，躲在一棵大树的阴影后，几乎要看不见了。“几乎看不见”是针对普通人而言的，亨利可不是普通人。他瞄准、开枪，一气呵成，那人应声倒地，大半个头骨在树下淌着血。

亨利再次扫视周围，直觉告诉他已经没有其他人了。现在，才是真正的结束。

只来了四个人。亨利快速地换衣服，和以前一样，快速但不着急。四个人连他的头发都碰不到。退休还不到一个星期，国情局就已经忘了他是个多么出众的特工。杀手界还有前途吗？

亨利快速坐到他的SUV里，疾驰前往鹈鹕岬附近的那栋公寓楼。

起初他担心会不会去得太晚了，也许已经有暗杀小队到过那里，把那里扫荡一空了。直到他听到丹妮的梦话，才意识到这位丹妮特工真是一位世界顶级迷糊特工。她这个一房一厅的公寓看起来更像一个乱七八糟的宿舍。如果亨利在拿到工作证截图之前先看到她的房间，可能真的会觉得她就是一个普通大学毕业生呢。哦不，也不一定——大学生的房间估计都比她的整洁。

亨利走进厨房，柜台上放着一台咖啡机。玻璃瓶里的咖啡还是温的。睡前喝咖啡？噢，对了——她肯定得尽快写一份报告发给局里，告诉他们她的身份已经被识破了。写报告也是他很不喜欢的事。

亨利往马克杯里倒了点儿咖啡，小心地避开满地杂物，向丹妮的卧室走去。他把马克杯轻轻地放在床头柜上，几乎没有发出一丁点儿声响，但就在那个瞬间，丹妮睁开了眼睛。下一秒，她已经站在床上，用贝雷塔手枪指着亨利的脑袋了。

“现在不是练枪的时候，”亨利的语气十分肯定，“现在是咖啡时间。你的备用包呢？”

“先告诉我你来这儿的目的。”

亨利的命运似乎就取决于他怎么回答这个问题了。

“有人派了一支队伍来杀我，”他说话的语气还是这么平淡，“看你刚才忙着睡觉，也没有逃跑，估计你不知道这件事。是吧？”

她皱着眉头，但没有放下枪。“我当然不知道。否则一定会告诉你的。”

“这说明你就是下一个目标。”他环顾四周，看到床尾摊着一条牛仔裤，于是把裤子甩给她。“换上，”他命令道，然后转过身去给她一点儿私密空间。当然也有可能是给了她一击爆头的机会，但亨利猜她是不会动手的。“你睡眠质量挺高的。”亨利等了一会儿，说道。

“我不做亏心事。”她说。

亨利轻轻笑了，说：“难怪我失眠。”原本他还想说些什么，但听到了金属碰撞的咔嗒声。他转过头去看着丹妮，手指靠在嘴上做了一个噤声的动作。

丹妮朝大门方向点点头。两人一起慢慢朝卧室外走去。武器已经握在手中。大门的把手正前后扭动着。

亨利再次看向丹妮，丹妮点点头。亨利猛地打开门，把门口的人吓得跪倒在走廊上，连开锁工具都卡在了钥匙缝里。亨利马上用格洛克手枪的握把将这个人敲晕。

“这个人不可能是局里派来的。”丹妮小声又平淡地说。她跟着亨利走到阳台的窗户边上。“他们可能只是一些流氓混混。”

如果只有这个撬锁的菜鸟，亨利也许会同意丹妮的说法，但是他家的那几个人可不是吃素的。虽然他们伤不了他，但他们显然不是业余的流氓。不过现在没有时间去争论他们到底专不专业了。他必须马上让丹妮和他合作，否则两个人都逃不掉。

“好吧，这么说，他们就是一群配备了专业狙击步枪的业余杀手。”

亨利看到一辆黑色的SUV慢慢地围着码头绕圈，没有开车头灯。

码头……

“所有船只都留了备份钥匙在办事处对吗？”亨利问道。

丹妮点头。

“有没有哪艘船是特别快的？”

丹妮点头。

门口那个家伙醒了，发出了一阵呻吟，准备反击。亨利踢了他的脑袋一脚。他今晚可以好好睡一觉了。逃跑的时候，丹妮又踩了他的背一脚，他已经没什么反应了。

丹妮透过码头办事处的窗户往里面瞄了一下。天刚蒙蒙亮，她看不太清。但是办事处不大，里面也没有可以藏身的地方。她判断应该还没有人搜查过这里或者躲在里面。她检查了一下，后门的锁没有被撬开过，这让她松了一口气。现在她只要相信亨利能守住周围就没问题了，她一边想着，一边溜了进去。

装着备用钥匙的柜子上锁了，这是好事。她把锁撬开，马上找到了自己想要的那把船钥匙。就在她把钥匙拿出来的那一刻，她身后的男人清了清喉咙，说：“怎么，感受到大海的召唤了？”

丹妮恨不得狠狠地踹自己一脚，刚才居然忘了检查厕所！她慢慢地转过身来，感觉心跳快得吓人。这个男人离她非常近，男人手上的枪离她的胸口更近。她深呼吸，慢慢地举起双手，两只手隔得远远的，让男人无法同时看到。

“他在哪儿？”男人问道。

丹妮垂头丧气，那表情就像小时候犯错被爸爸逮个正着、不得不认错时。这个男人相信了。从他自以为是的表情，丹妮能看出来。见他放松了警惕，丹妮马上动手，一只手握住他的枪，另一只手朝他的喉咙出拳。

男人迅速把握枪的手抽离出来，反手用枪狠狠地敲了丹妮的脑袋。丹妮感到头上一阵剧烈的疼痛，瞬间眼冒金星，直往后退，一只手习惯性地去掏自己的枪。男人一拳把她手里的枪打飞，枪掉在远处的地板上，发出咔嗒一声。等丹妮恢复视觉时，她抬头一看，那个男人已经站在她面前，用枪指着她的脑袋了。

丹妮的鼻血流个不停，弄得嘴巴和下巴上都是血。事实上，她的整个面部和头部都在流血。“因为这两个地方有很多毛细血管。”——这是她从急救课上学来的。这可真是在最倒霉的时候想起的最糟糕的事！她一边想着，一边慢慢伸手去摸脚踝处。

“你可以现在就告诉我布洛根在哪里，”他的语气还是那么狂妄自大，“也可以过五分钟，等你掉了几颗牙再告诉我。不管怎么样，你是一定要交代的。”

丹妮敏捷地从脚踝的护套里掏出一把小刀，朝男人的膝盖刺去。可惜——他截住了她的手，抓住她的手腕，往反方向扭，直到她不得不松开手为止。小刀掉到了地上。

就在这时候，外面响起了一声步枪射击的声音。又响了两声。然后是一片寂静。男人愣住了，但还捏着她的手腕。

“嗯，我听到了三声枪响。”丹妮语气轻松，“不知道你带了几个人来？”

这个问题让男人感到困惑，他没有进一步动作。丹妮抓住时机一记横扫，将男人绊倒在地。他趴在地上低声咒骂着，然后和丹妮扭打起来。他是一个用拳头作战的搏击高手，擅长用拳头和搏击解决问题。但当他摔倒在地时，动作远没有站立时那么迅捷。丹妮趁机绕到他的身后，一把掐住他的喉咙，直到他瘫软在地。丹妮把他推到一边，捡起他的枪和自己的枪。等他清醒过来时，丹妮已经站在他面前，用贝瑞塔手枪指着他的脑袋了。

“好了，告诉我，”她的血流到了嘴巴里，咸咸的又暖暖的，“谁派你来的？”

男人没有回答。

“你可以现在告诉我，”她说，“也可以五分钟后，等你少了几颗牙再告诉我。”丹妮流血的脸上绽放出笑容，“不管怎么样，你是一定要交代的。”

亨利背着两人的备用包，手里拿着步枪，在码头等丹妮。过去好一会儿了，就在他思考着要不要进去看看时，丹妮从办事处走了出来。在朦胧的晨光中，他看出她和别人搏斗过，受了一点儿伤，还受了很大刺激，但没有什么大问题。

“是拉西特。”她冷冷地说。

亨利已经猜到了，但还是忍不住问：“你怎么知道？”

刚才的搏斗过于激烈，丹妮现在还在颤抖。她伸出手，打开拳头，有什么东西掉到了亨利的手掌心——四颗破碎的带血的牙齿。亨利看了看牙齿，又看了看丹妮，歪着嘴笑了。他以为丹妮会说“是他先动手的”之类的话，但她只是径直走过亨利身旁，到码头下方去了。

佩服。

亨利背着备用包，拿着步枪，跟着丹妮走到十七号船库。停在那里的“海盗船”有三十四米长。这是一艘全新的船，它的主人为这艘船买了全套崭新的设备——如果主人发现有人偷了他的宝贝船出海撒野，肯定不会高兴的。

“我们会用最崇高的敬意去对待她，并且会尽一切所能，尽快将她安然无恙地带回来——这是我的承诺。”亨利在心里对船主人许下诺言。

当然，船主人会不会把这个退休老特工的话当真就另当别论了，亨利自己也觉得这个承诺有点儿可笑。但是管他呢——和他过去二十五年的所作所为相比，盗船出海已经是相当乖巧的行为了。

丹妮跳上船，调整好角度，又用手背抹了一把鼻血。亨利把备用包丢到船上，把“海盗船”的缆绳解开，然后纵身跳到船上。

他清了清喉咙，丹妮回过头去看着他。

“在我们出发之前，有件事情你要知道——踏上这艘船就意味着你要和自己的过去说再见了，明白吗？”

丹妮再次用手背擦了一把嘴巴上的血。“从起床到现在，我遇到的每一个人都想要我的命。只有一个人例外。”她拿出手机，把它丢到海里。

亨利走向船舵，启动引擎，忍不住笑了。

丹妮坐在乘客席上。虽然她一直表现出很勇敢的样子，但亨利发现她到现在还在发抖。丹妮知道亨利发现了她的伪装，忍不住脸红了，双手交叉抱在胸前，想让自己尽快冷静下来。

“嘿，害怕不是弱点。知道害怕是好事。”亨利说道，“害怕说明你很警觉，警觉才有可能活命。”

“可是……”她停下来深呼吸，“以前从来没有人真的想杀我。”她说话的语气好像是在承认一件让她很尴尬或觉得很可耻的事情，好像担心如果其他酷酷的特工发现这是她第一次被当成目标，就会在中午吃饭时排挤她、不让她坐一起吃似的。

“重点是——他没能杀了你。是你把他揍得找不着牙了。这已经足够威风，能让他记住你了。”

丹妮一下子又有了神采，她刚才似乎根本没往这个方面想。“我确实很厉害，对不对？”停了一会儿，她又问：“那你怕什么？除了蜜蜂以外。”

“溺水。”

亨利能感觉到丹妮正用一种难以置信的眼神盯着他看。他驾驶着“海盗船”离开了码头，前往安全的港湾。

拉西特很少关注天气预报。雨天也从来不会影响她的心情，因为她忙得没工夫去在意天气。要不是因为现在被迫和克莱·韦里斯坐在一张长椅上，她也不会去留意今天是不是雨天。好在韦里斯还知道自己带伞，否则他们就要像一对鬼鬼祟祟的情侣一样，在雨中分享同一把伞。这个公园位于萨凡纳城的另一端，距离拉西特的办公室很远，所以她早上也无法去喜欢的咖啡店买一杯好喝的拿铁。一大早喝不到喜欢的东西已经很糟糕了，还要听这个浑蛋说话，可他却很享受自己侃侃而谈的时间。

“所以，”浑蛋开口了，“这就是你的解决方案。”

拉西特深吸一口气，安静地聆听着雨水打在雨伞上“啪嗒、啪嗒”的声音。“别说教了。”

“简直就是一场兴登堡飞艇撞上泰坦尼克号的惨剧。”韦里斯兴奋的语气好像很期待看到这场景似的。

也是，他本来就是一个可悲的浑蛋。拉西特心想，不过，如果韦里斯是其中一位乘客的话，我也会很享受的。

“我还没有决定接下来怎么做。”她语气生硬地说。

“亨利·布洛根和其他人一样，”韦里斯接着说，“在他们又年轻又愚蠢的时候，你说什么他们都会信。但是他们变老之后呢？就开始觉得累了，又有良知了。这就是为什么我们需要新的兵种。双生子就可以解决这种问题。”

拉西特内心闪过一个念头，她想把雨伞的尖端戳到他眼睛里面去。“不好意思，”她的语气更加生硬了，“我不允许。”

“我没有在问你的意见，”韦里斯尖锐的话语像一把刺刀一样伤人，“你想和上司说吗？尽管去，我相信他们听说了你那个失控的计划一定会非常高兴的。”

雨下得越来越大，重重地打在拉西特的伞上。此刻，她感觉韦里斯的傲慢自大像蒸汽一样从他身体里散发出来，不过这蒸汽却寒若冰霜。这个男人的胸腔里跳动的应该是一盆冻土，而不是心脏。

“我会把整件事栽赃给俄罗斯人。”韦里斯高兴地说，然后站了起来。

拉西特也站起来了。显然，这次谈话马上就要结束了。她简直等不及了。

“然后，你给亨利举行一场盛大的葬礼。在棺材上披一面国旗，鸣放21响礼炮，再发表一篇感人的演说，大家哭一哭就行了。他永远都会是大家心中的英雄，所有人的生活都会继续。”

“这不适合亨利。”拉西特说。

雨下得越来越大，噼噼啪啪地打在人行道上，把她的小腿都拍湿了。

“拜托，”韦里斯说，“像亨利这种人，只要活着就会给别人带来伤害。你就别装了。”

“你以前求人家帮你干活的时候可不是这么说的。”拉西特心里想，偷偷瞄了他一眼。这个男人直视前方，一副自我欣赏的样子。拉西特知道自己没有胜算了。

“你有人选吗？”她问。

“我有一个最合适的人选。”韦里斯说。

拉西特知道他的意思，心情越来越沉重。

第7章

船在佛罗里达海岸附近一个荒无人烟的小地方靠岸。

亨利对丹妮说，这里暂时是安全的，并建议她去补个觉，毕竟刚才她是被吵醒的。

丹妮笑了。和亨利走了一遭鬼门关，她肯定睡不着了。话虽这么说，但她确实没什么力气了，她现在精疲力竭，说不定闭上眼真能睡着。她摇摇晃晃地走进船舱的卧室，这里竟然一点儿也不闷热，原来船主人在这里装了空调。

她躺在床上，这才看出来船身处那三块黑黑的长条是漆成了黑色的树脂玻璃，从外面看，她还以为只是装饰用的黑色油漆图案。玻璃上有把手可以打开，方便换气通风。她想要不关了空调，开窗通风吧……想到一半，就昏昏沉沉地睡着了。

等她醒来时，太阳已经升得很高。她感到浑身无力，头重脚轻，不过最要命的是肚子饿了。她打起精神来，先好好巡视了一番，最后终于忍不住跑到船上的小厨房去了。冰箱里有几罐昂贵的进口啤酒，但是没有食物——没有美味的奶酪、鱼子酱，也没有巧克力。冰箱干干净净的，她都怀疑是不是专门用来放啤酒的。丹妮推测，“海盗船”的主人肯定是个男的，而且肯定没有带过女生上船。

她还在做“结案陈词”的时候，肚子又发出了“咕噜噜”的声音。如果除了走私的毒品和钻石以外，什么吃的都找不到的话，那她就去把这个船主找出来，亲手把他五马分尸。她一定会这么做的。

在绝望边缘徘徊的她，终于在最后一节船舱找到了一个苏打饼干的包装盒。光是看着盒子上的饼干图案，她就已经垂涎三尺了。盒子里最好有饼干，否则就算里面装着偷来的宝石或是一袋一袋的可卡因，她也照吃不误。

里面没有宝石，也没有可卡因，只有一些普通的饼干，咸咸的，干巴巴的（这可真算是一个奇迹，毕竟这饼干是放在船上的）。从贴在包装盒子上的图片来看，这苏打饼干最好配着汤吃，或者再加一点儿芝士碎。确实，没有人会直接吃咸苏打饼干的。不过，如果身处一艘偷来的“海盗船”上，并且找不到其他食物的话，就另当别论了。丹妮告诉自己要懂得感恩，能找到这些饼干已经很不错了。她一点儿都没有幻想这是乐之薄片咸饼干[1]，也没有幻想这是芝士饼干，一点儿幻想都没有。这些咸饼干简直是美味佳肴，瓦楞纸一般的口感真是前所未有的独特。

她走出船舱。亨利已经在岸上，正懒洋洋地躺在沙滩上休息，两腿伸得直直的，脚踝交叠起来，好不惬意。他那形影不离的棒球帽正好拿来挡太阳。刚要放下手机的空隙，他看到丹妮在朝他招手。

“饿不饿？”丹妮向他走去，把饼干盒子递给他。

亨利又看了手机一眼，抬起头说：“饿死了，不过……”他敲了敲饼

[1] 一个在美国家喻户晓的饼干品牌。

干盒底部，“这饼干三年前就过期了。”

“是吗？吃起来还不错啊。”她把盒子转过来，看到底下印着“最佳食用日期”。看来亨利不知道“最佳食用日期”和“有效期”是不一样的。丹妮本打算和亨利解释二者的区别，想想还是算了，等没人追杀他们的时候再说吧。不过，她相信这盒饼干的保质期肯定不止三年。她不告诉亨利也许还有一个原因——她太饿了，听到亨利说不要饼干，她甚至忍不住窃喜了。

“你和拉西特合作多久了？”她问道。

“你不是看过我的资料吗？”亨利说着，眼睛还是盯着手机屏幕。

“我看过，所以才不相信办事处那家伙说的话。”丹妮说，“他牙齿还没被我打掉的时候，说你才是那个叛徒。”

亨利飞快地瞟了她一眼。“但是你不相信。”

“我百分之九十九相信他在说谎。”

“是啊，不过也有百分之一的可能性，是吗？”他轻轻笑了。

是啊，该死的，百分之一。

丹妮换了个站姿，用另一条腿撑着身体。在这个阳光闪耀的日子里，她，乘着一艘偷来的船逃命到其他州，吃着几年前的苏打饼干当早餐。她忍不住想，自己的决定是正确的吗？如果因为愚蠢，因为分不清好人和坏人，而使自己的全部事业毁于一旦，该怎么办？如果真的是这样，那么等真正的好人找到她和亨利的时候，会发生什么呢？她会不会作为最愚蠢的国情局特工，从此在最严密的监狱里服刑到死？

“亨利。”她喊道。

亨利又放下手机，抬起头看她。

“你以前遇到过这种情况吗？”

“这种？”他皱了皱眉，“具体是哪种？”

“你的政府要追杀你。”

亨利笑了笑，说：“没有。这是头一回。”

“没有？ 等等，说真的——你在国情局也有些年头了吧，”她说，“你就猜不到为什么人家要暗杀你？”

亨利笑盈盈地瞟了她一眼，“如果我知道原因，就不会和你一起流浪了。”

她向亨利保证：“等我当了国情局老大，一定要把退休流程好好改一改。”

亨利正打算说点儿什么，忽然，他抬起头来紧紧盯着西南方的天空。丹妮听到似乎有飞机从远处往这边飞来。飞机的声音越来越大，终于，一架双引擎的阿兹特克水上飞机穿透白云，在蓝天中现身了。它在他们头顶上盘旋良久，然后开始慢慢降落。

亨利站起来，满眼放光。

在佐治亚州和佛罗里达州，很多旅游观光公司为了满足海边游客的需要，纷纷购入了用于旅游观光的直升机。阿兹特克水上飞机就是其中一款。不过这架飞机上印着的商标名称——拜伦航空——却是丹妮从未听说过的。它只需一位驾驶员操作，这种飞机大部分都如此。在旅游旺季，飞行业务总是非常火爆。而在淡季，这种飞机也可以用来进行接送工作，不过一些大公司觉得这种业务规模小，而且太冒险。

这架飞机的着陆动作非常完美，堪称优雅。它从水面上滑行到他们身边，和“海盗船”并肩停靠。那一瞬间，丹妮屏住了呼吸，希望接下来事情的发展能帮助她解决问题，而不是又抛给她一个难题。驾驶舱门打开了，一名男子跳下来微笑地看着她。飞行员的胡子有趣极了。他上身穿着一件 T 恤，T 恤外面套着一件有很多口袋的马甲，下身是一条休闲短裤，脚上蹬着一双机车靴。

“拜伦·图尔斯前来接应布洛根阁下。两个人吗？”飞行员神采奕奕地说着。

丹妮摸不着头脑地看向亨利。

“丹妮，这是拜伦。”亨利说，“是个中年无赖，也是我认识的最棒的飞行员。”亨利的嘴角都咧到耳后根了。

丹妮好像很久没见过有人笑得这么开心了。

“拜伦，这是丹妮。”

“嘿，小迷糊。”拜伦亲切地和她打招呼。

丹妮一脸苦恼，感觉自己的脸又在发烫了，不过这次不是因为害羞，而是因为羞赧。在国情局，一旦有高级特工给你起绰号，那你这辈子都摆脱不掉了，而且越是抗议，它就越是紧紧地黏着你。

拜伦扶着丹妮进飞机时，丹妮看到拜伦的右手手腕处有一个绿色矛头的文身，和亨利的一模一样。她顿时感觉安心了一些。这两个男人有着如此紧密的联系，如果她能百分之九十九相信亨利的话，那么她也能百分之九十九相信拜伦。

“来，按照你的要求准备的备用包。”拜伦交给亨利一个塑料袋，里面装满了手机。“不过，”在亨利查看时，拜伦补充道，“在出发之前，要不要考虑一下以后在卡塔赫纳[1]定居算了？”

亨利什么也没说。丹妮不知道他是不是真的在思考这个问题。

“那里很不错的，”拜伦继续说着，朝丹妮点点头，“没人认识你们，很安全。”

亨利的眼神闪闪发亮，有一瞬间，丹妮以为他真的要答应了。然后他摇了摇头，略带抱歉地说：“拜伦，我们遇到麻烦了。我猜杰克已经死了。”

拜伦脸上完全没有了笑意。“妈的！有人跟踪你们吗？”

“没有。”亨利很确定地说。

---

[1] 位于哥伦比亚西北部加勒比海沿岸的一座海港城市。

“他们会找到你们的。快走吧。嘿，小迷糊，给我一片饼干行吗？”他朝饼干盒扬了扬下巴，“我没吃午餐呢，早餐也忘了。”

丹妮完全忘记了自己手上还抱着饼干盒，赶紧把饼干递给他。

“准备好，”拜伦转过头来喊了一声，然后启动引擎，“这趟可能有点儿吵哦。”

戴尔·帕特森，这个人遇到过很多问题。

他的人生道路并不是一帆风顺的。总有一些变故让情况恶化。假如事情一开始就不太对劲的话，那就肯定会变得更加错综复杂。所以在年轻的时候，帕特森就已经锻炼出了非常敏捷的反应能力，他总能马上想出解决对策，从来没有掉过链子。这也许就是他能加入国情局，并且工作至今的原因。对他来说，根本不存在什么舒适圈。他永远都在舒适圈外。

可是，最近的事情连他都觉得棘手。每时每刻，他手上都有十几件事情等着处理，忙得他就要炸锅了。有几件是他的私事，比如他开始脱发了，肚腩也越来越大了；血压情况还不如那些比他大二十岁、比他胖五十磅的老胖子；喝酒的欲望越来越强烈，快要把他戒酒的决心都磨灭了。而这些个人问题，都来自最近大大小小的麻烦，这些麻烦会给美国乃至全世界的存亡带来各种直接或间接的威胁。

更悲哀的是，帕特森不能把这些负担和国情局以外的人说。他不能告诉别人他的工作单位，包括家人，所以他的妻子已经变成了前妻。他的孩子正处于青少年时期，帕特森认为，除了等他自己慢慢长大，没有别的办法能对付青少年的叛逆，而且有时候，长大了也改不掉叛逆的毛病。

总而言之，帕特森现在总是幻想着能找人说出心里的苦闷和烦恼，不用先做筛查的那种，就是在交谈时直接、简单地说出来——“我的工作是负责在国外策划绑架和暗杀行动，以维护这个自由世界的安全。”哪怕吓一吓别人也好。尤其是在现在这个场合——孩子校长的办公室里。

这不是他第一次被叫到校长室来听孩子大大小小的违纪处分了。确实，全世界都知道教育是一份很辛苦、很折磨人，而且吃力不讨好的工作，校长一职更是艰难中的艰难。但有时候，帕特森有一种强烈的欲望，恨不得打断这个男人的唠叨，告诉他："噢，我的天啊，真对不起我家孩子又惹事了。我实在是太忙了，一直在地球另一端策划暗杀活动来保护我们国家的安全呢——比如说避免美国境内发生战乱什么的——所以没注意到孩子一些异常的行为。"这么一说，面前这个男人也许就能闭嘴了。

"他在家也是这样吗？"校长的问题把他拉回了现实。

"不是的。"帕特森完全不知道校长在问什么，"我也不知道。"他转过头去看他的孩子，后者懒懒散散地坐着，露出青少年典型的冷漠和挑衅的表情，"你是这样的吗？"

孩子摇摇头。帕特森忽然发现，他的孩子此刻尴尬得要命，不过他不知道这尴尬是因为他还是因为校长。

校长的眼里充满了怒火。"那请你告诉我，既然你知道在家不能这么做，为什么在科学课上就这样做了呢？"

"我怎么知道……"孩子漫不经心地回答着，"因为科学课无聊得要命吧。"

帕特森正准备教训孩子，告诉他不可以用这个态度说话，手机响了。他叹了口气，转向校长，"不好意思，我必须接个电话。"他说道。"在我回来之前别惹事。"他站起来，又对孩子补充了一句。

校长并没有因为这个插曲而受干扰，他开始对孩子说教，他要让孩子知道，虽然他的父亲出去了，但他还是要接受批评教育。"孩子，你是以100公里每小时的速度撞到了砖墙上，"他说，"小心一点儿，从现在开始，你不能在学校里使用手机了，每用一次都要接受处罚。"

真是醒世恒言啊。帕特森听到那些话时，一边想着，一边关上门。"你好？”他着急地说。

“你好啊，我看你是真的很不想让我退休。”手机里传来一个熟悉的声音。

帕特森猛的有种窒息的感觉，像是前胸被开了个洞。“亨利！你没事！”他含糊不清地说着，差点儿没注意到下课铃已经响了。学生如潮水一般涌到走廊，在他身边推来挤去地走着。“感谢老天！”

“少来。”亨利的声音平淡又无情，“门罗死了吗？”

帕特森艰难地咽了一口口水。“是。”

“浑蛋！”亨利非常愤怒，“杰克·威尔斯呢？”

“不是我做的，亨利。”帕特森绝望地解释着，“所有事情都不是我做的。我发誓。”

“天啊，戴尔！”亨利说，“我以前是那么相信你。”

“你依然可以相信我，”帕特森急切地说，“我一直为你说话！我换个手机打给你吧。”

亨利停顿了几秒。这几秒钟的空白对帕特森来说，简直就像从一百尺高空坠下时即将摔到地面的最后几秒钟的人生定格一般让人胆战心惊。

“604-555-0131。你只有三十秒钟。”亨利说完，挂了电话。

帕特森绝望地看了看周围，希望能找人借手机，刚才走廊里全都是人，现在却空空如也。人都跑哪里去了？

几个女生仿佛听到召唤似的，从旁边的女厕所里走出来，叽叽喳喳地说笑着。

帕特森快步走向她们，掏出钱包。“500块，借你们的手机用五分钟。”

几个女生面面相觑，又看着他。帕特森觉得她们的穿着打扮可能是年轻人中最时髦的了，联想得远一点儿，简直就像日本的歌舞伎。不过他能看出来，她们还是很警惕的。可能学校刚教过她们——要警惕那些莫名其妙给自己送礼物和钱的陌生男子。不过现在不在大街上，他也没有邀请她们上他的车，他只是想借一下手机而已。如果她们都不愿意，那他只能抢了。不知道校长会不会喜欢？

终于，一个比较高的女孩儿点头了。帕特森给了她钱，一把抢过手机，然后走到远处开始粗暴地拨打电话。

“先告诉我是谁派人去丹妮尔特工的公寓的，”亨利一接电话就开口问他，“有必要这样吗？”

“那也不是我干的，”帕特森向他保证，“她是监察长的手下，不归我管。她现在和你在一起吗？”

“是，”亨利说，“被迫的。”

帕特森环顾四周。女生们站在走廊较高的地方，小声地讨论着。她们肯定听到了他说的每一个字。小孩的听觉都像蝙蝠一样灵敏，尤其是在你不想让她们听到你说话的时候。

“听着，”帕特森已经无法压抑语气中的绝望了，“我不想在电话里说这些事——我现在在孩子的学校里。”

“戴尔！”亨利朝他怒吼，“这一切到底是怎么回事？！”

帕特森深呼吸。“我们，遇到了一点儿……麻烦。”他压低了声音，然后用手遮住自己的嘴巴和手机，“双子杀手。”

手机另一端陷入了死一般的寂静。

“你那位老朋友，”过了一会儿，帕特森说，“和珍妮·拉西特他们合作了。我阻止不了。”

“多尔莫夫呢？”亨利说，“他和双子杀手有什么关系？你记得多尔莫夫吧？我在火车上杀死的那个人，你跟我说他是生化恐怖分子，让我杀死的那个人！他是双子杀手的手下吗？”

帕特森靠在一排储物柜上，闭上了眼睛。他现在能说什么呢？说他从头到尾都被拉西特蒙在鼓里？这是实话，但帕特森知道这听起来根本就是借口。如果他向亨利道歉呢？如果他说他不知道自己成为了韦里斯傀儡的傀儡呢？

事情不应该是这样的，帕特森心想，服务于自己的国家，拯救世界，应该是一份光明、清白的工作。国情局应该是正义方。他抬头望向那几个女生。她们正冲着他傻笑。他很想说，她们很有潜力去当优秀的家庭主妇，也许这正合她们的意呢。

“所以我帮克莱·韦里斯杀人了。”亨利说。

帕特森深深地呼了一口气。促使他戒酒的其中一个原因就是他真的、真的不想在跌落谷底的时候再受辱了。但是现在看来，就算他清醒时也避免不了这个状况。

“亨利，我没有跟你坦白，对不起，但是……”帕特森又着急地想要蒙混过关。

“这是第几次了？”亨利逼问道，“这是你第几次伪造文件、让我去暗杀原本不该死的人？”

“没有，”帕特森急切地辩解着，“从来没有过。这是第一次，我用我儿子的生命发誓。”

他能感觉到亨利此刻正在思考着他到底是骗子还是傻子。

“好吧。”亨利过了一会儿才回复道，“但是丹妮尔和这件事无关。”

“亨利，我能搞定这件事，但是你们两个要先回来。”帕特森说。

亨利不可置信地大笑起来。“什么？”他挂掉了电话。

帕特森站在走廊上看着手机。这是一部粉红色的手机——不只是一点点粉，非常粉，这是他见过最粉的粉色。他怎么会没发现这手机原来这么粉呢。

“嘿，先生。”

他转身，看到那个借他手机的女孩子正和其他女生一起站在他身后。“你想怎么样？”他语气非常烦躁。

“搞定了就把手机还给我。”女孩没有等他应答，就把手机抢了回去，然后和朋友们一起走了。女孩一边走一边快速编辑着短信，手机一直发出“滴滴滴”的按键音。

帕特森叹了口气。他刚刚打完人生中最贵的一通电话，现在还要回去听校长的训斥。“我建议你拿那笔钱去做个美黑！”帕特森对那女孩大喊道。

“你管得着吗？”她继续打着字，头也不抬。

第8章

拜伦把他的吉普车停在沙滩上，丹妮靠着吉普车，看着亨利将手机卡从手机里取出来，折断，然后用脚踩进沙子里面去。亨利刚才开着免提，丹妮和拜伦都听到了谈话内容。亨利看起来非常生气，丹妮能理解。她听完亨利和他的负责人——不对——前负责人的通话之后，也感到非常愤怒。

帕特森的辩解听起来很真诚，但在这一行，每个人都知道怎么假装真诚。况且，帕特森肯定是想和暗杀撇清关系。哪个傻子会承认自己派人去暗杀你呢？就算他们把屠刀架在你脖子上，被你抓了个现行，他们依然什么都不会承认的——“你在说什么呢？什么要杀你？”“我从来都没有生你的气呀！”“什么刀？我没有注意。这儿怎么会有一把刀呢？”

不过，这些都不是重点。

刚才那通电话里，有一个词很关键——双子杀手。

丹妮知道什么是双子杀手，也知道国情局里很多人都不喜欢双子杀手。但她没见过谁的反应像亨利和拜伦这样。他们像是被吓到了，让他们害怕的似乎是“克莱·韦里斯”这个名字。丹妮从来没有想过亨利会被什么东西吓到，所以她也一下子紧张了起来。最好尽快查清真相，她对自己说，因为既然这件事让亨利都感到害怕—— 天啊，她都不知道这句话该怎么说下去！

丹妮看着亨利，说：“刚才他说……双子杀手。”

亨利转向丹妮，但是双眼始终低垂着。“你知道多少关于他们的事情？”

“他们是一支私有军队，由克莱·韦里斯掌控。”丹妮仔细地观察着亨利对这个名字的反应。但他没有反应，不过拜伦的脸上不自然地抽动了一下。“国情局和他们合作过无数次了。他们有什么问题吗？”

两个男人对视了一眼。

“在海军服役的时候，我和拜伦都是韦里斯的手下—— 我们去过巴拿马、科威特和索马里，”亨利说，“韦里斯离开军队以后才开始‘双子杀手’的计划。他想雇佣我们两个。我们都拒绝了。”

“不过我比较聪明，马上就躲到 1500 公里以外了。”拜伦说完偷笑了一下。

“对，你确实够聪明的，”亨利说着，坐上了吉普车的副驾驶，“我太蠢了。”

丹妮最后看了一眼这个海滩，看了一眼亮蓝色的清澈海水，以及停在海岸边的阿兹特克水上飞机。如果卡塔赫纳的其他地方也这么美，她就能理解为什么有人愿意抛下一切来这里追逐日光了。她当然连想都不敢想。不过，就算能关掉手机来这儿度假一两周，也是很不错的。但前提是所有事情都得到圆满解决—— 最后国情局不仅愿意让她回去继续工作，还能给她配一部新手机（旧的被她扔在巴特米尔桑德湾了）。

丹妮一面浮想连翩，一面爬进吉普车的后座。她必须把事情一件一件解决掉，或者说把改变她人生的危机一件一件解决掉。

拜伦载着亨利和丹妮朝自己家开去。虽然发生了这么多事，但亨利意外地觉得，此刻自己心情愉悦。拜伦已经邀请了他好几年—— 好几十年——但他总能找到理由拒绝。拜伦还因此和亨利吵过架，说亨利一直躲着他，他问亨利是不是因为自己已经完全退出了这一行，亨利才不愿意来。亨利最后不得不承认，他确实是故意拒绝来拜伦家玩的，因为这里看不了费城棒球队的比赛。在这种连比赛都看不了的地方，他连半天都待不下去。

其实这不是真正的原因。真相是他害怕自己会受到卡塔赫纳城的诱惑，像当初的拜伦一样，满足于平凡生活的愉悦，从此过上没有压力、没有狙击枪、没有暗杀目标，更没有费城棒球队的休闲生活。亨利还没有准备好放弃那一切，至少到现在为止都还没有。他不知道自己什么时候才能做好准备，反正不是现在。

拜伦驱车沿着一条大河行驶，河边站满了渔民，有一部分渔民已经在收网了。丹妮在后座上移过来移过去，好像不想错过任何一边的风景。**和小孩一起出来旅游还是挺好玩的。**亨利无奈地笑了。至少这孩子还没有对沿途的风景感到厌倦。**哈哈！**

孩子？这只是一句玩笑话吗？还是说这就是他潜意识的想法？他发现自己有点儿把丹妮当成女儿了。不对，不太准确，更像是侄女。可是亨利没有亲兄弟姐妹，那就把她当成义女，当成某个好兄弟的女儿。当然了，他可不会把拜伦或是杰克想象成她父亲。他也不会想到帕特森，再也不会了。更不可能把拉西特想象成她妈妈——拉西特那个品种的生物说不定会吃掉自己的幼崽呢。

开了几公里后，拜伦从河边转向一条小路，他说这小路通往老城。“对我们中的部分人来说，老城才是唯一的城市。”他开车穿过卖鱼的市场。

市场里到处是讨价还价、聊天八卦的人。一群普通人在普通的一天做着普通的事，至于普通的事是什么，亨利想不出来了。他从来没有经历过这样的生活。不过以前帕特森向他描述那些被他救下的人们时，提到过这样的普通人。

穿过市场后，他们来到了一座教堂的前院，这里摆放着许多圣人的精美雕像，不过亨利从来没有听说过这些圣人的名头，他也知道自己绝对不可能信教。以前他还相信拜伦绝对不会信教，不过现在不那么确定了。当然，这不重要，无论是不是信徒，拜伦都是他的好兄弟。亨利一通电话，拜伦就能抛下一切赶来营救，这份情谊无须多言。

拜伦开始减速了，他慢慢地把车停在一栋双层建筑前。这栋楼非常宏伟，外墙是明亮的淡黄色。亨利还以为这是专为富豪服务的精品酒店。他看着拜伦，眉毛惊喜地跳了起来。

“到啦，”拜伦语气里的喜悦满溢而出，“拜伦的小窝。”

房子里面更让人赞叹不已。亨利在门厅就目瞪口呆了，眼睛绕着屋内转了好几圈——天窗下的旋转楼梯、锃光发亮的瓷砖地板，还有挂满了一整面墙的热带植物。拜伦轻轻推了亨利一把，带他走到明亮又清爽的客厅，虽然现在已经是傍晚时分了，但日光还是非常充足。丹妮很自觉地在沙发上落座，沙发后是一整面落地窗，能直接看到一望无际的汪洋。

“不错啊拜伦，你是卡塔赫纳的国王吧。”亨利说着，抬起头来欣赏高高的拱形天花板和交错的木梁。

“勉勉强强。”拜伦一边得意地“谦虚”着，一边走向附近的饮料推车，“而且，我们这条街的街尾有一家超级棒的五金店。”拜伦转过头向丹妮解释道，“亨利最喜欢五金店了。”

丹妮在沙发上焦躁不安地动来动去，说：“是，太棒了。那我们来聊聊天吧。我想知道更多关于克莱·韦里斯和双子杀手的事。”

亨利犹豫着没说话，他看向拜伦，但拜伦一直在摆弄他的瓶瓶罐罐，以此表示自己太忙了没时间说话。

“韦里斯想雇佣你，”丹妮继续试探道，“但是你拒绝了，然后你就恨他了？就因为他给你提供了一份你不喜欢的工作？肯定还有其他原因吧？”

亨利耸耸肩。

“拜托，亨利，”她听起来有点儿不耐烦了，“你是不是有什么事情瞒着我？”

这直白的问题让亨利有点儿措手不及。丹妮从来没有这样问过他问题，至少从他拿出她的工作证截图之后。亨利叹了口气。

“克莱·韦里斯每年能赚几十亿，因为他会用一切他认为合适的办法去铲除目标，”亨利说，“就是让双子杀手暗地里去绑架、折磨目标。如果你想让十二个沙特王子神秘消失，或是希望有人帮你训练一支暗杀小队，找他准没错。”

从丹妮的表情能看出来，她知道这不是故事的全部，而且在她了解真相之前，她绝对不会满足的。

“我在陆军狙击兵学校上学的第六周，”亨利停顿了一会儿，接着说，“克莱·韦里斯把我抓上一艘船，带我到离岸5公里的海上。他在我的脚踝上绑了重物，然后把我丢下海，让我下去踩水，直到我坚持不住为止。”

丹妮惊呆了。“难道他不知道你怕……”

“他当然知道。”亨利忍不住笑了，“所以他才这么做。”

丹妮虽然在局里工作很出色，但她要学的东西还多着呢。

“那，你怎么办呢？”丹妮的眼睛瞪得大大的，神情严肃。

“我就努力踩水呗，”亨利说，“然后就溺水，死了。”

拜伦那明亮、美丽的客厅慢慢变暗、消失了。亨利仿佛回到了海洋中，身体下沉，沉到了无边寒冷、黑暗的死亡尽头。他感受不到手指和脚趾的存在，四肢太沉重了，完全无法摆动，浑身绵软无力，连垂死挣扎的力气都没有了。那个时候，他只剩下头部还有一点儿知觉。他能感觉到海水拍在脸上一阵一阵涌来的冰凉触感。直到现在，他都还清晰地记得那种感受，还能真实地感受到那种绝望，就像他还能记得父亲夸张的笑容，记得从父亲的墨镜里看到的那个害怕的小男孩一样。在海洋中溺死也许是父亲施加在他身上的最后一个诅咒，这个死亡诅咒终于在此刻生效了。深爱他的母亲再也救不了他了。亨利的生命随着鼻腔里呼出的最后一串气泡湮灭在彻骨的冰冷与黑暗中。

一晃神，他又清醒了过来，回到了傍晚时分的拜伦的客厅里。丹妮已经紧张地坐到了沙发的边缘，急切地等待着后面的故事，她的眼睛依然圆溜溜的，却带着悲痛的情绪。在她的部门里，同事之间从来不会像这样倾诉过去的事，至少她没听别人倾诉过。而拜伦，他已经听过这个故事了——他自己也有过同样糟糕的经历——此刻也显得有点儿紧张。

“他把我钓上去了，”亨利说话的速度变快了，“用除颤器把我电醒了，然后告诉我，我已经是他的人了。”

丹妮觉得恐怖至极，甚至有点儿生理性反胃。没错，她还有太多、太多东西要学。

拜伦走过来，手里拿着“豪帅银快活”的酒瓶，还有三个酒杯。他把酒杯分给他们，然后把杯子满上。

“敬下一场战争，”拜伦说着，举起了酒杯，“‘没有战争’。”

“没有战争。”亨利也说道。

“没有战争。”丹妮也表示同意。

拜伦对她露出了笑脸。亨利本来以为她会被这酒给呛到，没想到她居然没事。他想起来了，这个女孩子是喝惯了“加啤威士忌”这种烈酒的。

“等我走了，”亨利对她说，“你留在这里。我离你越远越好。”

“不好意思，这不是你能决定的。”丹妮很坚定，一本正经地说道。

“是，是，是，我知道，”亨利生气了，“你把码头那个家伙打趴下了，你很厉害。但这是完全不一样的。你还没有准备好。”

丹妮的脸色更难看了。“喂，老头儿！”她现在可不只是一本正经了，“你也想被我敲掉几颗牙吗？”

拜伦大笑起来，好像丹妮戳到他的笑点似的。“我喜欢这姑娘。”他对亨利说。

“哼，我也喜欢。”亨利坦白道，“烦死人了。”亨利往后躺在沙发靠背上，突然觉得疲惫无力，好像给丹妮说这个故事耗光了他最后一丝力气似的。他用手掌抹了一把脸，“我想睡一会儿，兄弟。”

“没问题，”拜伦高兴地说，“你们要一间房还是……”

“两间！”丹妮抢了他的话，而且很用力地说着，好像一定要强调这一点似的。她的脸又红了，实在是太尴尬了。“两间。”她小声地重复了一遍。

“如果你想的话，我可以把他丢到车库去。”拜伦建议道。

“只要是分开的房间就行，”亨利说，“我现在很累了，有没有床都无所谓。”

“有一间空房，用不用随便你。跟我来。”拜伦笑着说，“还能爬楼梯吗，老头儿？”

“您可真幽默。”亨利说着，又补充了一句，“希望能爬上去吧。”

第9章

亨利已经醒来几分钟了，但他只是静静地躺着整理思绪。忽然，他听到窗边传来小鸟飞走的声音。它们被吓到了。小鸟受惊飞走时拍打翅膀的声音和它们主动飞走时的声音是不一样的。虽然是非常微妙的差别，但亨利能区分开来。

他翻身下床，蹲下潜行到窗边，从窗台往外瞄。在三栋楼之外，有一个戴着黑色棒球帽的男人，正从高处的屋顶往下跳到比较矮的屋顶上。那人肩上背着一个步枪袋，比之前在乔治亚州伏击亨利的人高了好几个档次。他把帽檐压得很低，亨利看不到他的脸，但觉得他的动作似曾相识，像亨利认识的某个人，至少应该是曾经见过的，但亨利又很确定自己从没与这个人打过照面，他没有放过在战场上遇到的任何一个对手。

突然，亨利想到了——双子杀手。他们接受的训练有一个非常固定的模式，所以他们的行为举止——他们的动作、外形，甚至携带武器以及使用武器的方式，都尤为相似。韦里斯非常强调一致性，他总是亲自训练这些杀手，把他们变得像克隆人一样。

亨利俯下身子，快速换好衣服，抓起他的备用包溜出了房间。他在楼下的卧室找到了丹妮。她睡得很沉。她那番“不做亏心事”的理论肯定是真的，亨利想。不过她也真是厉害，在那艘“海盗船”上都能睡着。

亨利爬到她的床边，在她的备用包里找到了格洛克手枪，然后用手捂住她的嘴巴。丹妮的眼睛瞬间睁开，露出惊恐的表情，直到亨利把手枪塞到她的手里才冷静下来。亨利松开了她的嘴。

“两百码外，”他小声说，“屋顶。”

丹妮点点头，知道自己要干活了。亨利突然对她好感倍增。虽然她还不够成熟，但她学东西很快，而且不抱怨。

“他看到我出门一定会跟着我，”他压低了声音，“你和拜伦一起，去安全的地方。”亨利看到丹妮张开嘴打算反驳，补充道，“拜托了。”

丹妮只好不情愿地点点头。

拜伦躺在客厅的沙发上。这位朋友居然看电视看得睡着了！亨利觉得意外，昨天他们进来的时候，对面的墙上不是挂着一幅艺术版画吗？现在那里却挂着一台电视机，电视里放着哥伦比亚游戏节目，节目里是疯狂的主持人以及更疯狂的参赛者，但好在电视已经静音了。电视遥控被拜伦握在手里，按键非常多，看起来像美国国家航空航天局用来控制卫星的。如果在卡塔赫纳能看到世界职业棒球大赛的现场直播，那亨利可能要重新考虑一下拜伦的邀请了。

不过今天不行。

亨利用手捂住拜伦的嘴巴。拜伦的眼睛瞬间睁开，看到了亨利。“枪手，你的三点钟方向。明白点头。”亨利说。

拜伦点了点头，亨利松开手。拜伦站起来，示意亨利往后退，然后掀开了沙发坐垫，露出大量武器。亨利向他投去赞赏的目光，然后拿起一个装着狙击枪配件的盒子、子弹，还往备用包里丢了几颗手榴弹，最后拿起一把装了消音器的格洛克手枪别在腰带里。

“你真的是个土匪，知道吗？”拜伦看亨利的手没消停过，悄悄地损了他一句，“一般人来做客都会给我带花和葡萄酒。他们怎么找到这儿的？”

“听着，”亨利说，“丹妮很棒，她很出色，但她不知道自己有多嫩。帮我照顾好她，行吗？”

拜伦点点头。

“谢谢你，兄弟。”

亨利收拾好东西，走向前门。他把身子压得很低，低到枪手能看见但又无法击中的程度。他准备好了。他踏出门外，把备用包甩到一边的肩膀上，关上了身后的门。备用包比之前重了一点儿。他在原地等待了几秒钟，扫视着周围，分辨着动静。

早上好，卡塔赫纳。

他步伐轻快地走向老城区的中心，努力装出一副观光客的样子，完全不像一个背着一大包武器准备逃脱追杀的人。

这家伙是高手。

刚开始的十分钟，亨利连他的影子都没有看到。后来能发现他，也完全是意外——亨利在穿过一条街时刚好低下了头，从一个水坑里看到了那个人的倒影。亨利看似随意地转了个弯，握住手枪，隔着敞开的衬衫向后射击。这不是他最喜欢的杀人方式，不过他以前用过这一招。

然而今天，他失手了。那家伙已经逃之夭夭了，并且亨利知道，他不是简单地翻到屋顶上而已。真是机敏。亨利并不在意衬衫上的那个枪孔。他推测跟踪者在他转弯的那一瞬间就走了，甚至没有等他出手。

看来我得多活动活动颈椎了。

亨利不安地想着。

之后，亨利没有再看到那个枪手的踪迹。过了将近十分钟，他来到一个停车场，沿着一排排汽车轻快地走着。经过一辆亮黄色的大众甲壳虫汽车时，他突然预感应该瞄一下这辆车的侧视镜。而当从镜子里看到一丁点儿金属反光时，他立马蹲下躲开了。下一个瞬间，镜子被击裂成了无数碎片，混合着玻璃、塑料和橡胶。

亨利摔到地上，拽着备用包，沿着甲壳虫爬到附近的吉普车旁。他等了一会儿，然后用格洛克手枪的枪管调整了吉普车的侧视镜，方便他观察身后的屋顶。

没有人。

跟踪者又消失了。

三十六计走为上，亨利决定逃跑。他钻到吉普车车底，从另一侧钻出来，先是跪在地上，然后屈膝蹲着，接着小心翼翼地慢慢起身。最近的街道在他右边三十码外。他又等了一会儿，最后决定开溜，他一直保持俯身的姿态，直到走到街道上，才起身冲刺。突然，有什么东西飞速从他的脑袋旁擦过，他甚至能感受到它划破空气时带起的风。眨眼间，右边的砖墙就凹下去一个大洞。

亨利赶紧拐进一条狭窄的小道，用最快的速度奔跑，他很久没有这么卖力地跑了。枪手现在开始光明正大地追击了，一点儿也不在乎是否被亨利看见。他在屋顶上蹦来跳去，跟着亨利一起跑，好像是在炫耀自己的体力——哪怕是在屋顶上，他也能轻而易举地达到亨利的速度。

是时候决战了——是枪战，不是跑步比赛。亨利心里盘算着，希望丹妮和拜伦已经脱离危险。他躲到了一个公共电话亭后面，抽出步枪配件，组装好，准备射击。

好了，尊敬的“在屋顶上也能跑得超快”先生，让我瞧瞧你在哪儿。亨利默念。他把狙击枪扛在肩膀上，从瞄准镜里找人。

又跑了。

妈的！

亨利火冒三丈，继续架着狙击枪扫描附近的屋顶。几秒后，他终于看到屋顶上有一条不自然的线状物、一点儿金属的闪光，还有一块与那栋建筑格格不入的小玻璃镜。

他调整好狙击枪的枪柄。**来吧，兄弟，**他在心里说着，**抬起头来让我好好介绍一下自己，我叫亨利·布洛根，你是……**

跟踪者缓缓抬起头来，从枪管后露出脸。

亨利呆住了。

那张在瞄准镜后盯着亨利·布洛根的脸，赫然就是——亨利·布洛根自己！

第 10 章

亨利曾听人说起过这样的破事儿——

晚上做噩梦时，梦到自己正在追踪目标，从瞄准镜里却发现，目标长着一张和自己一模一样的脸。对狙击手而言，这不是多么不寻常的事。谁都知道，如果一周碰上两次这种事，那就说明干这行的时间太长了，潜意识已经在提醒你要辞职了。还有一些人会做相反的梦——他们自己遭到追杀，而追杀者就是自己的分身，就像亨利现在遇到的情况。虽然这种情况不那么常见，但也并非不可能。

亨利从来没有做过这两种梦。他的所有噩梦都是关于溺水的，非常频繁，而且每次的细节都有所不同。他在梦里有时是五岁，有时是二十五岁；梦中的坏人有时是父亲，有时是韦里斯。不过他不记得梦到过这位追杀自己的恶魔双胞胎。所以，虽然事情很荒谬，但这不是梦。那个和他一模一样的男人是真实存在的——虽然比他现在要年轻许多，但**那张脸**，就是亨利·布洛根。

但这不可能！

但这就是真的。

亨利在真实和虚幻中迷失了。他放下了狙击枪。对方马上用机关枪连击作为回应。

好吧，这绝对是真实的。

亨利一面想着，一面挤进电话亭和墙壁的缝隙中。真实的子弹轰炸着他身后真实的墙，墙上真实的混凝土被炸成了无数碎块。显然，那家伙已经不担心被人注意到了——说得好像他曾担心过似的。

那个男人又发射了一轮子弹。

亨利从电话亭后侧身出来，朝他射击作为回应，逼得对方不得不暂停开火。这个空当，亨利马上捡起地上的备用包，跑得比见了鬼还快。一开始，他的双腿一直在颤抖，一路跌跌撞撞，好像脚下的地变成了波浪起伏的海面似的。不过很快，紧跟着他脚后跟的子弹像鞭子一样抽着他，让他径直往前冲，奔向小巷末端的一栋废弃建筑中。

现在我倒要看看全世界的废弃建筑是否真的都长一个样。亨利感觉自己好像活在梦中。和其他地方的废弃建筑比起来，卡塔赫纳老城区的好像更古典，带着历史悠久的感觉。大门入口处钉了一块牌子，上面说违法进入者会被拘捕。牌子旁边贴了一张看起来很正规的告示，如果他现在不是被枪手追杀的话，可能还真不敢闯进去。亨利举起步枪对着大门一通扫射，把两份告示都销毁了。

碎片和碎石不断从亨利头上掉落下来。此时，他正走向旁边的一栋大楼。

当然，这种伎俩骗不了追杀者，那家伙肯定能看出来亨利躲在哪里。不过至少让他知道，亨利不是这么好解决的。能达到这个效果就可以了。亨利一边想着，一边快速扫视。这是一栋三层楼的公寓式建筑，就建在一个完全开放的前院里。

绝对比那些废弃建筑要好——**对我更有利**。

亨利两级并作一级地快步踏上最近的台阶。走廊一边是断裂的栏杆，另一边有好几个房间——租户们走出来就能看到楼下大厅的人。亨利站在走廊的一头，而走廊的另一头，则是临街而开的窗户。他远远地朝窗外看去，发现追杀者在附近的公寓楼阳台上蹦来跳去地搜查，然后像跑酷运动员一样跳到街道上。

突然，那家伙又露面了，仿佛感觉到亨利在盯着他。他从窗户正对面高处的阳台栏杆往低处的阳台上跳，跳的同时举枪朝亨利射击。

亨利压低身子，一边朝窗户移动，一边开枪反击，子弹在建筑物上打出一阵粉末，但他总是比追杀者慢半秒。他跑到窗边，看到追杀者跳到地上，跑到这一栋楼里来了。

好啊，来玩杀人版捉迷藏怎么样？亨利蹲在墙根，在心里发出邀请。走廊这头也有楼梯通往楼下大厅，而且带平台，他可以停下来观察。他正打算往楼梯爬去，听到追杀者踩到碎玻璃的声音。

亨利小心翼翼地前倾着身子，从走廊栏杆破裂的缝隙往外看。一个比拳头小一点儿的东西突然朝他飞过来，眼看着马上就要落在他脸上。他迅速把那东西往下拍，同时身体往后撤，双手捂住自己的脑袋。手榴弹在空中炸开，整个走廊都摇晃起来，栏杆被炸飞了一些。亨利有点儿听不清了，他知道追杀者肯定也是。他抬起头，把眼前的碎片、碎渣轻轻扫开，往前爬，从走廊边缘往下窥探。

追杀者站在大厅直直地盯着他，脸上露出了震惊的神色。那张“亨利”的脸上露出了震惊的神色。

对咯，你只是一个新手，不可能这么顺利干掉我的。亨利感到一丝得意与满足，虽然他现在耳朵嗡嗡响，甚至听不清脑袋里的自言自语。手榴弹爆炸的地方更靠近大厅，所以那个小屁孩肯定更不好受。他这样希望着。

亨利努力从爆炸中恢复过来，把狙击步枪扛在左肩上，从包里掏出格洛克手枪。在确认子弹是否已经上膛时，亨利听到了金属滑动的声音，虽然很微弱，但他知道自己的听力正在恢复。他的母亲以前常说，他们家族的每个人听力都超凡。**感谢伟大的基因，感谢妈妈，但我现在只想知道这浑蛋怎么会跟我长得一模一样！**

突然，亨利发现楼梯平台上方挂着一面巨大的镜子，非常高，有一些污点，看上去脏兮兮的，但完好无损。他感到奇怪，那里怎么会有一面镜子？这样的装饰品应该早就被别人捡走了。他又认真地看了看，发现那镜子真的是挂得非常高，一般的拾荒者根本碰不到。再说，这镜子又大又重，谁要是打碎了，可能他未来的十四年，甚至二十一年都要不会好过。

亨利懂了。在那里放一面镜子，是为了让准备走楼梯的人确认楼梯上有没有人。在楼梯上和别人擦肩而过也会倒大霉，有这个说法吗？他不太记得了。不过他确实也有自己的做事习惯——在开枪之前要敲一敲枪管，杀人后要把目标的照片烧掉——但他不是一个迷信的人，所以也不在意走不走运。在他看来，机会是留给有准备的人的，尤其是在这样的情况下。“小亨利”能追踪到他绝对不是靠运气。这家伙能飞檐走壁地追踪一个在地面上奔跑的人，说明他对这个地方了如指掌。他肯定把地图烙进脑子里了。

但这也不能解释，为什么他总能猜到亨利的下一步，并且采取行动；也不能解释，他可以一边往下跳，一边朝亨利开枪；最重要的是，这不能解释，他和亨利长得一模一样！

这绝对不可能。

可能这只是某种心理游戏，让他们一对一打心理战。但是怎么会……整容手术？高科技的万圣节面具？

亨利把这些问题抛到一边。**晚点儿再来处理这破事儿。**现在，如果他想要活命，就必须利用自己的优势。**快想！**他命令自己的大脑。一楼的窗户更多，也就是说光线更充足，所以他能看到追杀者的行动，而对方没那么容易看到他。

突然，原本就破烂的栏杆爆裂开来，那家伙又朝他开枪了。亨利反击，然后爬向楼梯，到了楼梯口马上蹲下，往下走了几级台阶。追杀者慢慢向他靠近。亨利看着镜子反射出的人脸，再次确定之前在瞄准镜中看到的不是假象。那就是他自己的脸，二十刚出头的年纪。

亨利还记得当初的自己是什么样的——他已经是个成年人了，但距离真正成熟还差了一两年，他就像一幅还没干透的油画，或是没有烘烤成型的陶器；虽然刚脱离孩子的队伍，但他觉得自己已经能分清善恶对错，并且确信，若真到了紧要关头，自己能够抓起世界的尾巴，将全世界玩弄于股掌之中。

“站住！”亨利厉声说道，“你到底是谁？”

那小杀手抬头看着镜子，什么也没说。亨利知道，小杀手从一楼往镜子里看，只能看到一个模糊的人影。不过，除了视线比那孩子好一点儿之外，亨利没有别的优势，他无法从这个角度给那孩子致命一击，而且也无法进行调整。何况，亨利并不想小杀手死，因为他还没有问清真相。

“我不想杀你！”亨利朝下面大声喊道。

“好啊，”小杀手说，“那你别开枪！”

亨利汗毛直竖。这些年来，他通过录音带和窃听器，听了无数次自己的声音，当然能马上辨认出来。**搞什么鬼！**这家伙长着他的脸，声音也和他一模一样？

“不介意我开枪吧？”小杀手问道。亨利的声音从他口中发出，语气随意，好像没什么大不了的。

“喂，当初在屋顶我就能杀了你。”亨利说。

“你当时确实应该下手。”小杀手说。

亨利突然非常愤怒。“他们给你看了我的照片吗？”他问道。

“是啊，”小杀手往楼梯上踏了一步，“你很老。”

不管开不开枪，我都要让你为这句话付出代价。亨利暗下决心。“孩子，你再往前走一步，就是在逼我了。”

小杀手的身影还在向他靠近。亨利从包里摸出一枚手榴弹，眼睛盯着镜子，脑子里快速地计算着，然后拔出手榴弹的针，把手榴弹往墙上扔去，希望能让小杀手快速撤退。手榴弹撞在了离镜子六英寸远的墙上，拐了个弯儿朝小杀手飞去。小杀手的侧边口袋里装了八个手榴弹——他要么逃命，要么丧命。

接下来发生的事情实在太快，亨利根本来不及看清，但他见过这个招式，他在绝望时也曾这么做过一次——小杀手瞄准手榴弹开了一枪，把手榴弹打到了镜子上。

亨利的双手还没来得及抱头，手榴弹就爆炸了，一阵猛烈的冲击夹带着手榴弹的碎片、水泥、木头和玻璃朝亨利刺来。他瘫在地板上，肺部和腹部都受了重创，心脏像挨了结实的一拳，眼珠子几乎要陷到眼窝里去了，大脑在脑壳里来回震荡着。面部和手上传来被镜面碎片刺穿的撕心裂肺的痛，大块的碎片像岩石一样狠狠击中了他，周围厚重的尘土像毯子一样把他包裹了起来。

亨利把头转向一边，拉起T恤的领口捂住鼻子和嘴巴。他试着吸气。很长一段时间，他因为肺部伤势过重完全无法吸气，好在过了一会儿，他开始恢复，胸部开始扩张。他知道自己还有心跳——他的眼睛还能眨呢。

他慢慢抬起头，脸上突然传来一阵剧烈的刺痛。血液沿着脸颊往下流。他用指尖小心地摩挲自己的脸，在眼睛下方一英寸的位置摸到了一片长长的玻璃碎片。他把碎片拔出来，又伸手在身体附近摸索着找备用包，但发现它已经和一大片栏杆和部分楼梯一起被炸飞了。他只能用步枪、手枪和口袋里的两个弹匣保命了，这再次证明——机会总是留给有准备的人的。他没有带步枪的子弹，但带了手枪的，难道真的只是运气好？若真是这样，这可能是他最后的好运了，因为他和小杀手把那面镜子打碎了——马上要开始走霉运了。

紧接着他又提醒自己千万不能迷信。就算倒霉也是那小子一个人的锅。可能亨利最后的好运才刚刚开始。

他现在唯一真实的感受就是痛。身上的每一个部位都在痛，就像被刑讯专家折磨过很多天似的。他强迫自己站起来，用强大的意志坚持着，没有喊出声来，朝着走廊末端的大厅跑走了。“你可以跑得更快。”他对自己说，眼睛死死地盯着大厅尽头的上行楼梯。他能做到的。一定能爬上去的。如果不赶紧逃命，那小子就要过来了结他了。

通过楼梯是另一个大厅，大厅尽头有一扇门。大厅里光线充足。亨利一路靠大厅中杂乱堆放的物品借力往前跑去，然后用力把门撞开，整个人趴到了门后的楼梯上。这段楼梯比之前的都要短，而且是金属的。与其说他是爬上去的，不如说是摔上去的。他跌跌撞撞地走过一条宽敞的过道，终于来到了屋顶。

耳朵还是闷闷的，听不清声音，他不确定自己听到的是鸟叫声还是交通工具的声音，抑或只是宣布他的耳朵从此残废的高频噪音。他踉跄地走到围墙边上。及腰高的围墙将屋顶四面都围上，上面还有乱涂乱画的痕迹，看来是一个叫“蒙特”的人留下的。

厉害啊，蒙特。

从围墙往下看，屋顶距离地面大约有十米高，亨利犹豫了。这个高度跳下去倒是不会死，但是绝对动弹不得。幸运的是，他找到了一条连接楼顶和地面的消防梯。梯子看起来有些年头了，但好像没有损坏，连接处也没看到脱离墙体的迹象。不过，消防梯上结了层层铁锈，能不能撑住亨利的体重是一个问题。

当然，他也可以在阳台上颤抖着等小杀手找上门。

“该死，我可不要。”亨利喃喃念道。他把手枪别在腰带里，挎起步枪，翻过围墙，快步走完了第一节消防梯。梯子还牢牢地钉在墙上，第一层平台也很稳固，亨利继续往下走。他的脚刚踏上第二层平台，楼梯就开始晃动，他纵身一跃，跳过了第二层平台，跳到了楼梯上。

来到最后一层平台，他才发现这层平台以及和平台相连的几级阶梯都已经脱离墙体了，这是他从屋顶上看不出来的。如果在这里跳下去，不断几根肋骨是不可能的。看来只能飞速往下跑，希望这破东西不会被压垮。

平台发出了危险的“嘎吱”声，不过亨利还是成功地跑到了牢固的下层阶梯上。大片的铁锈黏在他的手掌心里，蹭在他的衣服上，有的还飞到了他的头发里。梯子虽然有点儿摇晃，整体还是很牢固的。但就在他离地面还有一半距离时，楼梯突然向外倾斜。

亨利站在原地，紧紧抓着生锈的扶手，眼睛在墙上来回扫视，希望能看到某个突出的部件，好把楼梯固定在墙上。

很幸运，他还真的找到了——一颗比大拇指粗一点儿的螺丝钉，突出墙面几厘米，就在他腰部的高度。他伸长手去抓，步枪的带子从肩膀上滑下来，沿着手臂滑到手腕处，但他还是成功地摸到了螺丝钉。螺丝很紧，他用手指抓住螺丝的头部，可能要用点儿力才拔得出来。

楼梯又靠到墙上去了。亨利庆幸地呼了一口气，然后抬起头，甚至有点儿希望看到小杀手正拿枪指着自己呢。

不过小杀手没有来——目前。

亨利一边紧紧地按着螺丝钉，一边尝试着继续往下走。不过他的身体刚向前倾，梯子就往外倾斜了，与此同时，他的步枪背带也从手腕滑到了手心。亨利移动了一下，尝试以身体的重量让梯子靠墙。这一动，步枪带往下滑得更远了，直到指关节，最后到达手指尖儿，卡在手指和螺丝钉之间。

亨利生气地闷喊了一声。他可以把步枪带甩到手腕上，再去按住螺丝钉，不过这要动作非常快才行，他要在楼梯往外倾斜之前完成。然而，就在他松手的刹那，步枪直接从他的手指滑落到地面上了，楼梯也更加摇摇欲坠。亨利做好了心理准备，这楼梯大概很快要自由落体了吧。但是，一阵沉闷的撞击声过后，楼梯很快停止了倾斜。亨利抬头一看，发现上面那层平台被卡住了，不过他只来得及看一眼，因为下一秒，他就失去了平衡，从几米高的地方滚到了地面上。

他痛苦地呼出了一口气。真该死！他感觉今天肺里的空气要被挤光了。算了，至少这次不是被手榴弹炸。不过，他还是用尽了全身力气，又在地上滚了两圈，才重新站起来。他伸出手去捞步枪时，什么东西飞速地划过他的手臂，激起了一阵尘土。亨利头都不抬，直接躲到一颗杧果树后面。小杀手终于出场了—— 可能迟到了点儿，如果他早出现两秒钟，肯定能一枪射穿亨利的胸膛。亨利在树后躲了几秒钟，从树的另一侧探出头来查看。

子弹飞射过来，打掉了一大块树干，顿时落叶纷纷。小杀手一边从消防梯走下来，一边朝亨利射击。亨利想，还是不要冒险去看他怎么走完最后一节阶梯了。趁着对方停火的短暂间隙，亨利迅速跳过身后粗糙的石墙，落进一大片灌木丛中。

是的，带刺的灌木丛。难道灌木丛还有不带刺的吗？亨利顾不上灌木丛的刺，拼命往前跑着，直到跑到一个广场上为止。要命了！广场对卡塔赫纳来说肯定非常重要，还有咖啡馆，亨利想。面前的这个广场铺满红色陶砖，又干净又明亮，是谁在收拾呢？可能是咖啡馆的经理吧，毕竟卡塔赫纳是一座旅游城市。打住！现在是想这些的时候吗？亨利环顾四周，寻找着用得上的东西。

在他身后，突然传来了摩托车点火的声音。亨利激动地转身，发现在两栋建筑之间有一棵杧果树，树下停着一排排摩托车。其中一辆摩托车上有一个男人正叉开腿坐着，他一边戴头盔，一边和旁边一位开车的女士聊天。亨利露出了灿烂的微笑。从那辆摩托车的颜色和设计可以看出，那是一辆本田越野摩托—— 正适合他。这辆车能无缝转换公路模式和越野模式，想开去哪儿都行。亨利快步走向那个男人，顾不上双腿、肋骨和全身上下传来的痛感。

那个男人和开车的女士告别，正准备踩油门出发，亨利跳起来，双脚踹在他背上，使得他整个人往前翻了出去。女士惊尖叫起来，紧紧抓住亨利的胳膊，那个男人一边在地上挣扎，一边用西班牙语生气地骂着。他慢慢地站起来，但立马又倒下了。他愤怒地瞪着亨利，表情又气又惊。女士抓着亨利的胳膊，却因惊慌而力气变得很大。亨利用力甩开她，回头一看，小杀手已经翻过石墙，越过灌木丛，手里扛着步枪，头上还戴着那顶蠢帽子。亨利掏出格洛克手枪，朝他开枪，但正好被那女士猛地拽了他一把，子弹穿过灌木丛打到了墙上，离小杀手还有很远的距离。

该死！上吊还要让人喘口气呢！

亨利愤愤不平地想着。他挣开女士的手，打着摩托车的火疾驰而去。

第 11 章

亨利穿梭在狭窄的小巷中，他发自内心地感激越野摩托车上安装的护手片，就像感激这辆车良好的性能一样。有了护手片，他在轿车和货车之间穿行时，手指关节才不会因为碰撞而受伤。毕竟在这里，不管什么车都能在街上随意停靠。真的，想停在哪儿就停在哪儿，司机们似乎完全没有留意到这辆从他们身边飞驰而过的摩托车。

不过现在，亨利希望自己能多留意一下街道上的情况。他把追杀者甩掉之后就很想回到拜伦的住所，然后弄一个备用包。如果运气好的话，拜伦和丹妮这时候应该已经前往安全的地方了，他不用再担心他俩也会被卷入危险之中。不过，拜伦现在必须得找个地方开始新生活，亨利觉得自己下半辈子都会为此感到内疚。拜伦的小窝多美丽、多温馨啊，如果不是他把拜伦拉进这摊浑水中，拜伦现在还在过他的逍遥日子。

卡塔赫纳工作日的高峰期马上就要到了，街道上的车越来越多，亨利开始担心了。突然，他的面前出现了一个通往海堤的向上的斜坡，看起来和他穿过的那些巷子一样宽。他在心里暗暗祈祷："希望其他摩托车手不要默契地和我一起冲上去，游客们也先别跑出来吧，现在还太早啦。"他脑海中浮现出一个画面——一群戴着草帽、穿着百慕大式短裤的游客被他全部撞飞，就像保龄球瓶一样。

他从斜坡冲上海堤。还好没有游客，也没有其他摩托车，可能是因为在海堤上驾驶摩托车是犯法的吧。"那也没办法了，大不了把这一条罪状加到我的违章记录中去。"亨利心想。远处的海堤向左急转，转弯处有一节向下的石阶。摩托车可以下楼梯，虽然有点儿颠簸，但是这辆越野摩托车应该没问题。只要亨利自己能坚持住。

他回头看看后面，然后驾驶着摩托车慢慢往前开，又停下来查看两边的道路情况。"难道我终于甩开了那个浑……"

没这么幸运。

亨利听到另一辆摩托车的引擎声音正在靠近，速度很快，他知道这肯定不是刚才那个愤怒的车主借车来寻仇。引擎的声音越来越响，但他还不能确定从是哪个方向传来的。

突然，有什么东西从左边朝亨利飞来。他开枪把它打飞，然后发现那是一个安全头盔。如果卡塔赫纳有关于头盔的法律条文，那另一辆摩托车上的人已经触犯两条了。亨利把格洛克手枪插回腰间，引擎声又响了起来。下一秒钟，他就看到那个小杀手开着和他一样的本田越野摩托车从石台阶下冲了上来。

亨利可没时间看那个小浑蛋会怎么把摩托车开过来。他用力拧了一下车把，猛地一拧油门，把摩托车头跷了起来，用后轮支撑着转动方向，打算原路返回。一颗子弹"咻"的一声从他左耳擦过。他继续加速，俯身压在车把手上，眼睛一边看路，一边从左后视镜中看小杀手的身影。

他冲下斜坡，向左急转弯，横穿了两条车道，希望密集车流能帮他挡一挡小杀手。就在他经过一辆色彩鲜艳的公交车时，他从后视镜里看到了自己的脸。一层水泥灰糊在他的脸上，还有一条一条凝固的血痕，这些血大部分来自他脸上被玻璃划破的伤口。

“天啊，我比那个杀手更像变态杀手，”亨利心想，“怪不得被我抢了摩托车的男人那么害怕，他不会以为我这个杀人魔要去杀下一个人吧？”

又一发子弹从亨利的左边飞过，距离非常近，他仿佛闻到了火药的味道。他从腰间掏出格洛克手枪，手臂绕过前胸，向后还击。子弹击中了小杀手的肋骨，他整个人抽搐了一下，但没有流血，也没有摔下摩托车，甚至连棒球帽都没有掉下来 —— 那帽子肯定是用胶水粘在他头上的。不过，从后视镜中能看到小杀手的表情—— 他很生气。

小杀手穿了防弹衣，亨利并不意外。他想：“那颗子弹的威力应该足以让他跌下摩托车了，他可真是一个坚强的浑蛋。”亨利把手枪插回腰间，又横穿了两条车道，但小杀手再次跟上他。

亨利驾车急转，拐进一条狭窄的小巷，飞驰经过一幅画着妖娆美女的巨大彩色油画—— 这油画有一幢大楼那么高。亨利又转了个弯，冲进一个广场，把广场上的一群鸽子吓得纷纷扑腾起来。他挤进一条小街，街道很窄，一次只能通行一辆摩托车。从小街出来，他又到了大马路上。

右手边是卡塔赫纳的都市区。见识过色彩明亮的老城区后，都市区那些超现代建筑组成的天际线显得突兀和刺眼。亨利又掏出手枪，想再射击一次，却发现没有子弹了。真要命。他把空弹匣弹出来扔掉，把手枪插回腰间，想把口袋里的新弹匣拿出来换上。正在这时，小杀手又在他身后向他射击。

他单手握着弹匣，反手塞到腰间的手枪里，什么也没有弄掉，非常稳当。拜伦以前下过一百块钱的赌注，赌亨利不可能在炮火攻击下成功换弹匣。如果这一次能活着回去，那亨利就要告诉拜伦他输了。不过，他最好先给拜伦赔一幢新房子再去收赌资。又一颗子弹与他擦肩而过。亨利看了一眼后视镜，却没有发现小杀手。

“不应该啊……”该死的子弹一直朝他飞来，亨利也还能听到他身后摩托车引擎的轰鸣声。亨利又看了一下后视镜。有一瞬间，他的脑海中甚至浮现出小杀手骑着摩托车在屋顶上跳来跳去的荒唐画面。“难道他能从地上飞到天上？”亨利一边想着，一边在公交车附近穿梭。终于，他从右后视镜中看到了摩托车的身影——小杀手还真的不在地上。小杀手骑着摩托车在一面墙上飞驰，那面墙的厚度和摩托车车轮的宽度一样，刚好能容下。

亨利笑了，“看来这小子就是喜欢一边杀人一边炫技。”但问题是，这面墙只剩下二十米长了，而且墙的高度有十米——就算是越野摩托，从这么高的墙上跳下来也不能继续开了。除非小杀手长了翅膀，否则他就不能继续耍帅了。

突然，亨利听到了警车鸣笛的声音，而且离他非常近。“也许他也会想要在警察面前秀一秀呢。”小杀手好像听到了亨利的想法，他拧了一下车把，加大油门，然后把摩托车往侧边一扔，摩托车从墙上飞下来，朝着亨利撞去。

亨利立即加速，像大炮发射出的炮弹那样冲了出去，半秒钟后，小杀手的摩托车就摔到了他刚才的位置，炸成了碎片。“是了，警察肯定会被他这招震惊到的。”亨利正想着，就感觉身后的警车好像停了下来。他猛踩一脚刹车，回过头看。

两辆警用摩托车拦住了小杀手，后者正站在墙上愤怒地盯着亨利。“这可真不错，”亨利心想，“如果这个小家伙跟他们说自己把摩托车扔下来是为了保命，就更搞笑了。”但是，警察们还没来得及掏出枪来，小杀手就从墙上跳了下来，按住他们的头，然后用力地撞在一起，把两个警察撞晕了。然后他骑上其中一辆警车——也是本田的越野车。显然，在卡塔赫纳，骑这种摩托车才是最佳的选择。亨利猛地拧下油门，飞也似的离开。

亨利驶离了主大道，回到老城区狭窄的小路上，但是小杀手一直紧紧跟在身后。“如果甩不开他，那我只能把他从摩托车上打下来了，”亨利心想，“一枪可能搞不定，五六枪应该没问题。”

亨利与小杀手拉开了距离。他开着摩托飞速行驶到一座木桥上，把桥两边的行人都吓得不轻。他急刹车，转过头对着来时的方向，掏出格洛克手枪，静静地等待着。一秒钟后，那辆警用摩托车出现了。亨利立刻朝它开火，桥上的人惊恐万分，抱着头四处逃窜，有的人甚至从桥上摔了下去。

小杀手把摩托车头立起来，用后轮支撑着躲避子弹，姿态优雅，仿佛在舞蹈一般。亨利没有射中他，只好拧下油门继续逃命。他从左后视镜看到，小杀手原本想朝他开枪，但又放下了手，开着摩托继续追。

亨利沿着眼前的小路一直开，发现自己回到了高速公路上，左边是绵长的海堤。这一段海堤好像比之前的要厚一些，但是亨利没有找到上去的路。他四处张望，突然，右后视镜爆裂开来，只剩下几块玻璃和便宜的塑料。他尽可能地俯下身子，等着看有没有其他东西会炸开，希望不是他的头。

什么动静也没有。他看着左后视镜，发现小杀手一直在扣动扳机，满脸怒火。“这浑蛋终于没子弹了。”亨利还以为那小子的手枪会像电影里的魔法手枪一样永远不缺子弹呢。身后的引擎声越来越响、越来越响，小杀手快要追上他了。

亨利又笑了。小杀手没子弹了，但亨利还有——目前还有——他可没打算把子弹浪费在空气中。他围着前面的小轿车绕圈，小杀手正要跟上来时，他朝侧面转身，一枪将轿车的左前轮打爆了。

亨利刚扣动扳机就后悔了，他看到司机脸上露出了惊恐的表情。轿车失控了，轮胎由于爆胎发出了“吱吱”的气流声，车轮钢圈和地面摩擦出了飞溅的火花。小杀手向左换到另一条车道上，继续追。轿车和一辆SUV撞在了一起，但小杀手甚至没有用余光瞟他们一眼。

“呵，这可真是好极了。”亨利想，拧下油门加速。他刚引发了一起交通事故，却丝毫没有影响到那小子。不过，他的罪恶感马上就被一种似曾相识的感觉代替了。“这条路怎么这么眼熟呢？难道他和那小子又兜了一圈？”

不，不是在兜圈，亨利认出了这条路。他的心像被石头压着一样沉重，因为他看到了前面那幢亮黄色的建筑。“拜托，让拜伦和丹妮待在房子里面吧，当然，如果他们已经远走高飞就更好了。”亨利在心里祈祷着。但是，他们没有离开。他飞驰而过时，拜伦和丹妮就站在一起，脸上挂着无比震惊的表情。他们已经认出他来了，接下来，他们也会认出小杀手。

亨利又转了个弯，向着老城区中心开去。也许他能把小杀手骗到小巷子里。

警笛声似乎离他越来越近。亨利忍不住想：“动作怎么这么慢！”小杀手已经来到他的左边和他并驾齐驱了。他看着左边那小子的脸，一阵恶寒贯穿全身。亨利在小杀手的脸上看到了满满的杀意——那脸、那表情、那骑摩托车的动作，与自己如出一辙——他不敢相信自己的眼睛。正在他努力说服自己时，小杀手拧动车把撞上了他。

以前也有人用这种摩托车冲撞的招数对付亨利。他已经学会了顺应冲撞调整重心和摩托车倾斜的角度，以此化解伤害。亨利看到那小子露出了惊讶的表情，突然感觉志得意满。“都说了我没那么好解决，”亨利在心里默默地想，“现在惊讶还太早了，吃我一招再说。”他急转弯用摩托车头朝小杀手狠狠撞去，同时使出一记左勾拳用力地打在对方的肩膀上。

小杀手的摩托车剧烈地摇晃了几秒，但也很快恢复了平衡，似乎对他来说恢复平衡就像动动手指一样简单。亨利刚学会恢复平衡的技巧时，也差不多是他这个年纪。这技巧需要花费很多时间去练习，亨利已经不记得自己磨破过多少件衣服、擦破过多少层皮了。他比这小子年长将近三十岁，现在他只希望他的技术也能领先这小子三十年。

“如果这都伤不了你，没关系，还有一个大惊喜。”亨利想着。

小杀手没想到这个老头儿居然这么难缠。

亨利松开油门降速，从后方绕到小杀手的左侧。“好了小伙子，看看你的弱侧能不能防住我。我比你多活了三十年，还会很多你没见过的把戏和招式呢——你要怎么办呢？”

小杀手又要用摩托车去撞亨利，但是亨利马上就察觉到了，并且侧滑闪避。小杀手紧接着朝亨利使出一记左勾拳，亨利缩起脖子躲开，但还是感觉到自己的头发被拳头扫过。亨利向左变道，调整了一下，稳住摩托车，那小子迅速跟了过来，好像他们俩的摩托车被绳子拴在了一起似的。亨利减速，那小子也减速，亨利猛地加速，却发现小杀手的摩托车也如影随形，不明就里的人也许会以为他们在做双人摩托表演，不过以每小时八十公里的速度表演可有点儿危险。

“你这个小浑蛋！”亨利在心里生气地骂他，转过头一看，却发现小杀手没有因为成功追上他而露出得意或高兴的表情——小杀手好像有点儿害怕他。

“该结束了。”亨利的手伸向腰带准备掏出手枪，与此同时，小杀手向前猛冲，驾着摩托横在亨利面前。

电光石火间，一切都结束了。亨利在脑海中慢速回忆着刚才发生了什么。

小杀手把摩托车的后轮跷了起来，往左边用力一摆。亨利往后躲，但肩膀还是被砸到了。旋转的车轮磨烂了他的衣服，虽然因此产生的疼痛很短暂，但却是锥心的痛。亨利和摩托车一起倒在了地上，粗糙的路面磨破了他的牛仔裤和皮肤，又是一阵刺骨的痛。不过，在那个瞬间，亨利唯一的想法是希望别人不要把他的器官拿去捐赠。

亨利感觉右腿外侧像着火一样滚烫，但还是努力地集中注意力，认真检查自己有没有骨折。还好，没有。“我可以把这一条加到档案里面：‘此人没有老婆、没有孩子、没去过巴黎，也没有骨折。’”他一边想着，一边趴在地上，准备用手掌和膝盖支撑自己站起来。

在人行道上，人群开始聚集，人数也越来越多。显然，卡塔赫纳的市民没有见过被修理得这么惨的人，所以全都被吸引了过来。从他们的表情来看，他的样子应该非常令人恶心，但应该还没有恶心到不能上镜。有少部分人是直接盯着他看的，大部分人都把手机摄像头对准他，盯着手机里的他看，还有几对情侣游客用相机对着他拍。门罗说得没有错，一个小时后，他可能就会变成网络红人，新闻的标题则是《摩托狂人弃车逃生》。

亨利想起了门罗，想起了他们曾经经历的事，就在因为失去他而快要变得悲痛时，亨利把这种情绪压了下去。现在还有其他事情要做，最重要的是先厘清头绪。他现在眼花缭乱，而且有点儿头晕——不，不止一点儿，他站起来后发现自己晕得厉害。他挺直了腰杆慢慢往前挪，但很快又倒向一边，趴在一辆停在路边的车上。他的内耳好像还没从刚才那场已经结束了的摩托竞赛中反应过来——它无法判断亨利现在是要沿着马路飞奔还是要转弯。远处警笛大作，搞得像世界末日一样，这可对他一点儿好处都没有。

这时，亨利听到了熟悉的越野摩托的引擎声，正冲着他靠近，比警笛的速度快多了。亨利深呼吸，想着："看来我和那小子的孽缘还没有结束。该死。"

亨利一瘸一拐地从人群里走到马路中间，一来希望小杀手能离无辜群众远一点儿，二来他站在繁忙的车流中，小杀手要靠近他也没有那么容易。

不过，马路上的车并没有起到他想要的效果。开到他身边的车要么减速绕行，要么干脆停了下来，看来今天确实不是他的幸运日。"我是应该躲在人群中呢，还是应该自己一个人去面对杀手避免误伤无辜呢？"已经没时间考虑了——围观的人群和车辆太多，而他满脑子都是引擎的声音，根本没办法思考。

亨利的视线突然有了焦点，看到了那辆朝他径直飞来的摩托车。它像一支矛、一道闪电，又像一枚导弹，最该死的是，亨利现在像中了邪一样死死地定在原地动弹不得。他只能站在那里，身体轻微抖动着，等着小杀手开摩托车碾过他的身体。“说不定刚才的警笛声中还包含了救护车的警笛呢，不过，照今天的形势看，应该不太可能了。”

“我是不是闭上眼睛比较好，”亨利考虑着，不过现在的他连闭眼都做不到，“今天好像什么事都不对劲。果然不是我的幸运日啊……”

再过几秒钟，摩托车就要撞上亨利了，小杀手捏了一下刹车，力度非常准确，摩托车的后轮再一次跷了起来，前轮稳稳地抓地，围观群众不约而同地倒吸了一口凉气。亨利曾经用了几个月的时间练习才能做到不让自己飞出去，之后又用了更长时间去训练，才能维持这个动作三秒钟，可这个小子在这么短的时间内就秀了两次。

小杀手看着亨利的眼睛，亨利全身的汗毛都竖了起来。他看到小杀手转了一下车把，摩托车像在跳芭蕾舞似的转了起来。亨利看得太专心了，完全没有想到接下来会发生什么，直到那个旋转着的后轮朝他的方向摆过来，将他拍飞，第二次。

亨利撞向一台停在路边的轿车，他感觉自己刚才双腿离地了。

“这贱人居然用摩托车扇了我两次！”亨利感到不可置信，拽着汽车门把手慢慢站起来。他看到轿车司机慌慌张张地从副驾驶那一侧开门跑了，还想着自己是不是应该去道个歉。“真不好意思，虽然我投了撞车险，但是我只有坐在车里面，保险公司才会赔钱。”

亨利转过身来，刚好看到小杀手放下车轮，把车身侧过来，准备用后轮扇他第三次。亨利紧紧贴着车门，双腿用力一蹬，后翻身跳到了车顶上，摩托车后轮和亨利只差了几英寸，亨利甚至能感受到摩托车减震器散发出的热量。

小杀手把车身摆正，车轮和地面摩擦发出尖锐的噪声。这一次，他把车头跷了起来，给足了油门，然后松开手让摩托车自己向亨利撞去。亨利在车顶上踉跄着躲开了。摩托车前轮把轿车的车窗撞得粉碎，强大的冲击力让亨利从车顶上摔了下去，他躺在了地上，气喘吁吁，这一次是真的动弹不得了。

但是亨利必须动起来，因为小杀手是不会放过亨利的，他就像一台永不停歇的杀人机器。亨利挣扎着想站起来，但也只能往后爬。小杀手一步步逼近，手里还拿着一把格斗军刀。亨利发现他的呼吸很平稳，手臂上的肌肉也呈现出很放松的状态。他的脸像花岗岩一样冷酷、刚毅，眼中只有对完成任务的执着。专业杀手不会放弃、不会失败、不会死。专业杀手一定会完成任务。小杀手马上就要完成他的任务了，而亨利全身僵硬，无法动弹。他什么都做不了，小杀手也知道这一点。已经没有什么事情能阻止他了结亨利。

亨利每一次外出执行任务时，都会做好有去无回的打算。像他这样手里握着这么多条人命的人，某天也一定会成为别人的目标。他知道自己不可能善终。他从来没有否认过这一点，并且很好地接受了这种现实。

他曾经想象过很多种结束生命的方式，但他从来没想过自己会这样死去。他绝不可能想得到。因为他不可能想到会有这样的人存在——一个和他一模一样的杀手。

也许叫他“小亨利”更合适。此时此刻，亨利又看到了和自己完全相同的动作，小杀手走路的姿势，甚至是他握刀的手法。不仅如此，亨利还很清楚“小亨利”接下来会做什么，知道他会如何破解自己的防御动作，怎么和自己搏斗，亨利能预知他的每一个动作，两人也许能无休止地打下去，就好像在和镜子里的自己战斗。

也许这场战斗原本真的无法停止，但是亨利现在只有在地上爬的力气了，而且很快，他会连爬的力气都耗尽，战斗就快要结束了。这小子能毫不费劲地结果他。他可以用刀在亨利大腿的股动脉上扎一刀，让亨利静静地失血而亡。

让亨利更难受的是，“小亨利”到现在都没发现他们俩长得很像。亨利想不到有什么比这更糟心的死法了。

“至少这臭小子的棒球帽不见了。哼！”

警笛的鸣叫声突然从他们身旁传来。亨利听到身后有两辆警察巡逻车停下来了，随后又有好几辆在街上紧急刹车，发出了尖锐的“嘎吱”声。小杀手眼神闪烁，看了看亨利，又看了看从车上下来的警官们，思考着这是怎么一回事。亨利向后转头，看到每一个警察都是怒发冲冠的样子。“他们肯定也不喜欢‘小亨利’。”亨利想着，又回过头来，想看看小杀手会不会疯狂到试图和一群愤怒的警察动手。

不过他已经看不到小杀手了，他消失得无影无踪。亨利现在能看到的，除了老城区的一大半居民以外，就是从四面八方赶来围堵他的警察，他还真没想到卡塔赫纳警察局会有这么多人手。每一个警察都恶狠狠地盯着他。

亨利举起双手，等着警察逮捕他。

几个警察用力把他拽起来，然后其中两人把他按在最近的巡逻车的车门上，把他的双手反铐在背后。亨利看了看四周，他猜测小杀手此时应该就躲在附近的房顶上，欣赏这一出“逮捕亨利·布洛根”的好戏，但是亨利始终找不到他，屋顶上没有，地上也没有。附近就只有把他们围得水泄不通的无辜群众，警察怎么赶都赶不走。

也许他们在等小杀手骑着另一辆偷来的警用摩托车华丽回归，再秀一些神奇的特技动作。

亨利又一次扫视四周，最后在人群中看到了丹妮和拜伦。他们此时应该远走高飞才对，但此时亨利看到他们的身影，还是忍不住感到一丝欣慰。他们可能是整个卡塔赫纳唯二不想暴揍他一顿的人了。拜伦伤心地看着他，而丹妮一直低头盯着地板。亨利不知道这是因为她在生他的气，还是因为感到尴尬。然后，丹妮蹲下捡起了什么东西。

警察们把他塞到了巡逻车后座，亨利只来得及瞥一眼丹妮捡起的物品，看起来像是一顶黑色的棒球帽。

第 12 章

在卡塔赫纳所有的历史建筑中，最宏伟壮观的当属圣费利佩·德巴拉哈斯城堡，它是西班牙在其所有殖民地中留下的最让人叹为观止的建筑。它坐落在圣拉萨罗山上，静静地凝望着大半个卡塔赫纳城，也包括这条街对面的中心警察局。与饱经风霜的十七世纪石堡不同，中心警察局外表明亮、崭新，外墙装潢显露出了浓烈的二十一世纪超现代风格，可是警察局内部却铺着暗沉的瓷砖地板，四面水泥砖墙将这里遮得严严实实的，把所有的腐朽与压迫都包了进来，而且拒人于千里之外。亨利想："不知这些警察有没有抬头看过那座古堡一眼，然后好好思考一下，经过三个半世纪的岁月变迁，执法机关应该做出点儿什么改变。他们应该没有吧。大家好像都很忙碌的样子，尤其是现在。"

根据亨利的经验判断，在语言不通的地方被逮捕，可要比在英语地区被逮捕麻烦得多。尤其是在卡塔赫纳，这里的警察个个看起来都脾气很臭，至少现在是这样的。他从来没见过哪个地方的警察脾气这么大。如果只看他们的动作和语气，别人还以为亨利把他们国家的每一条法律都破坏了，还骂了他们祖宗十八代。不过，这也有可能是因为亨利的美国口音。作为一个美国人，在某些地方总是会遇到特别多麻烦，而且最近这样的地方好像越来越多了。

坐在狭小潮湿的审讯室里，亨利汗如雨下，忍受着一帮又一帮警察的轮流审讯。他们有的穿着制服，有的穿着便衣，每个人都声色俱厉。不过亨利也知道，这些警察并不是因为他的美国口音而针对他。从他们的角度看，亨利就是一个在卡塔赫纳的街道上玩命飙车的疯子，而且在接受审问的时候，这个疯子还说什么“有一个跟我长得一模一样的人在追杀我”，简直就是疯话连篇。

如果在审问的时候他能插上话，那他也许能稍微说明一下自己的身份。不过，他的美式西班牙语有一点儿生疏了，所以越描越黑。而且不管怎么解释，亨利都无法挽回他和小杀手造成的那些损失，还有他们对射时伤害到的人，所以当然也无法缓和警察的愤怒。卡塔赫纳是一座旅游城市，他这种带着枪在城里到处飙车的人会影响整座城市的事业和经济。更糟糕的是，当时还有一个蠢货敲晕了两位警官，抢走了一辆警用摩托车，并且还在炫耀车技的时候把车撞毁了，而亨利正好符合人们对那位蠢货的描述。

亨利试着跟他们解释他们要找的那个袭警的蠢货不是自己，而是另一个骑着另一辆摩托车的蠢货，袭警的蠢货就是来追杀他的。那个人戴着一顶棒球帽，很明显不是他。但是这种话让警察更生气。亨利不怪他们。如果他是警察，大概也会觉得自己疯了，而且肯定已经联系好疯人院来带走这个疯子了。

亨利忽然开始思考：“咦，为什么我还能这么清醒地在审讯室里出汗呢？我应该早就被套上精神病人专用的拘束衣，被灌下治疗精神疾病的药物了才对。”

他恍然大悟，可能是因为卡塔赫纳没有收留精神病犯人的地方吧。离这里最近的精神病犯人收容所应该在波哥大[1]或者是麦德林[2]，这两个地方都在几百公里外，开车过去真的会累死人的。也许救护车已经在来的路上了。除非那两个地方的精神病院还在争抢这一次运输病人的机会。

这个地方快把亨利热疯了。

他不知道自己在这个审讯室里被活活烘烤了多久。突然，他听到了一个新的声音，是一个女人的声音，非常耳熟。她说话流利、冷静，也很坚定，虽然语气中没有任何不耐烦或不高兴的情绪，但也让人感觉不容置喙。终于，一位穿着制服的警官走了进来，把亨利的手铐解开，带他穿过警局，来到了正门入口，那里有一个人正站着等他——丹妮。

丹妮穿着一件白色衬衫，灰绿色的西装外套，下身是一条蓝色牛仔裤，整个人看起来严肃正经，脖子上还挂了一个工作证，证件上写着“国土安全局”几个大字。亨利和警官一起往外走时，丹妮很冷酷地看了他一眼。当然，亨利这时候也不敢跟她吵架，只好低眉顺眼地站在夕阳的余晖中。

警官对丹妮说了几句话，语气十分恳切，他如果不是在道歉的话，只能是在求婚了。丹妮板着面孔用严肃的语气回复了他几句，言语中没有丝毫客气，可能是叫他回去做事，以后不要再犯错误了。然后，拜伦就从路边把车开了出来，丹妮把亨利塞进车里。

“对不起，拜伦。你家已经不安全了。”亨利说，“帮我找个能发现那小子动静的地方。”

“小意思。”拜伦说。

从圣费利佩城堡向外看，风光一片大好。亨利、拜伦还有丹妮三人一起坐在城堡的矮墙根下，从这里既能看到卡塔赫纳的老城区，也能看到都市区的高楼天际线。卡塔赫纳背靠湛蓝的地中海，美丽的海洋为这座城市

---

[1] 哥伦比亚的首都地区。

[2] 哥伦比亚城市。

投下了独一无二的光影。

拜伦说带他们抄近道，却没说这近道原来要爬这么多层楼梯。拜伦自己轻轻松松就爬了上去；丹妮像一匹小马驹一样踏着小碎步，也很快爬完了，只是出了一点儿汗；可是亨利还没爬到一半就开始气喘吁吁了。要是有摩托车肯定早就到了，不过在国家历史文物上飙车应该是犯法的。

曾经，他也有过一段辉煌的时光——即使刚经历了一场艰苦卓绝的战斗，无论多高的城堡他还是说爬就爬。

是啊，曾经的他也绝对不会发生列日火车上的失误。

该死！无论如何，他不能休息。

太阳开始下山了。这里距离赤道很近，黑夜马上就会来到。亨利要尽快想好接下来怎么做，越快越好。

“我本来想闯进警察局把你硬抢出来的，”拜伦说着笑了起来，“丹妮觉得用外交手段比较好。”

“还不如用抢的呢，”亨利说，“她把那些家伙吓得够呛。”

拜伦笑出了声：“接下来怎么做？”他和丹妮期待地看着亨利。

“我要去布达佩斯。”亨利说。

“去布达佩斯干什么？”拜伦和丹妮异口同声地问。

“找杰克的线人——尤里。”亨利站起来，拉伸了一下。一个计划渐渐在头脑中形成。之前和小杀手搏斗的时候，亨利全靠肾上腺素爆发才能撑住，现在没有了肾上腺素的扶持，他只能用意志力勉强支撑自己不要倒下，但他知道自己撑不了多久了。他必须想办法保持专注，否则劳累与疲倦就会开始侵袭他的身体，让他无法思考。如果他不好好做打算，那就很有可能会输给小杀手。输，不在他的选择范围内，至少现在不在。

“这些人追杀我不是因为我要退休了，”亨利接着说，“而是因为他们认为杰克跟我说了一些很机密的事情。尤里应该知道真相。”

拜伦摇摇头，笑着说：“不好意思，兄弟。我的阿兹特克飞不了那么远。”

“我知道，也许我们能‘借’一些飞得比较远的呢。比如说‘湾流’。”

拜伦一下子严肃了起来：“哇，居然想偷别人的湾流喷气机。这得有多讨厌一个人才能做得出来。”不过，拜伦忽然又高兴地笑了出来，“我正好认识这么一个人。给我一分钟。”他拿出手机，走到离他们几码远的地方。

“我被炒鱿鱼了，”拜伦用《我得到了一个女人》[1]的调调唱出了这句话，“对，我要被炒鱿鱼了！我要被炒掉了我也不——在——乎——！”他唱到最后一个音时，一架喷气机飞到了空中。随后，在最后一抹夕阳的余晖消失之前，拜伦开着飞机载着他们，一个转弯，远走高飞了。

虽然发生了很多事情，但是丹妮在处理亨利各种不同的伤口时，还是笑着的。湾流喷气机上的医药箱里各式各样的药一应俱全，这真是一件好事，因为亨利身上的伤五花八门。丹妮小心翼翼地把亨利右腿外侧那一道又长又深的擦痕上沾着的好几块泥巴和细砂挑拣出来。这是一个痛苦的过程，但是亨利连眉头都没有皱一下。而且他好像一点儿也不知道自己的手臂和锁骨上有多少伤口。

除了腿上的伤以外，最糟糕的伤口还是丹妮现在正在处理的这个——在脸上非常靠近眼睛的地方有一道很深的切口。丹妮夹起一块棉花团，泡到金缕梅提取液中，然后轻轻地擦去亨利脸上早已风干的血痕和黏在伤口四周的泥土与灰尘，想看看这个伤口到底有多严重。伤口不算太长，但是很深。她夹起另一块棉花团，泡到双氧水里，告诉亨利接下来可能会有点儿疼，然后就用棉花团去消毒伤口。

亨利的脸上抽动了一下，但是仅此而已。丹妮想，这一点儿痛和被杀人狂用摩托车拍飞相比，确实没什么——那可不是普通的杀人狂。她知道

[1] *I Got A Woman*，美国灵魂音乐家雷·查尔斯的一首歌曲。

亨利看到了他的脸。那杀手一定也看到了亨利的脸，不过当时亨利的脸上又是泥又是土，那家伙可能没看出来他俩长得一模一样。的确，要不是她之前见过亨利，光凭一张照片她现在也认不出他来。

“亨利？”她试探性地喊道。没有回答。亨利不想讨论这个问题，但是丹妮决定打破砂锅问到底。管他呢，她都帮他擦血了，问几个问题都不行吗？

“你有没有孩子啊？儿子，有吗？”

亨利眼窝深陷，看着丹妮说：“没有，怎么这么问？”

“那个骑摩托车的家伙——你觉不觉得他有点儿奇怪？”

“是啊，”亨利说，“我发现他特别厉害。”

“我是说他的脸！”丹妮说着，往亨利脸上贴了一枚蝴蝶创可贴。如果用针缝合的话，伤口会好得更快，但是丹妮没有厉害到能进行面部手术，所以还是用可爱的小蝴蝶来治愈他吧。

“是不是有点儿像你？”

亨利让步了，叹了口气说：“是啊，我注意到了。”

“所以你真的从来没有和女生保持过长期的关系？”

“不算上你的话，没有。”

丹妮忍不住笑着说：“你有没有可能有个连你自己都不知道的私生子？”

“不可能。”亨利非常坚定地说，“绝对不可能。”

“那……”

“丹妮。”亨利没有大声地说，但是丹妮能明白他的意思。她没有继续逼问亨利，而是往一个塑料小袋子里塞了两块带血的棉花团，然后把袋子塞进座位底下的行囊里，紧紧拽着行囊的带子。

“对了，谢谢你。”丹妮说。

亨利扬起眉毛，问：“谢什么？”

“谢谢你离开了拜伦的家，这样我们就不会成为目标了，”她说，“还有，谢谢你在佐治亚州的时候赶来救我，其实你可以自己逃走的。”

亨利笑了，说：“我只是想带你上飞机，免费送你去匈牙利转一圈而已。”

“在那里我会遇到什么？”

“匈牙利人，”亨利说，“我每次见到他都跟见了鬼似的。”

“一个带着枪的鬼？”丹妮问。

“我每次开枪时，都把目标想象成他。”亨利的这句话吓到了丹妮。

丹妮还在想应该做些什么回应，但是亨利往后一躺，闭上了眼。对话结束了。

第13章

克莱·韦里斯住的地方是萨凡纳城引以为傲的古楼之一，它富丽堂皇，历史悠久，不过并不在城内，而是在距离城区几公里远的乡村里，避开了络绎不绝的游客和著名的名胜古迹。这栋古楼占地几英亩，至今仍保存良好，且周围设置了大量监控设备。离大门几步远的地方有一汪池塘，池水平静清澈，完美地映射出了大楼的倒影，如果从远处看，还能看到水中楼与地上楼相接的美景。没有多少摄影师能抗拒这种景象，不过只有个别得到批准的人才能靠近韦里斯府邸，而他们当然不会傻到带着相机过来。

在克莱·韦里斯和儿子一起住的那二十三年里，他们没有受到多少打扰。安保人员驻扎在离房子很远的地方，偶尔才会遇到几个指南针坏掉的迷路登山客。有一次他们遇到一个声称是草本植物学家的人，保安也把他赶走了。没有多少人能靠近这栋建筑。

即使如此，为了以防万一，韦里斯还是在房子里装上了警报系统。受他所托前来安装系统的双子集团工作人员告诉他，在这么古色古香的房子里安装高科技设备可能会破坏房子的美感。韦里斯对他说："这要么是科技不够发达，要么是你们办事能力不行。你觉得是哪一个？"

最后，警报系统完美地安装好了，之后的设备升级也没有出现过任何问题。韦里斯时不时会进行测试，每一次都对测试效果很满意。他相信不可能会有不速之客打扰到自己。

他在破晓时分倏忽睁开双眼时，他知道一定出了什么问题。他是一个睡得很沉，睡眠质量也很高的人。"酣睡"——他平时是这么形容自己的睡眠的。同时，他的反应训练和条件反射也到了出神入化的境界，因此，他总是保持着非常高的警觉性。此刻，他知道一定是来客人了。

他笔直地躺着，一动不动，等着这些不速之客发出些声响，好让他判断敌人的数量和位置。他要先解决这些人，再想想他们是怎么绕过屋外的监控系统和屋内的警报装置的。他会让守夜的保安用下半辈子为他们的过失付出代价，如果他们还有下半辈子的话。

又过了一个小时，韦里斯才听到一点儿动静，这一次是从他儿子的房间里传出来的。韦里斯有点儿紧张了。这会不会是谁喝醉了之后的恶作剧呢？以前也发生过一次意外，不过那时候是在基地办公室里。有时候那里的工作人员会放纵一下，但是他们绝对不敢闯到他家里来，这一点他能确定。不过，如果这些人真的是入侵者，那今晚又有很多人要丧命了。

韦里斯安静地起身，没有发出一点儿声音。他穿上睡袍，悄悄走下楼梯。小杀手的房间里亮着灯，这不应该。这孩子还没有回国呢。他没有顺利完成暗杀布洛根的任务，韦里斯让他待在哥伦比亚的安全屋，等待新的任务。这是他个人发布的命令，而他儿子对他言听计从。

韦里斯从睡袍口袋里拿出手枪握在手上，胸膛贴在儿子房间外的墙上，从敞开的门往里窥探。

那个坐在儿子床上的人把亨利·布洛根二十五岁时的照片撕得支离破

碎，然后交替使用小镊子和弯曲的金属钳把胳膊里的手榴弹碎片一点点夹出来，再扔到一块印着字母的毛巾上。

整个过程非常枯燥，而且他因为手臂一直出血有些手忙脚乱。每一次他从手臂里夹出一块比较大的碎片时，又有更多血流出来——这不至于让他昏厥，只是会让他原本就血肉模糊的伤口更难处理。

韦里斯通常不会对什么事情感到意外，但是他真没想到自己会看到这一幕。现在唯一能让他更惊讶的，就是看到亨利·布洛根本人在这里陪着他儿子了。那画面绝对称得上壮观，韦里斯多希望能见到亨利本人啊。但这是不可能的。长相再相似也只是一层皮而已，小杀手从骨子里就是韦里斯的儿子。

韦里斯把枪放回到口袋里，走进了房间。坐在床上那小子抬起头来看了他一眼，然后继续低头忙自己的事情。

“我不是让你待在哥伦比亚等安排吗？”韦里斯说。

小杀手又抬起头看着他，说：“我想和你谈谈。”

这孩子跟他父亲说话的声音未免太大了。“他自己应该也知道。”韦里斯心里想着，神情严肃地盯着他。小杀手梗着脖子看着韦里斯，手里拿着金属钳，似乎不认为自己犯了什么错。所有男孩子都时不时会这样的，哪怕是最乖最服管教的男孩——他们总想试试自己的身子板结不结实、硬不硬朗。当然，一个好父亲会让他们知道，他们的身体是这世界上最靠得住、最不会背叛他们的东西。

小杀手有时候真的倔得让人受不了。他们对视了将近半分钟，小杀手才败下阵来。

“对不起。”小杀手说。

韦里斯不做回应。小杀手又抬起头看他，脸上写满了诚惶诚恐。

韦里斯瞪得他心里直发毛，让他知道自己越界了。他低下头想继续夹出手臂里的弹片，但是手指却颤抖得什么都夹不稳了。血越流越多。

韦里斯关上装有视网膜识别装置的门，转身走向小杀手的书桌，速度虽然有点儿慢，但是韦里斯不着急。他从书桌下方的柜子里拿出急救箱，在心里默数了整整十秒钟才走回儿子的床边。

小杀手看到韦里斯回来，表情没有刚才那么紧张了。韦里斯把小杀手刚才用的所有东西从床上扫了下去，然后帮小杀手把手臂里的手榴弹碎片都清除干净了，让他靠着没受伤的手臂躺下休息。“小男孩就是小男孩。”韦里斯一边想着，一边用棉花团把多余的血都吸干净。无论他多大了，有的教训总是要多经历几遍，才会印象深刻。说不定，这一次的教训会惨痛到让他永世难忘。韦里斯很爱他的孩子，但有时候小杀手真的太犟了。他不应该这样的……至少现在还不能这样。

韦里斯把床头柜上伸长了脖子往外探的刺眼的台灯给收了回去，然后递给小杀手一支利多卡因注射器[1]。小杀手摇摇头拒绝了。他没有正面对着韦里斯，所以韦里斯偷偷露出了满意的微笑。至少小杀手还知道如何和疼痛较量。韦里斯还没见过比他儿子更能忍受痛苦的人。

不过这并不代表韦里斯希望儿子一直遭受疼痛。长时间浸润在疼痛的感受中会给人带来无益的压力，不仅是身体上的压力，还有心理上的。他快速又轻柔地把碎片倒入医药箱的一个空格子中，刻意让小杀手听到清扫碎片的声音，让他知道一切都结束了。

这不是韦里斯第一次帮士兵清理残留的弹片，他还在很多更糟糕的环境下做过清理伤口的工作——但是儿子手臂里的弹片数量居然比他想象的还要多，而且细碎。他不敢粗心留下任何一块——得了败血症可不是闹着玩的。他看过一些人因为高烧死去，也见过一些人因为蹩脚医生做的三流缝合手术留下的伤口感染而身亡。但是他手下的士兵永远是像战士一样在战场上光荣牺牲，从没有谁躺在担架上因器官衰竭而在胡言乱语中潦倒

[1] “利多卡因”为一种麻醉药。

死去。

他给小杀手的伤口再次消毒，然后开始缝合。就在韦里斯缝合了第一道裂口，准备开始缝合第二道时，小杀手突然说："他……很厉害。"

韦里斯没必要问"他"是谁。"他是顶级的，"韦里斯说，"所以我才派你去。"

"他看穿了我的每一个动作和招式，"小杀手接着说，"我本来都快得手了，他就站在那里……但是我一扣下扳机，他就消失了。像鬼魂一样。"

"你有没有看到他的脸？"韦里斯缝合了第二道裂口，问道。

"没看清，"小杀手说，"一栋废弃的楼里有一面脏兮兮的镜子，我看到他在楼上。"

"你不是一直在屋顶上吗？"韦里斯突然严厉了起来。

小杀手叹了口气："本来是。但他看到我了，我必须跳下来。"

"我是怎么训练你的？"韦里斯的语气尖锐，"占领高地、步步逼近，然后……"

"不留活口。"小杀手和他一起接上了后半句，"这件事很奇怪，很疯狂。"

"怎么说？"韦里斯开始缝合最后一道伤口。

"我虽然在那里，但是……"小杀手哽住了，"但是我好像是个旁观者，不是我自己。那个男人到底是谁？"

小杀手有点儿被吓到了，但这并不是韦里斯唯一担心的事。他一直训练儿子要保持冷静，要集中精力关注瞬息万变的战场，但是现在小杀手说话的样子，好像整件事情他都没有参与其中似的。这样可不妙。韦里斯知道他要把小杀手的杂念和坏习惯掐死在摇篮里，不能让他有机会思考，也不能让他对自己的存在产生怀疑。

"孩子，你现在觉得脑子里很乱，有一种陌生的感觉，那种感觉就叫'恐惧'。"韦里斯把最后一处伤口也缝合好，把小杀手扶起来，看着他的眼睛说，“别厌恶这种感觉。要去靠近它，拥抱它，从中学习。最后克服它。”

小杀手点了点头，模样十分乖顺。

“你距离完美只差这么一点点儿了，孩子。”韦里斯把大拇指和食指捏在一起比画着，“就这一点点儿。”然后他不再继续这个话题，“饿了吗？”

“饿了，父亲。”小杀手又点点头，这一次带着一点儿兴奋。

“给你泡一碗麦片怎么样？”

“好的，父亲。”

韦里斯把目光移向床头柜上的一张照片。照片是他们父子俩一起去狩猎时拍的，当时小杀手大概八九岁。那个时候，他们的关系要简单得多。

他朝儿子笑了笑，带着他一起走向厨房。

一辆公交车因为爆炸而侧翻倒在了公路上，火烧留下的黑痕把环绕车身的硕大广告词全部覆盖了，广告词上方是一面面爆裂的玻璃窗，窗户只剩下残破的玻璃尖角。小杀手站在一幢大楼的楼顶观察下方，他不用仔细看就知道对面那栋楼上的一排阿拉伯语写的是“城市交通运输公司”。小杀手很擅长阿拉伯语，不管是现代标准的阿拉伯语还是古埃及语都很擅长。

眼前这幅场景他无比熟悉：“反叛军”从公交车里把人一个一个地拽出来，“受伤的”的平民在公交车附近的空地上一动不动地躺着，其他“反叛军”在公交车后面占好了位置，一看到有幸存的想要爬出死人堆的乘客，马上瞄准射击。当然，不是用真正的枪弹去射击，这些军人身上配的都是泰瑟枪[1]。有一些平民绝望地爬向附近一些比较低矮的建筑群，像村庄、生活区、军事基地之类的。有个别人成功脱逃了，但是他们身上没有武器，所以也只能坐以待毙。最后，这些“反叛军”会从公交车后面大摇大摆地走进村子里，把里面的每一个活物都杀死。

[1] 一种能发射一束带电镖箭而使人暂时不能动弹的武器。

不管怎么样，这些“反叛军”终究会面对一场搏斗。作为一名旁观者，小杀手拿到了这一次行动所需的所有资料。他的手机屏幕上显示出今天目标的照片——一支与“反叛军”对抗的精英队伍。这支队伍从村庄的另一头向这边突进，目前还没有暴露在“反叛军”眼前。他们穿着利比亚军队的制服，但是有一点不同，他们的袖子上多了一个徽章，以此证明自己是双子杀手的后援军。

双子杀手的队伍先做好了半个村庄的保卫工作，然后准备攻击“反叛军”。小杀手就在顶楼上观察着这一切。这支队伍会尽可能地帮助平民，但目前的重点是要消灭“反叛军”，不是去拯救苍生。而且，根据队伍的规模判断，他们志在必得要消灭这批“反叛军”，所以队伍应该是不会收容平民了。

小杀手知道，在战争中想要让每一个无辜的人都幸免于难不太可能，但他更知道，自己绝对不会放弃任何一个有机会得救的人，哪怕他接到让他放弃的命令。这种想法似乎与从小到大父亲灌输给他的每一个信条都相违背。

不过，说到违背命令，他之前还私自离开哥伦比亚回家了呢，父亲也没有为此苛责他。不同的是，他以往都是单独作战，从来没有团队合作过。他唯一参与的团队作战就是这一次的模拟练习战。

他以前也参加过很多次模拟练习，次数比其他任何双子杀手都要多。他扮演过好人，也扮演过“反叛军”，吃过瘪也立过功，但他从来没有扮演过平民。他问过韦里斯原因，韦里斯告诉他，那是因为他和其他人都不一样，他从来就不是一个普通平民，将来也不可能是。韦里斯说话的语气，让这件事听起来像是一个非凡的成就，说明小杀手是精英中的精英，哪怕是在卓越的双子杀手队伍中，他也是非常出众的。

为什么父亲会为此感到自豪呢，小杀手不理解。他从来就不是普通的老百姓，可是他也没得选，虽然这并不是说他很渴望当一个普通人——他不想让自己泯没于众人中，但从来没有当过普通老百姓和当一名职业军人是不一样的。小杀手觉得自己缺失了身为人类很重要的体验，这并不会让他变成天生的精英，只能让他变成天生的怪物。

也许其他双子杀手一直都是这样看待他的吧。对其他人而言，双子杀手基地只是一个特殊的训练场所。但是对小杀手而言，那里就是他的家。不过，如果他眼前的这一场模拟战是真实的战争，而他也真的是“抵抗军”中的一员的话，那些人估计就没有时间去在意他超乎常人的能力了。

不管怎么说，他始终觉得自己没有当过普通老百姓这件事正在以一种他察觉不到的方式影响着他，同时，他身上也有一种让其他人觉得奇怪的气质，好像他缺失了什么似的，不过大家都说不清楚那到底是什么。

他把注意力重新集中到模拟战上，“抵抗军”已经开始和“反叛军”交锋了，“抵抗军”奋勇杀敌，叫那些“反叛军”知道随意掳杀无辜百姓会有怎么样的下场，他们仿佛在和真正的“反叛军”作战，仿佛置身于真正的战场，而不是只配备了泰瑟枪的模拟战场。

模拟作战一定是艰苦的，这样做的好处就是士兵们能提升自己的实力，能承受更多的打击和伤害——拳头、痛揍、电击甚至是刺伤和枪伤——但是不会因伤势过重而死亡。不过这一次，小杀手认为这些家伙的行为已经超出“艰苦作战”的范畴了，他们给敌人的打击是纯粹的暴虐和野蛮。无论一个人多强大，他能承受的电击次数一定是有限的，如果超出这个限制，一定会造成严重的后果。往轻了说，会浪费泰瑟枪的电。

扮演“反叛军”的一方也毫不示弱地反击，好让这一次训练有所价值，让自己得到最大程度的提升。但是这看起来已经不像是一场模拟战了。所谓的“好人”似乎过分沉浸于战争中。“反叛军”也是——有些人简直像是发现了心中的阴暗面，然后无所顾忌地让它爆发了出来。小杀手觉得这一场持久战的分数应该定下来了，这是一场很不专业的模拟战，双方都有过失行为。

小杀手四处张望，想看看其他不参与战争的人。一般来说，不参与实战的人都会在安全地带观察战场。他发现有相当一部分士兵已经跑到观察区去商讨对策了，但是他们并没有久留，即便他们觉得这场战争已经失控，也没有人前来找小杀手讨论。或许他们从来没想要找小杀手商量吧。基地里所有人都对他很客气，哪怕是一些比较友善的人也会刻意和他拉开距离，从来没有想过要深入了解他，好像他们不知道小杀手到底是不是人，好像他是一个怪物。

小杀手知道如果自己和父亲分享关于战场实况的一些疑虑的话，父亲会怎么回复他。父亲会提醒他，这些人还在学习中，没有人像他那样一直在接受专业训练——他们还没有成熟到能带领一个团队，能迅速转变想法和调整情绪；还不知道要先拥抱恐惧才能战胜恐惧；还不知道怎么集中注意力，怎么树立全局意识，怎么在任务过程中不掺杂个人情感；当然还有，他们没有一个人能像小杀手那样承受身体上剧烈的疼痛。

父亲和他说过很多次他有多么以此为豪。身体上的疼痛是士兵面对的最大问题。要做到公私分明并不是一件难事，只要足够专注大部分人都可以做到，但是承受身体上的疼痛就不是同一回事了。最强悍的士兵也可能会屈服，最后被疼痛打败。

“这也包括你，孩子。”父亲曾对他说过，“你对疼痛的耐受力非常强，不会让痛感战胜理智，从而影响判断。不过就算是你，也无法永远保持这个状态。疼痛会让你的身体变得虚弱，会干扰大脑思考，从而逐渐把你压垮。士兵们对此无能为力。被俘或被杀要么是因为他们犯了错，要么是因为他们还没有强大到能够保护自己。”

“实验室不能做出更强力的止痛药吗？”小杀手问韦里斯，“比如说不会让人精神恍惚，维持四小时后就自然失效而且不会让人上瘾的东西？”

“说得轻巧。”韦里斯说，“我过去花了不少时间来提高士兵的疼痛耐受力。药物对每个人的作用都不同，而且很多药本身存在的问题比它的功效还要显著，比如上瘾。后来我想到真正解决问题的办法就藏在人身体内部——在士兵的体内，在一具具有机体中。”

小杀手不太明白那是什么意思，但是这些话听起来让人感觉毛骨悚然，而且似乎非常危险。也许那是因为韦里斯把人体称作“有机体”吧。他父亲一直是这样说话的，但有些话连他听了都胆寒。

他身后突然传来士兵敬礼的声音。父亲来了。只有在双子杀手集团训练过的人才会敬礼敬得这么大声。一些比较大胆的人向韦里斯问好：“您好，长官”；“下午好，长官”；“欢迎指导，长官”。小杀手的父亲板着一张铁面，没有理会所有问好的人，径直走到观察台上，站在小杀手身旁。

“好像有一些新面孔。”小杀手说着，朝士兵们扬了扬下巴。

“对。他们会是第一支到也门参加陆战的队伍。”父亲的语气中隐隐有些骄傲。

如果这是真的，那也门国民可太倒霉了。这些人会穿什么样的制服呢——肯定不是现在身上的利比亚军装。除非父亲又进行了一些令人匪夷所思的交易，他向来以此闻名。如果是这样的话，那所有参与其中的人都要倒大霉了。当然，除了父亲。

“这些家伙知道交战规则吗？”他问韦里斯，“还是说他们更倾向于射杀一切活物？”

“他们是精英，”父亲的语气更加自豪了，“有纪律的。如果他们能直接击中目标——比如说从公寓的窗户往里瞄准——相信他们也会抓住机会的。不如你在前往布达佩斯的途中好好想想这个问题吧。”

小杀手转过头去惊讶地看着他。

“亨利刚到，”父亲补充了一句，“收拾好行李，你还要赶飞机呢。”

第14章

丹妮以前执行任务时到过欧洲几次。她发现，在冬季只要看一看有多少穿皮草的人就可以判断自己是在西欧还是东欧。东欧的居民更经常穿皮草，尤其是在北方，在那个地方如果听到有人说自己“要冻成冰块了”，可别以为那只是夸张。

不过这是她第一次来到匈牙利，她对这个国家有点儿敬畏之情，就好像自己小时候第一次看到旧大陆一样。她虽然去过许多城市，但从没见过哪个地方像布达佩斯这样充满了沉重的历史感，一呼一吸之间都能感受到这座城市的古老与沧桑。

罗马和莫斯科都有一种强烈的现代感和未来感，这种感觉超越了这两座城市漫长的过去，直指未来，哪怕是仰望着罗马斗兽场或站在伊凡四世[1]建造的天主教堂中，都无法将那种现代感抹杀。

---

[1] 俄罗斯留里克王朝首位君主，历史上的第一位沙皇。

但是在布达佩斯，历史似乎随着时光的流逝而把陈旧的触须扎得更深，无论世情多么急迫，它的历史永远立足于这片土地之上，让此地别无选择，只能寻找最妥帖的方式和它共存。在这座城市中，没有哪里比布达佩斯科技经济大学更能体现这个特质了。丹妮打电话联系了一位朋友，她告诉丹妮，作为对 MIT[1] 的回应，他们的机构名字叫 MTI[2]。

“挺巧妙的，”丹妮心想，“但是他们的生物研究部门怎么样呢？尤其是在人体生物学这方面。”

丹妮的这位朋友是一名退役的潜艇船员，现在担任联合国的翻译员。她向丹妮保证，这个地方的学生个个都绝顶聪明，他们都已经在改变自己所属领域的未来了。她介绍给丹妮的这个人据说是一位博士研究生，聪明过人，在读硕士研究生的时候就已经受邀参与一些非常先进的基因测序项目。但愿她真的名副其实吧。

阿尼哥建议的会面地点是座图书馆，在丹妮看来更像一座大教堂。虽然这里非常大，但丹妮还是一下子就找到了她。一排排长椅上坐着很多学生，有的人在鼓捣笔记本电脑，有的在看一摞摞纸质资料，有的人面前两样都有，而阿尼哥是唯一一个在看漫画书的人。

“阿尼哥？”丹妮非常着急地问。

她抬起头来，朝着丹妮笑了。很难想象这是一个在攻读博士学位的人。阿尼哥的一头卷发黝黑发亮，双颊粉扑扑的，还有一双扑闪扑闪的黑色大眼睛，她看起来也就十二岁。这下丹妮知道为什么她在看漫画书了。

丹妮在她对面坐下，拿出两个塑料袋。一个袋子里装着几团带血的棉花球，另一个装着一顶黑色的棒球帽。她对阿尼哥说：“谢谢你愿意帮我们。这是样本。”

阿尼哥接过塑料袋，一手一个端详起来，点点头说：“没问题，两天

[1] 美国的麻省理工学院。

[2] Magyar Technologia Intezet，即匈牙利科学研究所。

后来取吧。”

听了这话，丹妮开始从各个口袋里掏出皱巴巴的纸币，在她和阿尼哥之间慢慢堆成一摞。她总是会在备用包里准备好各国的货币，主要是欧元。在和阿尼哥见面之前，她已经换好福林[1]了，但是兑换员换给她的汇率非常低。阿尼哥的报价可能会更高一点儿，不过她看着那些钱的时候倒也没有不高兴。

“不好意思，我两个小时后就要。”丹妮说。阿尼哥的目光从那一沓皱巴巴的纸币上移开，圆溜溜的黑眼睛直视着丹妮。丹妮跷起了二郎腿，找了个舒适的角度，对她说：“我等着你。”

两个小时后，丹妮坐在图书馆外的花园长凳上等亨利和拜伦。她看了阿尼哥交给她的信封，现在脑子里一团乱麻，趁他们二人还没来，她得赶紧捋一捋。她发现自己竟然有点儿希望亨利和拜伦迟到，那她就可以开始担心他们两个，而不是在这里胡思乱想了。在这个平凡的世界里，“担心”是一件很平常的事。可是对于她来说，这个世界已经不再平凡了。拜阿尼哥的信封所赐，一切都不再平凡了。

亨利和拜伦准时到了。

“嘿，”亨利和拜伦看到了她，两人一起加快脚步，“我们和尤里约好了时间。见面地点是……”

丹妮装不下去了，脸上的表情已经出卖了她，亨利关心道：“你还好吗？”

信封里是阿尼哥得到的实验结果，丹妮把信封交给了亨利。这么普通的一个信封，怎么会装着如此惊人的秘密呢？“我大概知道为什么那个杀手和你一样优秀了，亨利。”

[1] 匈牙利货币。

亨利睁大了双眼。拜伦也露出期待的表情。

丹妮深吸一口气，接着说："他，就是你。"

亨利和拜伦盯着她，然后转过头对视一眼，又盯住丹妮。

"啊？"亨利根本不能相信这个说法。

"这里有一个实验室，"她说着，朝身后的建筑歪了一下头，"我把样本给了他们，你的血和他的棒球帽。"

丹妮能从亨利的表情看出他一点儿都不想听到这些话。如果是发生在她自己身上，她肯定也无法接受，但她会感到很好奇。

"他和你长得一模一样，我还以为他是你儿子，"丹妮接着说，"所以我——呃，准确地说是他们，反复测了三次。你的 DNA 和他的。三次的结果都是'完全一致'。不是'非常相似'，而是'完全一致'。意思就是'同一个人'……他是你的克隆人。"

他是你的克隆人。

是你的克隆人。

你的克隆人。

克隆人。

亨利一下瘫坐在丹妮身旁。丹妮看起来非常崩溃、震惊。拜伦也是。他们的表情可以说近乎滑稽了。如果他们觉得这就很疯狂的话，那是因为他们还没试过透过瞄准镜和那个小子对视。

"他们以为是我弄错了，"丹妮说，"可能我拿的物品是同一个人的。但是我没弄错。他就是你。"

"不可能。"亨利沉默了好一会儿，才开口道。说完，他转过头去看拜伦，想知道拜伦是不是跟他一样确定。

拜伦和亨利一样面如土色："你记得以前韦里斯经常说什么'我希望

我能拥有亨利整个人’，我以为他只是在吹牛。”

“我的克隆——”亨利痛苦地眉头紧皱，“天啊，我根本说不出口。”他摇摇头。“他冲着我来的架势，就好像……他活着就是为了杀我。”突然间，亨利好像又回到了卡塔赫纳的街道上，那家伙用后轮把他拍飞，想接着用前轮撞死他，但都没得逞，于是小杀手掏出了格斗军刀。亨利知道，如果警察来得再晚一点儿，那家伙就会把他了结，而他在死前看到的最后一幕就会是他自己捅死了自己。

人们说只有你自己才是自己最大的敌人——此言不虚。亨利眉头紧蹙。这种俗语和现实的对照本应该挺有意思的，但是现在他们不这么认为了。整个世界天翻地覆，他的世界也颠倒了。他们现在是真的无路可退了。

“我们……”丹妮刚开口就噎住了，不得不停下来喘口气再接着说，“亨利，我们他妈的到底在帮谁打工啊？”

这个问题问得好。“这得要冷静下来好好思考才行。”亨利想着，腰板挺直了一点儿。他必须把自己的震惊放到一边。他亨利这辈子都在为国家服务，保护好人不受各方坏人迫害。像丹妮和拜伦这样的好人，当然还有那些努力过好自己的小日子的人，他们完全不知道像克莱·韦里斯这种阴险小人在他的秘密实验室里谋算着什么。哪怕亨利脱离了国情局，他也不能放下那些正直的好人。当年他加入海军时，他发誓要一辈子追随自己的信仰。哪怕脱下军装，他也不会违背自己的誓言，那是他对自己一生的承诺。如果哪天他忘了，手腕上的绿矛文身也会提醒他。

永远忠诚。

“我听过一些关于国情局研究室的实验的风言风语。”亨利说道。他们三人正一起步行穿过布达佩斯的一个花园，准备去和尤里见面。丹妮把那个重磅炸弹抛出来后，亨利几乎忘了他最初来布达佩斯的目的。

“这怎么可能呢？”拜伦说。

“是很复杂，”丹妮告诉他，“但不是没可能。他们要先获得供体的体细胞，在这里就是亨利的体细胞，然后准备一个卵细胞，剔除里面的基因材料，再把供者的细胞注入就行。这就是克隆的科学原理。”

拜伦对丹妮的佩服之情溢于言表：“这是你那位研究室朋友告诉你的吗？”

丹妮摇摇头，说：“是谷歌[1]告诉我的。”

亨利一脸惊奇地看着她，表示怀疑。这个世界已经疯狂得失去控制了，随便一个人都能在网站上搜到关于克隆的介绍。

“我总是在想，如果他们真的能克隆人了，那应该去多克隆一点儿医生或者科学家，而不是去克隆我。”亨利说，“他们把纳尔逊·曼德拉[2]克隆出来不好吗？”

“纳尔逊·曼德拉可没办法在两公里外就把坐在行驶的列车里的人杀死。”丹妮说。

亨利的脸色更不好看了。如果丹妮是想安慰他的话，看来她真不太擅长此道。

“嘿，我也不希望事情变成这样。我为了他们几乎都要献出生命了，”丹妮说，“他们真的能这么做吗？”

“你是为你的国家奉献生命，”亨利纠正道，“像你的父亲那样。”

“我的国家？”她发出了一声尖刻的冷笑，“我可不喜欢这种行事方法。”

“国情局只是一个机构——不是你的国家，”亨利说，“高兴点儿吧，至少你没有等到二十五年后才发现真相。”

拜伦拍拍丹妮的肩膀，说：“唉，如果你想金盆洗手，来我的拜伦航空当个副总裁，我随时给你留好位置。”

---

[1] 美国搜索引擎。
[2] 前南非总统。

丹妮朝他露出了苦涩的微笑："如果我父亲还在，他肯定会找出幕后黑手，然后把那些人暴揍一顿，"说完，她叹了口气，"可惜他不在了。"

"所以现在要我们出马了。"亨利告诉她。

塞切尼浴场以温泉为主题的几幢连排建筑气势恢宏，有厚重的历史感。尤里曾经狂热地给亨利描述过这个美丽的地方，告诉他这里的温泉有多么让人舒心放松、能治愈人的所有疲劳。确实，这浴场很豪华，很壮观。但是现在，和丹妮、拜伦一起站在阳台上，看着底下欢乐的游客们在阳光中享受温泉的样子，亨利怎么也高兴不起来。

当初尤里说在浴场见面时，亨利还以为他说的是那种土耳其的蒸汽浴，那种地方非常受间谍和各类匪徒的欢迎，因为那里只能穿浴袍，任何人都没办法戴窃听器或者藏起一件武器。亨利已经准备好脱个精光坐在蒸汽房里舒舒服服地问尤里问题了。

可是，他和尤里最后却是在一个巨大的游泳馆里见面的。

亨利事后想想，自己早应该猜到的——高温浴指的不仅仅是蒸汽浴或泡漩涡浴缸。亨利发现这里的池子都不是非常深。一般的成年人就算站在池底也不会溺水。而且，池子里没有一个小朋友——看来这种温水泳池是不对小朋友开放的——所以整个泳池里没有什么笑声和拍水声。

不，亨利惊觉，他错了，这里是完全没有一点儿笑声和拍水声。泳池里的每个人都安安静静的。他甚至看到几个老人家在石梯旁摆好了大理石面的棋盘。亨利简直不敢相信自己的眼睛。他看过人们在公园里下棋——有退休的老人家慢悠悠地一盘棋下一整天；有想炫技的年轻人同时和十个人下棋，而且把十个对手都打败了，每一局还能赢十块钱。但是怎么会有人来泳池下棋呢？

好吧，这些人就来了，而且亨利现在仔细一瞧，还不仅仅是他刚刚看见的那几个人。不过哪怕是他亲眼所见，他还是不敢相信会有这种早上睡醒了没事做就跑到泳池下棋的人。

不过他今天起床时也没想过世界上真的有克隆人存在，更不可能相信会有他自己的克隆人。这整件事他都想不明白，也许他永远都不会想明白。天知道明天起床时他又会有什么新发现。

如果他还能看见明天的太阳的话——“小亨利”可是非常努力地想让他长眠呢。

“尤里这家伙到底在哪里？”亨利着急地四处张望。泳池馆里回荡着悦耳的潺潺流水声，还有人用匈牙利语在高兴地聊着天。

“你没事吧？”亨利问拜伦，他看到拜伦一直在盯着左边的楼梯看。

“没事，不用担心。”拜伦说。

“收到。”亨利低头看了一眼手表，像热锅上的蚂蚁一样焦躁，不仅仅是因为他现在站在一个巨大的泳池边上，还因为约定的时间马上就要到了，可尤里还没有出现。也许从今天起，他这辈子都要活在这样的焦躁和水深火热之中了。这个世界对他而言已经变得非常陌生。门罗和杰克死了，韦里斯派了一支队伍来暗杀他，他身边还站着一个从没犯过任何错误的模范特工。“恭喜你，收好你的奖励吧：一颗正中眉心的夺命子弹。”亨利想。

“亨利。”拜伦喊他。

亨利回头，看到身后的走廊里站着一个男人。他的衣着和游泳馆里所有没下水游泳的人一样——浴袍和拖鞋——但是和其他来游泳的人不同，这个男人看起来就不是什么善男信女。他比亨利矮一点儿，但是体格健壮，像城墙一样稳重。

“布洛根先生！”这个男人笑容灿烂，朝亨利走去。

亨利和他握了握手，然后转向丹妮和拜伦。显然，尤里的热情并没有感染到他们，拜伦和丹妮点点头，表示不介意在露台上等他。这样的情况下必须让他们一对一单独说话，二对一意味着想找茬，三对一可能就是暗示着某人有生命危险了。

不管怎么说，亨利相信尤里不会在这个地方使什么小伎俩，尤其他还穿着浴袍和拖鞋。但尤里一直坚持让亨利把他那街头风的打扮也换成浴袍——他甚至给亨利带了一条游泳裤，说欢迎亨利留着做个纪念。

“你一定要换衣服。”尤里看到亨利露出犹豫、疑惑的表情，于是又强调了一句。他们必须融入这里。普通人不会穿着全套上街的衣服到泳池来的。“你的朋友们也应该换衣服。”尤里说着，还欣赏地看了丹妮一眼。不过他们换不换不太重要，反正他们待在露台上，本地人只会以为他们是身材不好而不敢换衣服的美国游客罢了。

亨利换上游泳裤和浴袍，把自己的衣服放在更衣室里。尤里招呼亨利到附近的一张长椅上坐着，亨利瞬间感到松了一口气。他原本想着，如果尤里坚持的话，他硬着头皮到池子里面泡着也不是不行，但是目前看来，换上浴袍就可以融入这里了。

亨利明白为什么杰克喜欢这家伙了。首先他面色红扑扑的，一定喜欢喝伏特加；其次，尤里整个人散发着一种自得其乐的腐败和叛徒的气息，想要在一个腐败且充满了背叛的体制中存活，这种手段是非常必要的。尤里是一个双面间谍——他手上可能有俄罗斯总统的把柄，俄罗斯总统自己也知道的那种。不过俄罗斯总统应该明白，只要他能让尤里过上自由自在的快乐生活，那么尤里就会帮他隐藏秘密。

“在我们开始之前，”尤里的脸上依然挂着灿烂的微笑，“我必须承认——我已经崇拜你很多年了！”

亨利眨了眨眼，惊讶地看着他，说：“这么说，你知道我是什么人？”

尤里笑着说：“‘百闻不如一见’——你们国家的人都这么夸你。对了，我本来想祝你退休快乐的，但是你最后一次任务好像出了一点儿意外，对吗？”

“这个……”亨利尽量让自己不要显得那么局促不安，“我的政府骗了我而且试图杀死我，是这个意思吧。”

尤里又笑了："在俄罗斯，我们把这种情况叫'星期四'。不过你们美国人——你一定很伤心吧，所以……"尤里抬起了眉毛。

"所以，多尔莫夫为什么回俄罗斯？"亨利问道。

"对，干正事！不愧是美国人——您可是大忙人啊！"尤里脸上欢快的笑容消失了，上下扫视这个门厅，若有所思的样子。这里除了他和亨利没有其他人。

"我们和杰克·威尔斯都是朋友。"过了一会儿，他才继续说道："他是一个好人，我也和你一样为他的死感到哀痛。但是你之所以能出现在这里并且目前还没有死在我的手里，只是因为……"尤里的脸上闪过一丝微笑，"我们有一个共同的敌人。"

"克莱·韦里斯？"亨利猜测道。

尤里点点头，神情严肃："他把多尔莫夫骗到西方去，资助他建立实验室。而他的实验成果你也见到了。克隆羊多利诞生于1996年，在1997年……"

"我就成了那只母羊。"亨利接上了他的话。他至今仍觉得不可思议，但已没有最初那种震撼了，更多的是觉得自己被偷了某样物品，而且这物品是无比珍贵且意义重大的，也是他再也拿不回来的。

"其实你大可以把这当成对你的赞赏。毕竟韦里斯用的是你的DNA，他克隆出一个小的你，还把那孩子当成亲生儿子养大，费尽心机把他训练成最完美的杀手。"

"为什么多尔莫夫要走？"亨利问道，虽然他觉得自己已经猜得八九不离十了。

"我们这些年一直想让他回国，"尤里说，"所有办法都用尽了，还是不行。不过就在去年，多尔莫夫和韦里斯有了争执。多尔莫夫害怕了，于是联系上我。我们猜测，多尔莫夫在改良人类基因方面取得了重大突破，而且可以大规模改造基因。不过多尔莫夫想要的是更强大、更智慧的士兵，而韦里斯要的——”尤里面露难色，无法开口。“是别的东西。”他挣扎了好一会儿才说道。

“别的东西……”亨利重复着。到底是什么，他虽毫无头绪但也知道一定是不好的东西。

尤里盯着亨利的脸，刚才那个享受腐败生活和无利不起早的双面间谍已经不见了，现在的尤里只是一个对韦里斯的行为无法认同也无法接受的普通人。确实，人们常说“有钱能使鬼推磨”，但别忘了世上还有千金也不可践踏的底线。

“布洛根先生，你是你们这一行的顶尖高手，”尤里急切地说，“但你也只是个普通人。你也会累，会有疑惑和恐惧；你会觉得痛苦，甚至悲愤，因为你有良知。也正因此，你才是一个次等军人。你不够完美，没有那么好用。”尤里的身子向亨利倾斜，压低了音量说道，“克莱·韦里斯用基因技术来挑战上帝。必须有人阻止他。”

亨利静静地坐着，什么也没说。几天前，他才看清了这个世界的本质。这是一个混乱的、不愉快的、危险的世界，他之所以选择这一行，就是希望尽自己一生的努力来消除这些负面因素，或至少让这个世界不要变得更糟。

可是，他才刚从列日回到家，刚宣布要退休，就发现整个世界已经完全变了模样，发现自己从前以为的真实原来全是虚假。他杀了一个好人，而他的克隆人为了掩盖真相开始追杀他——派遣克隆人的幕后黑手就是一开始骗他去杀好人的浑蛋。亨利很想知道韦里斯是怎么跟克隆人解释的。既然他能把多尔莫夫变成生化恐怖分子，也许他会跟克隆人说亨利是个吃小孩的怪物。唉，亨利自己二十多岁的时候都有可能相信这个说辞，更别说克隆人了。

亨利安静了好一阵子，反复思考尤里刚才说的话，然后发问：“如果韦里斯做的事情真这么危险，你们为什么不直接发射导弹去把实验室摧毁了呢？”

尤里短促地干笑了一声：“这就是我们正在做的事情啊—— 不过，我们要发射的导弹就是你！祝你好运！”

尤里站起来，伸展一下四肢，把浴袍的腰带扎紧，说：“现在，我要失陪一下了。我得去干掉一个乌克兰寡头政治家。”他又上下扫视着这个空荡的门厅。“开玩笑的啦！”他大声地说，然后朝亨利抛了个媚眼，用手掐住自己的脖子，做了个口形：“是真的。”

尤里转身走了两步，停下来说：“还有最后一件事我一定要说。两天前你从家里逃脱追杀的手法真是太厉害了！你都不知道当时我有多紧张！”

亨利惊讶得嘴巴都合不拢了。“你怎么可能知道那件事？”

尤里习惯性耸了耸肩。“怎么说呢？我可是你的超级粉丝。”他晃晃悠悠地往门口去了，拖鞋“啪啪”地拍着他的脚底板。

“可怜，”亨利看着他离开的背影，心里想着，“乌克兰那家伙也没得休息了。”

丹妮和拜伦一直在露台等亨利。两人此时都专心致志地听着亨利从尤里那里打听到的事。

“你相信他吗？”丹妮听完后，问道。

亨利点点头，“现在这个情况，我相信他更多于相信国情局里的人。”

“那就没什么疑问了，”拜伦说，“两位准备好当叛徒了吗？”

丹妮用手肘撞了一下他的肋骨，说：“我们只要找到那个小家伙就行了。”她把眼睛瞪得大大的，表示自己非常严肃，“如果我们不安全，那你也逃不掉，亨利。我们必须一起行动。”

你管谁叫小家伙呢？亨利努力克制住了没有说出口：“好，我们找到他。然后呢？”

“你和他聊一聊。”丹妮的语气好像这是理所应当的，“他不知道自己的真实身份。也不知道你是他的什么人。也许你能把他说服。”

“你是认真的吗？”亨利不可置信地笑了出来，“如果一个五十岁的你突然出现，跟你说你只是一个克隆人，你觉得自己还能冷静吗？”

“五十一岁。”拜伦补充道。

亨利扭头向拜伦飞了一记眼刀。

“我就随口一说。”拜伦耸耸肩。

丹妮把手轻轻放在亨利的手臂上，说：“我知道你不愿意面对他，亨利。但是要击败韦里斯，最好的突破口就是他。”

亨利不确定自己现在是想抱抱她还是想一把抓住她，把她晃到眼冒金星。忽然，他咧开了嘴角，因为他想到了一个更好的办法。

“我们去喝咖啡吧。”亨利说。

“去哪儿喝？”拜伦问道。

亨利低头看了看自己，他身上穿的还是浴袍和泳裤：“去一个不用脱衣服的地方。”

第15章

“是珍妮·拉西特吗？”

此时，拉西特坐在铜地咖啡馆里她的常驻座位上。窗外，萨凡纳城渐渐醒来了，而她却盯着如龙的车流发呆，等待着自己的任务，不过今天的任务好像睡了个懒觉，迟迟不到。听见有人喊她，她转过身一看，一个高个子、深色皮肤的男人站在身后，她觉得眼熟。这个男人戴着一个紧紧的蓝色摩托车头盔，穿着一件紧身的彩色衬衫和一条黑裤子，胸前挎着一个用旧了的帆布包。

拉西特想起来了，难怪那么眼熟，他是一个摩托车送信人，而且很可能就是每天早上都撞到她的那个。

“谁找我？”拉西特知道自己听到答案后肯定不会高兴的，因为在她用过的人中，没有一个会把重要消息交给摩托车送信人。

送信人从包里掏出一部手机，说：“女士，有您的消息，来自转给我一千羽毛币[1]的男士。”

“这位男士有名字吗？”拉西特俏皮地问。

“他叫‘转给我一千羽毛币’。”

拉西特原本想问他这位男士有没有短一点儿的名字，还是算了，这个自作聪明的家伙指不定正等着她问呢。于是拉西特用冷酷的眼神紧紧盯着送信人，心想：“也许我应该给他一枪。”正好她的包里就装着一把左轮手枪，在他的膝盖上开一枪，既不会要了他的命，又能让他痛得生不如死，而且能帮他转行去找一份没那么讨人厌的工作。就当是一个小小的教训，提醒他以后不要在小个子的女士面前油嘴滑舌。然后拉西特示意他可以念出那一条消息了。

送信人清了清喉咙，大声念出手机屏幕上的文字：“你好，珍妮。在你第二次杀我之前，考虑一下……”

拉西特的余光能看到附近的人都转过头来看她，似乎对这个坐在这里喝咖啡的淡定杀手感到好奇。拉西特非常努力地克制自己，心想：“不要做出任何反应，不能让敌人看出他们对你产生了影响，否则你就成了人家刀俎下的鱼肉了。他们只是想恐吓你，让你看起来像个又蠢又疯甚至令人害怕的疯婆子。”

“你住在卡罗尔·格罗夫大道1362号，安全警报密码是1776。”送信人接着说。越来越多顾客往这边看了，有的伸长了脖子，有的甚至站起来看。该死，看来我要搬家了，拉西特怒火中烧。而且在打包行李的时候她最好把安全警报的密码给换一下。

“你每天早上6点12分起床，在6点42分你会喝一杯特浓低咖啡因豆奶拿铁。”送信人继续大声读着，显然很享受这个过程，“每天晚上，你会站在客厅窗户边上喝豪帅金快活酒，看《法医档案》。”

[1] 基于scrypt算法的加密数字货币。

送信人不说话了。拉西特以为他只是暂停缓口气，但是他点了一下屏幕，就把手机塞回包里。看来这就是全部信息了。拉西特不由得感到失望，这么虎头蛇尾可不像亨利的作风。

不过，咖啡店里面的顾客似乎以为这场戏还没有结束。拉西特此刻真的想把这个送信人的膝盖给废了，顺便让坐在她左边的那一对瞪大眼睛的情侣也残废好了，她正想象着那个场景，手机忽然响了起来。她按了一下耳朵上的蓝牙耳机，接听电话。

“我是拉西特。”她说得干脆利落。

“你的十点钟和两点钟方向都有枪手，”亨利说，“离开那个位置，否则你马上就会死。”亨利说话那么有礼貌，好像在真心帮助拉西特似的。

拉西特马上抬头，从窗户往外看，仔细扫描位于十点钟和两点钟方向的建筑大楼。这两栋摩天大楼都是玻璃墙面，此时正反射着强烈的太阳光，所以她什么也看不见。那里可能什么人也没有，也可能有一队人马正从高处瞄着她。虽然拉西特觉得前者的可能性比较大，但是她太了解亨利了，不敢冒这个险。如果今天一定要死，她也不想死在一间咖啡店里，被那个自作聪明的送信人和一堆咖啡因摄入过量的潮人围观自己断气的全过程。

“如果我觉得这世界需要第二个我，那我早就去生孩子了。”亨利说道。

拉西特舔了舔嘴唇，说道：“那个计划开始的时候，我还没有加入组织呢。你应该知道才对。”她的语气生硬又专业。如果她用一种无聊而乏味的语调说话，那些围观群众应该就会失去兴趣了。

亨利大笑：“哇，这可真是典型的国情局式回应啊。永远给自己找借口，什么都不承认，事情败露了就……躲！”

亨利把最后一个字大声地吼了出来，拉西特照做了，双手捂脸想挡住飞溅的玻璃碎。但是没有什么玻璃碴，也没有从十点钟或两点钟方向射过来的子弹，眼前只有盯着她看的送信人，好像她发了疯似的，这整个咖啡馆的人可能都以为自己在看什么真人秀吧。

“现在给这个善良的摩托男孩小费。”亨利居高临下地命令道。

拉西特坐直了身子，把头发捋整齐，挺了挺肩膀。她用食指指着送信人说道：“你……”然后降低音量，手指向外转九十度指着前门，“可以走了。”

送信人转身时朝她冷笑了一下，拉西特也回之以冷笑，送信人离开时，机车靴踩在地板上发出了“嗒嗒”的声音。如果这个送信人真以为自己在这里上演了这么一出闹剧后还能拿到小费的话，那她可真要冲他膝盖开上一枪了，就当是免费给他上一课。

不过，好消息是，咖啡馆里的人看到送信人离开，以为这场真人秀终于结束了，于是又把注意力放到了自己的手机、平板或笔记本电脑上。只有坐在左边的那一对情侣还在看她，他们好像还在期望更戏剧化的结局。

拉西特转过身，刻意背对其他顾客，这样她才能好好检查一下对面的大楼里和街道上有没有狙击枪。她仔细观察了十点钟和两点钟方向的高层和地面，始终没有发现任何异常。亨利一定是在吓唬她，她几乎可以肯定这一点，不过干她这一行的，“几乎肯定”没有危险可不足以保命。

“我绑架了你一个手下，”亨利说，“丹妮尔·扎卡列夫斯基。她想回去。”

“行。”拉西特决定给扎卡列夫斯基一点儿教训。

“她和我一样爱国。”亨利接着说，“但是她和我又不一样，她还想用接下来几十年的时间给你们这些骗子卖命。你必须保证她的生命安全，没得商量。记住，我现在可是在保护着你的。十点和两点方向，珍妮。”

拉西特好像隐隐约约听到咖啡吧员在喊“珍妮的特浓低咖啡因豆奶拿铁”，但此时外界的任何声音对她而言都只是背景杂音。

“你不能……”她刚开口。

“我只会把她交给在卡塔赫纳追杀我的那个人，”亨利抢过她的话茬，“不要让其他人来接她。”

“哦？你是想和家人团聚吗？”珍妮冷笑一声，“真幸福啊。”

“继续，珍妮，”亨利说，“你马上就会成为我免费暗杀的第一人。他多快能到布达佩斯？”

拉西特又冷笑一声：“五分钟怎么样？能应付得来吗？”

电话另一头沉默了很久，拉西特露出了得意的笑容。亨利这个自以为是的浑蛋，还不知道会发生什么事情。

“可以。”亨利说。拉西特听得出来亨利是在强装镇定，他知道自己已经身在暗处了。“午夜时分，她会在沃伊达奇城堡的院子里等。享受你的拿铁吧。”他挂掉了电话。

噢，当然，她一定会很享受这杯拿铁的——就像亨利享受接下来的厄运一样，不，她会比亨利更享受。话说回来，她应该早就能喝拿铁了才对——她的拿铁呢？拉西特回过头去看取饮品的柜台，眉头紧紧皱在一起，心情像狂怒的雷暴雨。如果咖啡师忘了做她的拿铁，那她可要不客气地爆发了。她一定会让咖啡师留下一辈子的心理阴影。

亨利往后靠在椅背上。丹妮看着他生气的模样，开始期待他的耳朵里冒出烟来。拜伦让服务员再给他们送三杯意式浓咖啡，但是丹妮觉得亨利不需要再摄入咖啡因了。不过，约定的时间是午夜，他们又受时差影响而感到困倦，所以还是很需要喝点儿咖啡打起精神的。好吧，其实只有她一个人受了时差影响——拜伦是一个亲切随和而且不管什么场景都应对自如的人，丹妮甚至觉得他应该从来没有头痛过。至于亨利，丹妮认为他应该是蜘蛛人的秘密化身。

拜伦用手肘碰了丹妮一下，说：“你不知道吧，AMF 的意思是——”

“上路吧，狗东西，”丹妮接着他的话说，“我知道的。”

拜伦和亨利同时盯着她看，真是出乎他们意料。

“喂，拜托，”丹妮翻了个白眼，“你们当我是五岁小孩吗？”

亨利摇摇头：“现在该问的问题是，他怎么会知道我在这里？”

第 16 章

沃伊达奇城堡在布达佩斯城市公园的中心，据丹妮的线人称，这里是欧洲最古老的城市绿地。也许是全世界最古老的？亨利不记得了。不过他确实记得丹妮告诉他，沃伊达奇城堡不是像卡塔赫纳的圣费利佩城堡那样的一座简单的大堡垒，它是囊括了好几幢建筑物的复杂宫殿。亨利之所以选择这里，是因为这座城堡和它所在的公园都位于布达佩斯的中心，丹妮在这里会很安全。如果小杀手想绑架她，那这座城市的狭街窄巷会拖慢他的速度。当然，除非他又在房顶上跳来跳去，不过亨利觉得他带着丹妮应该是没办法在屋顶上蹦跶的。如果小杀手真的带着人往屋顶上跳，那他自己摔到地上的可能性会更大一点儿。

此时此刻，亨利和丹妮一起坐在车子里，两人距离城堡入口只有几百码的距离了，他又开始觉得这不是一个很好的主意。他强忍取消行动的念头，心里其实非常想让丹妮远离小杀手，越远越好。

没错，丹妮是一个很强悍的专业特工。他见识过丹妮执行任务的能力，也知道她不是一个需要依靠别人的人，更不是一个懦夫，不过亨利觉得她这么勇敢其实是因为她初生牛犊不怕虎——她不知道世界上的坏人可以坏到什么地步。当然，如果她继续待在国情局，那她很快就能对坏人有更深刻的理解了，她需要面对很多普通人根本不用面对，也根本无法想象的事情。当下，亨利希望丹妮只是一个普通的小女孩。

他看得出她有多么紧张。这一紧张，让她显得更稚嫩了，也让亨利更难将她推出去面对一个专业杀手，尤其在她身上连比指甲剪更厉害的武器都没有的情况下。直觉让亨利想要带她离开这个地方，保护她，不让她陷入危险中。

如果丹妮能读出亨利此时的想法，那她一定会指控亨利性别歧视、年龄歧视，还会有很多其他名目——资本主义、无政府主义、反政教分离主义——骂完了可能还会狠狠敲他的头。想当年刚加入国情局的时候，他还是一个年轻、强壮、无所不能的特工，事业蒸蒸日上，如今却已物是人非。这世界日新月异，有时候他都不知道自己是不是还在地球上。现在的丹妮就像他当年那样年轻、强壮、无所不能而且事业蒸蒸日上，他却渐渐老去了。

或者说在努力让自己有机会变老。

丹妮握着车门把手，停住了，“没问题的，对吧？”

“当然。”亨利肯定地说道，希望这句话不会变成一句谎言。

“你怎么知道？”丹妮问。

“他虽然不是百分百的我，但是我知道他喜欢什么样的女孩。”

丹妮拉开车门刚要下车，听了这话又转头看着亨利，问道：“等等。你喜欢我吗？”

“我这个嘴巴未免太大了。”亨利闷闷不乐地想。

“我，本人，现在？当然没有，”他说，“但是年轻一点儿、还没有那么老成的我，可能会喜欢吧？”

丹妮笑了，亨利也和她一起笑了，好像他们俩心里没有一点儿慌张似的。“不能让她去。”他心里想着，嘴巴微张准备叫她回来。

“亨利？”丹妮说。

丹妮只叫了他的名字，但是他仿佛能听见她没问出口的那些问题：

“我还有机会活着回来吗？你有机会活下去吗？这是值得我们牺牲性命的事情吗？世界上真的有值得牺牲性命的事吗？这就是我们生命的意义吗？这是对的吗？这是好的吗？我们是好人吗？这样做会有任何成果吗？会有人在乎我们吗？”

虽然已经工作二十五年了，但这些问题还是清晰地从记忆深处浮现。如果运气好的话，她得到的答案将会比他当初得到的更多。

所有这些想法像一道闪电从他的脑海中擦过，他把她散落在前额的一缕黑发拨到耳后。“在佐治亚州，我去找你的时候，”亨利静静地说，“我根本没有考虑过应不应该，是直觉让我那样做、让我保护你的。我相信我和他有同样的直觉——他不会伤害你的。”

亨利感觉到丹妮像抓住了救命稻草一样，希望亨利说的都是真的。

“他伤害你也没什么好处，”亨利补充道，“他想要的人是我，只会冲着我来。”

丹妮深深地吸了一口气，开门下车，头也不回地走向沃伊达奇城堡的大门。

亨利盯着她的背影，他的直觉还在嘶吼着要他马上取消行动。

丹妮稳步走过城堡门口的长桥，不慢也不快，一步步走向沃伊达奇城堡的城门塔。城堡外沿环绕着明晃晃的亮黄色灯光。虽然从外沿偷了一点儿光，但是城堡内部还是影影绰绰昏暗非常。城门塔的大门被拉了起来，门底部的尖刺向下突出，宣扬着守卫的权威。丹妮非常确定在闭园后这个门应该是关着的，看来聪明的“小亨利”提前把大门打开了，否则丹妮就得爬进塔里去。这大开的塔门一点儿也不像鲨鱼张开的血盆大口。不像。

由缓渐疾的脚步声从桥的另一端传来。丹妮还是不着急，不过在经过塔门的时候，她迈着小碎步加速了一下，她一秒钟也不想站在这些鲨齿般的尖刺下。

不过这种做法有点儿傻——难道克隆人同意和她在这里见面就是为了用这些尖刺扎穿她吗？她又想起了亨利说的话：“伤害你对他没有好处。他想要的是我，只会冲着我来。”丹妮真希望亨利是对的，至少第一句话一定要是对的。不过不管怎么说，拉西特发布给“小亨利”的任务应该是把她平安带回美国，如果他真的想违背命令杀掉她，那刚才在桥上就可以动手了。或者现在枪杀她也行。

丹妮感到一丝耻辱，自己居然这么害怕。她不是一个人，亨利和拜伦会保护她，她也能保护他们。他们三个是一条心。

她的脚步渐渐慢下来，最后停下了。现在，她的左边是一座教堂，右边有一座坐在长椅上的雕像，这里灰蒙蒙的，只能借着外面透进来的几线光来分辨景物。这座雕像是桑德尔•卡洛伊伯爵，她来之前用手机搜索过了，可她怎么也想不起来左边这座教堂叫什么。更糟的是，她发现自己的脚也动不了了。

“往前走啊，”她近乎咬牙切齿地说着，“右，左，右，左。”

一动不动。她的脚该不会是被什么强力胶水粘在砖上了吧。

“右，左，右，左。”她又悄悄说着。还是动不了。也许她应该唱个歌，给自己打打节奏……

不！她死也不要在“小亨利”面前这么丢人。她看到“小亨利”在看着她，就在左边教堂正门的旁边，有一道铁闸门，“小亨利”就在那里。丹妮一瞬间感受到了一丝敌意和愤怒。他在那里多久了？他能看出来自己有多害怕吗？去他的吧，现在他们可是在一座午夜的城堡里，而且这座城堡还是布莱姆•斯托克创作吸血鬼小说《德古拉》的灵感源泉。在这里都不害怕的人肯定是石头变的。

好吧，显然，“小亨利”就是。他打开铁闸门走向丹妮，脸上没有一丝波澜。他是由石头做成的克隆人，从石头里蹦出来的克隆人。丹妮咬住下嘴唇才让自己忍住没有笑出声来。如果她现在没忍住，那待会儿肯定要笑得停不下来了，情绪激动可不是执行任务时的最好战略。

丹妮经过他身边，瞪了他一眼，然后走进一个小院子里。他还是一刻不停地注视着她。难道他是想看我什么时候才会被吓到？那他就看吧，丹妮心想。她会让他知道，自己可不是他能随意欺侮的可怜的小女孩。

月亮高悬在夜空中。虽然一切还是很朦胧，但是靠着月光和外面透进来的一点儿光亮，丹妮还是能清楚地看到他的脸，不像她在卡塔赫纳那样只能瞥到几眼。他和亨利不只是有些相像——这就是亨利的脸，就是亨利本人，不过少了一点儿历经岁月的沧桑感，也少了一些皱纹。“小亨利”木然地看着他，脸上什么表情也没有，这比德古拉的午夜城堡更让丹妮感到害怕。她感觉像是拐错了弯，不小心撞进了某个平行时空里，在这里她没有在码头和亨利相遇，也没有和拜伦成为搭档，相反地，她成为了他们的敌人。

“这院子真可爱。”丹妮说。多蠢的一句话啊——这院子真可爱。是，如果想用它拍一部恐怖电影，而且是最后所有人都死光光的那种，那这庭院是够可爱的。她其实只是想听听看自己的声音会不会发抖，没想到自己听起来这么冷静，仿佛无所畏惧。

“不好意思，女士。”“小亨利”用亨利的声音说着，“我们不能往前走了，我需要您把衣服脱了。”

丹妮目瞪口呆地看着他。她的注意力全在那一句“女士”的称呼上，“你再说一遍？”

“我要检查有没有窃听器。”他补充了一句，好像这样说一切就理所应当了。

“等一下，”她说，“你刚才是叫我‘女士’吗？”

“我接受的教育是要尊重年纪比我大的人。”他用一种责备的语气告诉她，好像是觉得她很欠缺教养似的，“您的衣服。”

这一句“女士”的债，他一定要还！丹妮脱去上衣，心里暗暗发誓。她一定会让他受尽折磨然后慢慢死去，折磨他一个星期。不对，一个月！她踢掉靴子，把裤子脱到脚踝，然后用脚踩掉裤子踏出去。好了，现在她站在午夜的恐怖城堡正中央，身上只有内衣裤了。哦，还有袜子。她重新把靴子穿上，但也没觉得好到哪里去。她在备用包里准备了好看的内衣裤，虽然她并没有料想到会有今天这一幕，不过她猜在世界上的各个角落应该经常会有人在做着这样的事情吧。

她试图让自己的大脑停下来，不要再想一些乱七八糟的事，可是已经来不及了。就像她爷爷常说的“想要打消已起的念头是很难的”。“小亨利”站在丹妮面前，循着朦胧的光，丹妮只能看到他身上的防弹背心和他脚上的军靴。他很享受这个过程吗？他是不是觉得自己能让丹妮半裸而且手无寸铁地站着显得他很强大？呵，这就是他的目的，他想让她感觉自己弱小又无力。但是为什么他站在那儿一动不动呢？他到底在等什么——等着再叫她一声“女士”？

难道她脱得不够干净？

丹妮心里升起一阵愤怒的寒意。如果他还要她脱衣服，她真不知道自己会做出什么事情来。但如果她一直在他面前站着不动，可能过一会儿她就会冷得发抖了，要是让“小亨利”看到她狼狈的样子，那还不如死了算了。

丹妮伸出大拇指，钩起一边肩带，轻轻往下拉，无言的表情似乎在愤怒地质问他。她明确地知道如果小杀手点头自己会做出什么事来，那样的话什么计划她都顾不上了。

不，她错了…“小亨利”尴尬地摇摇头，移开视线，看看她，又移开了视线，重复了一次又一次，好像他在努力尝试不直视她。

丹妮想起亨利在她房间里的情景——她换衣服的时候亨利转过身去背

对着她——她恍然大悟。这不是“小亨利”的权力游戏——他现在是尴尬了。不，比尴尬还要严重——他感到很羞耻。

“好，”丹妮心想，“你就难受吧，野种。”这句话倒是说得没错——克隆人都是野种。而且他们也没有真正意义上的母亲，所以更加称得上是“野种”了。也许今晚结束之前，她能找机会当面骂他一句。

“请转过身。”他说。

丹妮差点儿露出凶恶的表情，但是她忍住了，嘴角勾起一个转瞬即逝的轻蔑微笑。然后“小亨利”就靠近了她，那一刻，丹妮真后悔自己只是讽刺了他一下，还听了他的话乖乖转身。本来她脱衣服就已经是屈服于人了，这么快就听从他的下一个指令一定会让他觉得丹妮已经承认了他的主导地位。这是第一个教训：下一次哪怕是有人用枪指着她让她脱衣服，转过身，她一定会直接拒绝。这些人能怎么样呢，杀了她？如果他们本来就打算杀了她，那她才不会让他们那么轻松。

第二个教训：她刚才可真乐观。她也未免太骄傲了吧，未必能活过今晚呢，就想着“下一次”的事情了。

丹妮那乐观的幻想几乎瞬间消失殆尽了——“小亨利”的防弹衣碰到了她的背。“小亨利”的手指快速掠过她的身体，从脖子到大腿，丹妮只能不断强迫自己不要有丝毫畏缩。虽然“小亨利”用手指检查着她的身体，但是她也能感觉到他在尽量避免身体接触，尽量不带任何情感地完成这件事，好像碰到了又好像没碰到，就像他刚才躲避她的目光那样。他几乎做到了……几乎。倘若你一开始就对某件事情感到羞耻，那么后来再怎么努力剥离情感，试着波澜不惊地去做这件事都是不可能的。

“小亨利”正在用手梳着丹妮的头发，她开口说道：“看来你是一个很谨慎的人。”

“谨慎才能活命，女士。”“小亨利”说。丹妮决定要把折磨他的时间再加一星期。“您可以穿上衣服了。”

丹妮刚把衣服穿好，“小亨利”就递给她一部手机，说：“打给他。”

丹妮犹豫了，不过想想现在不合作也没有什么好处。她敲出一个号码，他接过手机，开了免提。

铃声只响了一声，电话就接通了。

“喂？”亨利说。

“二十分钟后，我会朝扎卡列夫斯基特工的后脑勺开枪。”“小亨利”说。

丹妮听到亨利像是血压瞬间飙升了一百度似的大吼：“你的任务是把她安全地送回——”

“我的任务是杀了你。”“小亨利”说。丹妮瞬间感觉一股寒流在血管中奔腾。他们的声音就和他们的脸一样，完全相同。现在好像是亨利人格分裂了自己和自己吵架似的。

“你知道地下墓穴的那间石英墓室吗？”

“噢，该死，不行，”亨利生气地说，“必须要在我看得清的地方。我要看到你。”

“现在只剩十一分钟了。”“小亨利”说完，挂了电话。虽然刚才在电话中他很强硬，但是他看起来却有点儿不安。丹妮猜他听出来他们的声音是一模一样的。“小亨利”注意到丹妮在看着他，于是朝大门走去，说：“我们要去兜一圈了，女士。”

她决定再把折磨“小亨利”的时间延长一周。

出租车两侧的窗户下都贴着看起来很官方的黑黄格子长条，车顶上还亮着“TAXI”的标志。但是“小亨利”告诉她这种车叫“土狼车”，是专门宰游客的黑车。

“他们也不会放过那些喝得醉醺醺分不清真假的醉汉。”他说着，拿出手枪朝司机走去。“哥们儿，今晚休息一下。明天改行吧。”小杀手冲着飞快逃窜的司机背影大声喊道。

“凡是车门或车篷上没有公司标记的都是土狼车。”他继续向丹妮说明，“这样你就能分辨哪些是真的出租车，哪些是山寨的了。坐进去，你来开车。”丹妮照做。“小亨利”坐到了丹妮后面的座位上。

“兄弟，去哪儿啊？”她神经质地哈哈笑了起来。

“你又不是真的出租车司机。”他酸溜溜地回道。

“照你刚才说的，被你赶跑那家伙也不是真的，”丹妮不甘示弱地说，“不管我是不是，你都得告诉我目的地是哪儿吧，还想不想去了？”

“雅基教堂。”“小亨利”用低沉得近乎咆哮的声音说着。

“雅基教堂是吧？听起来是个好地方。你要给我指路。”

“那也要先开起来我才能指路吧。”

丹妮启动出租车开上路。匈牙利的出租车和普通的车没什么不同，不过她在换挡的时候有一种用小撬棍去推沉重的大铁块的感觉，操作起来费了不少力气。好在这个时候布达佩斯的街道上基本没什么人了，所以除了她自己和“小亨利”，她应该不会伤害到别人。当然，伤到她自己的可能性更大。她有一种预感——这辆车上是没有安全气囊的。

“抢出租车这一招很高明。”丹妮开了一会儿车，一边说一边调整后视镜，这样她才能看到“小亨利”。

“欸，你是哪里人啊？”他们的目光在后视镜中相遇，“你这么拘谨又讲礼节，感觉应该是南方人。”

“小亨利”有点儿不耐烦地说：“不好意思，我觉得现在不要聊天比较好。”

“又来了，”丹妮的语气还是很轻松愉快，“佐治亚还是德克萨斯？”

“我们不说话比较好。”

丹妮原本想问他“这么冷漠是不是觉得屠夫不能和小羊羔做朋友”，但想了想还是算了，没必要惹他生气。但是她也没打算让他太好过，她才不是什么小羊羔。

“听着，如果你打算把我当成诱饵，甚至打算待会儿杀了我，那至少让我在死前说说话吧。”她从镜子里匆忙瞪了他一眼。

“小亨利”沉沉地吐出一口气，说：“我在亚特兰大的边界出生。”

“我就知道！”丹妮兴奋地用手拍了一下方向盘，“你和亨利有很多相同点。”

“我不觉得。”“小亨利”说道。

“你会很惊讶的！”丹妮非常肯定地说，“你知道吗，我一开始也只是在监视他而已，后来我们俩就认识了。他是个心胸宽广的人，”她停顿了一下，“和你一样。”

丹妮能感觉到他要气得炸毛了。他压着怒气说：“你怎么知道我的心胸怎么样？”

“至少我知道你是一个有心的人，”她说，“而且我还知道，你心里有一个声音在告诉你，你接的这个任务是不对的。”

“任务就是任务。”在说这句话前，他犹豫了一下。那是一个几乎察觉不到的停顿。

“这地方真不错，”丹妮把出租车停在教堂门口，忍不住感慨道，“我以前去旅行的时候，都没有这么多观光的机会。”

“我超级喜欢老教堂。”

“小亨利”把她从驾驶座上一把拉了出来，连门都懒得关。

他们一起走过前门走廊时，丹妮心不在焉地说，“这就是雅基教堂啊。是罗马式建筑，真美。”丹妮还在感慨着，“小亨利”就用手枪戳了一下她的背，让她快点儿走到中间的过道上，丹妮疼得“啊”地叫了一声。

他们走到圣坛前的围栏处，“小亨利”把她拽到右边的小间里，又推了她一把，让她沿着阶梯往下走。

“地下室？”她强颜欢笑，“你对布达佩斯的教堂还真熟悉。”

“我经常看《国家地理》。”他边走边说，“向下。”

这里的阶梯又窄又不平坦，丹妮担心自己会失去平衡滑下去，因为“小亨利”时不时就用手枪推她。“那就别怪我再多折磨你两星期了。”她恶毒地想着。

等他们终于走到了楼梯的尽头，“小亨利”把她推到一条过道上，这过道两侧摆满了架子，只有头顶上的几个灯泡照明，地下室大概在十五尺以外的地方。

这灯泡功率有五瓦吗，还是更低？她很勉强才能看清前面的路，如果这个克隆出来的小家伙敢再用手枪推她一次，她就要把枪斜着塞进他的鼻孔里——

突然，她的脚踢到了什么东西，一个踉跄差点儿脸朝地摔到地面上，还好她及时抓住了一根牢牢焊入地底的铁棒。这时候她才发现，地面不是她想象中的压得很实的泥土地，而是积满了灰尘和污垢的水泥地。她抬起头，猛地和一个老旧骷髅头骨的空空如也的眼窝对视。这只是面前架子上众多头骨的其中一个。不，这只是两侧架子上几千个头骨中的其中一个而已，架子上的头骨一个摞一个，密密麻麻地从脏兮兮的地板堆到头顶灰暗的灯泡边上。

“哇喔！”丹妮屏住了呼吸抬头看。“小亨利”又推了她一下。

“不知道这里埋了多少人。”她感叹道。他没有回答，她也没有问他是不是错过了《国家地理》的“地下墓穴特别专栏”。

不远处是一扇锈迹斑斑的铁门，他们慢慢靠近，丹妮发现门锁已经坏了，门把手耷拉着，几欲断裂。旁边有用四种语言写成的标语，包括英语：

此地严禁外人进出。

“小亨利”又用手枪推了她一把，让她往前走。不管是谁教他尊重长辈的，这个人肯定忘了教育他用手枪推别人是很不礼貌的行为。不过，丹妮还是忍住了把手枪塞到他鼻子里的冲动，她推开门，说：“可是这里写着禁止出入呢。”

“你可真幽默。”“小亨利”平静地说。

推开门，眼前的这条过道比刚才那条更窄、更暗。“小亨利”抓住她的手臂，“站在这里，”他说着，把她推到另一根铁扶手前，“别动。”

丹妮看到“小亨利”把一颗手榴弹塞到架子底层一个骷髅骨的嘴巴里，然后牵了一根长引线，和对面架子底部的骷髅骨绑在一起。引线距离地面大概六英寸高，在这种昏暗环境下是绝对察觉不到的。

“居然这样玩弄死人头骨，这家伙对生命太不尊重了。”丹妮心想，这种事情就算是坚定的无神论者恐怕都不敢做。但是“小亨利”好像什么感觉都没有。也许他真的是从石头里蹦出来的，也有可能是他从来没看过恐怖电影。

“小亨利”拿着枪站起来，把头顶的灯泡敲碎。他们一路往前走，“小亨利”把经过的每一个灯泡都敲碎了，现在他们唯一的光源就是他的手电筒。

“如果你把灯泡都敲碎了，待会儿出去的时候你怎么能避开自己设下的陷阱呢？手榴弹可不是开玩笑的。我是说，我知道你为什么这样做——在黑暗中他没办法用狙击枪瞄准你，近战肯定是你比较有优势，对吧？如果他扔手榴弹的话，我也会死。那万一他用催泪弹呢，或是催眠剂呢？”

他把她甩进另一扇门里。这是一个比较宽敞的半圆形房间，依然只有几个灯泡在无法触及的高处晃荡着。丹妮猜这就是他说的石英墓室。和外面一样，靠墙边每隔几步就有一个用金属支撑架固定住的装着骷髅骨架的大柜子。距她观察，这里没有别的出入口了。“小亨利”把背包扔在地上，从里面拿出一个带有夜视功能的防毒面罩。他把面罩扣在头上，但是没有完全戴下去。

“好了，我知道你比我想得更周全了，”丹妮说，“又能防毒又能夜视，真聪明。不过我还是想问你一句。”

“你能少说两句吗？”“小亨利”似乎已经快要没有耐心了。

丹妮在心底偷笑，她就是要烦死他。“你对亨利了解多少？”她问道，“他们是怎么跟你说的？”“小亨利”把她拽到一根金属支撑棒前，丹妮继续问道：“有人告诉过你为什么他必须死吗，你问过吗？”

小杀手重重地叹了一口气。

“他叛变了。”他说着，从背包里拉出一大截强力胶带，拉着丹妮的前臂让她夹住铁棒，然后把她的手腕和铁棒紧紧缠一起，调整好位置和角度，让丹妮没办法用嘴撕开胶带，又加大力度绕紧胶带，把她的手臂死死固定住，让她不能上下移动。很快她的手臂就会因为血液不通而失去知觉了，而且她一抱怨，他就更用力。

“他一晚上杀了八个特工，还有一个监察员。”

“这是他们告诉你的？”丹妮不可置信地问道。

“这是他做的。”“小亨利”纠正她。

“不是的！”丹妮气疯了，完全忘了自己本来是想惹“小亨利”发火的。这一瞬间，她的眼泪在眼眶里打转，也不在乎这样会不会显得自己很脆弱了。

“那些特工死的那晚我和亨利在一起。他们是去暗杀他的，还要暗杀我——那些双子集团的人。你想想吧，我当时是奉命监视亨利的，但他还是救了我！”她说到后面已经开始怒吼了。可是“小亨利”在翻他的包，完全没有理会她的那些话，丹妮于是更加愤怒。

“还有，”她大声说着，“他的监察员是在弗吉尼亚死的，那些特工是在萨凡纳死的。就算亨利可以远距离射击，也不可能跨州杀人。我——”

“小亨利”猛地站起来。“你知道吗？”话音未落，他就把一截厚厚的胶带贴在丹妮的嘴上，还用力压了几秒钟才松手，“这样清静多了。”

“去你的！”丹妮已经尽最大的努力去骂他了。

“小亨利”在手枪尾部加了个消音器，然后抬手把头顶上的几个灯泡打破，破碎的玻璃和骨头四处飞溅。丹妮想踹他一脚，因为他对这个地方太不敬了，这些逝者原本指望在这里永久安息的，却被他这个浑蛋搅得不得安宁。可是她够不着“小亨利”。

第17章

小杀手把面罩往脸上一扣，跑到外面的走廊上去。他的小心脏怦怦地跳着，心中满是激动和期待，还有十足的自信。外面的爆炸声表明目标已经被炸成了碎片，而他的世界也将回到原来的轨道上，一切都会恢复正常。只要他把这里收拾干净，很快就能迎来下一个任务了。

他停了下来。透过高清护目镜往外看，视野中是一片深深浅浅的绿色，走廊铁门整个向外倾斜，和墙体只靠一个合页相连；水泥地上有一个大坑；无数遗骸被炸得七零八落。但是现场却不见人体血肉的踪迹——没有断裂的肢体，也没有死了的或快死的老头儿。

难道那老家伙在安全距离外把手榴弹引爆了？不，不可能。就算亨利戴着夜视镜，也不可能发现这根引线——除非他知道手榴弹的位置。但是他怎么可能知道？总不能是蒙的吧！

一束光线猛地打在小杀手脸上，刺眼的光让他感到头晕目眩。他踉跄着往后退了两步，扯下面罩，快速眨眼恢复视觉。他伸长双手，在身体附近不断摸索，最后摸到了固定架子的铁棒，他握住铁棒，紧紧靠在旁边。同时，他感觉到有什么东西在面前移动。

他举起手枪，但手枪马上就被子弹打落在地，震得他手心一阵酸痛。他的视线刚开始恢复，就看到地上有一点儿嘶嘶作响的红色火光，下一秒他的头就被狠狠地砸了一下。爆炸的威力把他掀飞，然后重重地摔在了水泥地上。

他怒不可遏，挣扎着想要爬起来，却被一只靴子用力蹬倒。那靴子稳稳地踏着他的胸口，还左右扭动着磨了一下。小杀手几乎连气都喘不过来，他伸出手在附近的骨头堆里摸索，踩在他胸口的靴子更用力了。嘶嘶作响的照明弹发出晃眼的红光，把他附近的一片都照亮了。他抬起脖子，额头撞在了狙击枪的枪口上。

他看得越来越清楚了，眼前的男人就是那个他在卡塔赫纳没有解决掉的老头儿。他无法接受这个事实。亨利已经五十多岁了，这么大年纪，怎么可能凭自己的力量打败像他这样年轻的专业杀手？

亨利打开狙击枪的瞄准激光，照着小杀手的眼睛，让他乖乖躺好，然后把他两边脚踝处的手枪皮套里的枪都卸掉，还有他前臂护套里的刺刀。

刚才自己的脑袋到底受了多重的伤啊，小杀手忍不住想。此时的他看着亨利的一举一动，竟觉得好像是在看自己。不过他知道，他本人正躺在该死的水泥地上忍着疼呢，他不能让痛觉影响自己的思考能力，眼前这个人不可能是自己。

不过，他真的就是自己啊。

不！小杀手紧紧地闭起眼睛。一定是看错了，一定是因为光线太昏暗了。

亨利后退一步，捡起地上的一个照明弹，用狙击枪威胁小杀手。“站起来。”

小杀手站了起来。他挺直腰背的一瞬间，和亨利四目相对。亨利鱼尾纹比较多，皮肤也不如自己这么紧致平滑，嘴唇也更粗糙，但不可否认，眼前盯着他看的这张老脸，就是他自己。小杀手感觉现在像是在照一面时光镜，镜子里是大约三十年后的自己。他们不仅是五官长得像，连面部表情都一模一样。这么站着对视了不知多久，亨利才用枪戳了他一下，让他走回石英墓室。

亨利做的第一件事情，就是把丹妮嘴上的胶布撕开，然后把她从那根铁棒上松绑。显然亨利不觉得她的叽叽喳喳很烦人，可能老人家都是这样的吧。

“谢谢你。”丹妮说。

“谢谢你提醒我有手榴弹。”亨利说。

小杀手惊讶地张开了大嘴，这让他们俩觉得很滑稽。丹妮用一根手指从门牙后面抠下来一个小物体，递给小杀手看。虽然这个墓室里的照明非常差，但他还是看出她指尖的那个小小的黑色物体是一个麦克风。

他看看丹妮，又看看布洛根。

“她一直在跟你说话。”他压抑着话语中的情绪，尽量不让他们听出自己的惊叹和自愧不如。

亨利耸耸肩。

“你要么就搜仔细一点儿，要么就别搜，谨慎才能让你活命。”亨利从包里又摸出一颗照明弹，递给丹妮，“你知道怎么用吗？”

“亨利，你这话就过分了。”她翻了一个白眼，点亮了照明弹。亨利绕着小杀手慢慢地兜圈，像教官在检视学员那样。小杀手费了很大劲才能保持一动不动的站姿。真可怕，这个布洛根的站姿和他一样，动作和他一样，就连表情都和他一模一样。

“先声明，”过了一会儿，亨利开口道，“我不想杀你。但是在必要的情况下，我也不会手软。”

小杀手瞪着亨利，希望能让他畏缩，就像他父亲生气时瞪着他那样，但是他怎么也做不到，如果他父亲面对一个和他一模一样的人时也做不到吧。

“克莱·韦里斯怎么跟你介绍我的？”亨利问道。

小杀手紧紧抿着双唇，拒绝回答。

“那好吧，我来跟你介绍介绍他，”亨利接着说，“我正好非常了解韦里斯先生。他开始是怎么训练你的？打猎——猎小鸟和兔子，对吗？然后到你差不多十二岁的时候，他就让你去猎麋鹿。”

小杀手看都不看布洛根，像一块石头般面无表情地立着，但是他内心却忍不住想，这个老男人很了解他——他的眼睛，也可能是他的表情甚至是他的呼吸，都仿佛在告诉小杀手，他说的是对的。

“我猜他给你的第一个任务应该是在你十九或二十岁的时候。应该猜中了吧？他还跟你说，要拥抱恐惧，因为‘你是一个战士，你有强大天赋，必须保护弱者’。对吗？”

小杀手还是一动不动。他表面一声不吭，其实已经怒火中烧了。

“但是韦里斯没办法制止那些流言，对吗？”亨利说，“你心里一直觉得自己和其他人不一样，这让你感觉像一个怪人。”

“你懂个屁！”小杀手终于忍不住爆发了。

亨利笑了，“孩子，关于你的一切我都懂。你对蜜蜂过敏，你讨厌吃芫荽叶，而且你每次打喷嚏都是连打四个。”

“人人都讨厌吃芫荽叶。”小杀手觉得亨利真是没常识。

但是那老家伙还在接着说，“你做事总是一丝不苟、考虑周全、很守纪律而且狠辣无情。你很喜欢猜谜。你还会下棋，对吗？应该说很擅长下棋。你有失眠症，很难入睡，一入睡就做噩梦——我说的是那种让你在凌晨三点哭喊着求救的噩梦。”

小杀手此刻很希望天花板能塌下来——只要能让这老头闭嘴，任何事故都行。

"而且，你还有一些怀疑，"亨利说，"这是最糟糕的。你恨这些无端的怀疑，你也恨产生怀疑的自己，因为那让你觉得自己很弱小——一位真正的战士应该是从不怀疑的，对吗？你最快乐的时刻，就是趴在地上瞄准目标准备扣动扳机的那一刻。在那一刻，整个世界都在完美的轨道上有序地运转着。你觉得我是怎么知道这些的？"

"老子不在乎你是怎么知道的。"小杀手语气轻蔑。

"看着我，白痴！"亨利大吼道，"看看我们！二十五年前，你那所谓的父亲用我的血去克隆。你是我的克隆体，我们的基因是完全一样的。"

"他说的是真的。"丹妮用确凿的语气冷静地说。

"闭嘴！"小杀手冲他们咆哮。

这两个人是嗑药了还是发疯了？所有人都知道他是克莱·韦里斯领养的孩子，这不是什么国家机密。说什么基因，肯定是胡扯！必须是！

不，这太疯狂了。就算他们真的长得很像，这整件事也太骇人听闻了。克隆还是一项不成熟的技术，怎么可能克隆人呢？

"他选择了我，因为我是最顶尖的。"亨利接着说，"他知道我总有老去的一天，到时候你就可以接我的班。他说你是个孤儿，他一直在骗你。而且，明明有那么多手下，为什么偏偏选择你来暗杀我？"

"因为我是最好的。"小杀手说。

"哦？是吗？"亨利用枪抵着小杀手的耳朵，小杀手登时一惊。

"你显然不是最好的杀手，你太笨了。不过我猜今天应该是你生日还是什么的吧，所以我必须死，而且必须是你亲自动手。只要我还活着，韦里斯的小实验就不算完整。你看看，你就是在为那样的疯子杀人。"

"你别提他。"他的气愤和沮丧慢慢变成了泼天的怒意，"你只是想激怒我。"

"我是想救你。"亨利说，"你今年多大了，二十三岁？还是个处男，对吗？你很希望能和其他人产生感情，建立联系，但是又不敢让他们靠近你，因为你害怕他们发现你的真面目。如果别人看见了真实的你，又怎么会爱你呢？所以，全世界的人在你眼里都只是一个个目标，而你，只是一把锋利的刀。”

这连珠炮似的心理分析让小杀手再也控制不住自己，他抓住亨利的狙击枪枪管，往自己这边猛地一拉，亨利就势往小杀手倒去。小杀手一脚把亨利踢倒在地，亨利松开了狙击枪。小杀手伸手准备拿枪，但亨利迅速把枪踢给了丹妮，同时用手肘痛击小杀手的头。小杀手痛苦地躺倒在肮脏的石地板上，但马上就侧翻往旁边躲开。他余光瞥见亨利拔出了刺刀，一个鲤鱼打挺站起来，把亨利手中的刀一脚踢飞。

这一脚很痛，小杀手看亨利的神情就知道了。这一招会让你更痛，小杀手在心里默默地说，同时俯下身子，像橄榄球后卫那样环抱住亨利，拼命往前冲，最终把亨利的后背结结实实地撞在存放骨头的架子上。

这一撞让石室内积年的尘土都飞扬起来，架子也倒了，几百年来安居此处的人骨都变成一块块骨头渣子，泼得到处都是。这个地方最适合布洛根了，小杀手心想，把他埋在这一堆古老的、早已被世人遗忘的骨头里最好了。他松开亨利，发现自己的手扎在一块破碎大腿骨的锯齿形断口上。小杀手灵机一动，想用这块骨头把亨利的喉咙戳穿，却发现亨利也找了一块锯齿形腿骨，想对他做同样的事情。

他和亨利缠斗不休，发了狠想制服亨利。战况越来越激烈，骨头破裂的咔嚓声一秒也不停歇，满屋的骨头渣子四处飞溅让人无处可躲。有好几次，小杀手差点儿得手，但他正要把骨头戳到亨利老头儿的喉咙里时，被对方逃开了。亨利和小杀手拉开距离，从小杀手头部上方进攻，绊住小杀手的腿，或抓住其腿狠狠地拧一下，从而让小杀手不得不放弃进攻。他在亨利面前一点儿优势都没有，不过，至少亨利也没有占到什么便宜。

“放下！”丹妮突兀地喊了一声，用狙击枪指着小杀手。

小杀手看了一眼亨利，这老头儿脸上全是灰尘和骨头碎末。**布洛根的**

脸。自己的脸。他没办法否认这一点，永远无法否认。

“放下！”丹妮压低了嗓音又吼了一声，“否则我要开枪了。”

“别开枪！”亨利大喊。

小杀手看到丹妮一下子停住了手上的动作。**谢了，老家伙。**小杀手露出了笑容。其实就算亨利不喊，丹妮也不会朝他开枪的。小杀手左手手腕一转，挣脱了亨利的束缚，给了亨利一记左勾拳。由于出拳的角度比较别扭，小杀手没办法给亨利致命一击，但是他能感受到亨利的下巴歪到一边去了，这让他觉得非常满足。得意了还不到一秒钟，亨利就出其不意地朝小杀手的喉咙打了一拳。

小杀手从亨利身上滚了下去，翻到一旁，站起来揉了揉自己的脖子，止不住地咳嗽。此时的他完全暴露在丹妮的枪口之下，丹妮可以轻松制服他。

但她还是下不了手——小杀手看她的表情就知道。她没办法向一个和她的英雄亨利长得一模一样的人下手。很好，小杀手正心中窃喜，亨利就把刚才橄榄球后卫一样的招式原样奉还给他了。

他们两人一起摔到另一面墙上，小杀手心想，这老儿头的肩膀肌肉虽然没有他那么发达，不过也够强壮的。但倒霉的事情发生了——这面墙里埋的全是骨头，他们把墙给凿穿了。

小杀手感觉到身后有什么屏障被他们打破了。忽然间，所有的骨头、架子都看不见了，什么都看不清，连灰尘也消散了。他们同时倒下，坠入伸手不见五指的黑暗中，他甚至来不及猜测在底下等待他的会是什么，只听扑通一声，两人都掉到了水里，而且由于掉下来的冲力太大，还在继续下坠。

妈的！掉到一个贮水池里了。

现在，老头儿正用尽全身的力气拍水，他的动作充满了绝望和慌张。对——布洛根对水有着无法克服的恐惧，他一定被吓坏了。小杀手得意地笑了，真是幸运，就像是命中注定一样，亨利·布洛根今天必死无疑。

亨利完全没想到会撞到一面埋着骨头的脆弱的墙，还掉到了一条密道里。到这里之后，他压根儿没时间去查地下墓穴的资料，而且手机里大部分信息都是匈牙利语的。

他不知道这条密道有多长，也不知道密道底下是什么，但是他尽量让小杀手垫在他身下。有了小杀手当肉垫，他承受的冲击力就小得多了——反正比小杀手安全。

各种各样的想法像流星雨降落一般飞快地轰炸他的脑袋，不过都是些稀奇古怪的奇思妙想和胡乱臆测。也不好说，现在正是午夜时分，而他刚撞破一面塞满了骷髅骸骨的墙，还和自己的克隆人面对面搏斗了一番——还能有比这些更荒诞更离奇的事情吗？

还真有，掉到贮水池里就是亨利始料未及的。

所有想法在这一刻全部化为泡影。亨利手脚并用，着急地扑腾，想回到水面上。但是这一次，脚踝上的重量不仅仅是像铁块一样重，还是活生生的，和他相对抗着要将他拽入黑暗中的活的力量。这和以往噩梦的套路不一样——梦中脚踝上绑着的都是无生命的物体。

这说明他现在不是在做梦，这里也不是地狱——否则他的父亲早就在旁边嘲笑他，让他集中精神，可能还会再骂他两句，跟他说游泳是很简单的。是的，他现在还很清醒地活着，如果他还想继续清醒地活下去，那他就要尽快从这该死的水里脱身，现在、立刻、马上！

亨利终于踢掉了拽着他脚踝的手，用力一摆手升向水面。他刚从水里冒出头来，就看到丹妮在高处那个被他和小杀手撞开的洞口趴着，手里拿着照明弹往下看。他刚打算喊她，小杀手就冒出水面，把亨利往水下压。

亨利没有挣扎，而是任由小杀手把他往下推——实际上小杀手把亨利推离了自己。亨利绕过小杀手，又冒到水面上来，想办法离开这里。他发现他的左边有个锯齿状的小平台，应该属于某个楼层或大平台的一部分。

他开始往那边游，但是小杀手从他身后按住了他的肩膀。

亨利迅速回头，狠狠地用头撞了一下小杀手，然后在小杀手发出惨痛的叫声时得意地笑了。亨利原地踩着水，发现小杀手流着鼻血，手里拿着一块破裂的人体大腿骨向他靠近。

这家伙是怎么搞到那玩意儿的？小杀手用骨头砸亨利，亨利却忍不住对他感到好奇。亨利举起双手，佯装要推开小杀手，然后趁他再一次靠近的时候，又使出全力用脑袋去撞小杀手的头，接着马上游向平台。

小杀手没有发出惨叫，但是亨利知道这一次头击肯定比上一次更痛。亨利从水中爬上平台，湿了水的衣服沉重得几乎要让他坠回去。亨利翻了个身，躺在平台上大口喘着气。突然，他感觉脖子上有点儿刺痛。亨利伸手摸了一下刺痛的地方，手指上沾满了血。同一瞬间，小杀手出现了，伸直手臂撑着平台跳出水面，看起来毫不费力。

亨利用一只胳膊挡住脸，小杀手扑到他身上，轻松地把他的胳膊打开。小杀手的鼻子还在出血，但他似乎完全不在意。他用两只手死死地掐住亨利的脖子，用力收紧。

亨利想掰开脖子上的手，但他早就喘不过气了。他的视野中开始出现一片一片的黑色，丹妮在高处用照明弹发出的光亮也越来越黯淡了。亨利双手用力向外拽小杀手的手腕和手臂，但是那两只手就像钢筋扎进混凝土一样，根本拉不动。可恶，他没有死在水里，反而在水边被人掐死了，像一条可怜的鱼！亨利仿佛听见有什么东西掉到身旁的水池中，水花四溅，但是他很快就失去意识了，来不及想那到底是什么。

“手松开！”丹妮的怒吼声从亨利的右边传来。亨利感觉到小杀手松开了手，但是下一秒他又紧紧地掐了起来。

然后，身旁响起一声枪响。怎么回事？更让人难以相信的是，小杀手从亨利的身上倒下了。

随着一阵痛苦的喘息，空气重新流入亨利的肺中。他听到小杀手因为意料之外的枪伤也在痛苦地喘着气，好像他以前从来没有中过枪似的。亨利用手肘撑起上半身，往旁边一瞧，看见丹妮在水中举着手枪对准小杀手。

这丫头居然能一边踩水一边开枪，亨利感到很讶异。如果国情局的特工都像她这么能干，那他确实可以退休了。

小杀手也在盯着丹妮，又惊讶又愤怒。亨利有点儿期待小杀手喊出一声“不公平！你们作弊！”这类话，然后冲向丹妮复仇。不过小杀手做不到了，虽然他的鼻子没有像之前那样流那么多血，但是亨利看到他胸前的衣服上铺满了斑驳的血迹。

丹妮移动到亨利身边。一只手撑着平台保持平衡，另一只手握着枪再次瞄准小杀手。这个动作非常费劲，但丹妮做得很棒。就在这时，亨利伸出一只手，用不知道哪来的力气按下了丹妮的枪。

丹妮睁大眼睛看着亨利，亨利知道，她想问他为什么要阻止自己杀死小杀手。

但是小杀手看起来更加震惊。

“我不是你！”他突然大吼一声，五官因愤怒和痛苦开始扭曲了，“你听到没有，老头儿！我不是你！”他说完，从平台滚落到水池中。

丹妮爬上平台，待在亨利身边。亨利眯起眼睛，在黑暗中仔细观察着水池的动静，耳朵时刻准备着接收小杀手冒头换气的声音。过了很长一段时间，他什么都没听见，他开始担心小杀手是不是伤得太重，游不上来了。这让他有一股很强的负罪感。

终于，他听到远处传来有人冒出水面的声音。他看看丹妮，丹妮点点头，表示她也听到了。这个池子一样的地方，比亨利想象的要大得多，而且不是一潭死水，说明这里和外界相通。

“你觉得他走了吗？”亨利问。他的胸口还是很闷，脖子上的每一块肌肉都酸痛无比，连吞口水都痛。

“应该是。”丹妮说。

“你射中他哪儿了？”

“肩膀。”丹妮的声音沉稳、平静。

“那就没事。”亨利盯着水面说道。他还等着水里会不会再跳出来什么可怕的东西，就在你以为自己已经逃离了墓穴里的克隆人威胁时……要命，他真的因为缺氧开始胡思乱想了。

丹妮抓起他的手，放到他的脖子上。

“揉一下，在这儿等着。”她说着，站了起来，“我看看能不能不爬回墓道直接离开这个贮水池。”

“这是个贮水池？”亨利问。

“唔，至少这不是室内游泳池。”丹妮说着，还俏皮地笑了，“我一找到出去的路，就打电话让拜伦来接我们。”

亨利大吃一惊：“你还有防水手机？”

“没有，我只有普通的手机，但是装在一个防水袋里。”她回过头看着亨利说，然后就消失在了黑暗中，只留下一个好奇的亨利——她到底是怎么瞒过小杀手把手机带进来的？

拜伦在废弃墓穴的出入口外的小巷子里等了将近二十分钟，才看到亨利和丹妮。亨利一只手搭在丹妮的肩上，像一个受伤的士兵。拜伦对此已经足够好奇的了，更让人惊讶的是他们两个人浑身都湿透了，拜伦等不及要听他们的故事了。

“一个男人连续两次被人暴揍，还是在两个不同的州，可真新奇。快上车！”拜伦拉开后座车门，亨利瘫倒在后座上，丹妮坐进了副驾驶。拜伦帮亨利关上门，然后小碎步蹦回前面的驾驶座，“去哪儿？”

丹妮莫名觉得这场景有些可爱，但是亨利并不觉得，“佐治亚，”他有气无力地说，“去找韦里斯。”

这一次，他们逆着时间飞行，从欧洲的惊魂午夜赶到美洲的日落西山。在飞机上，丹妮想帮亨利做一些急救措施，但是亨利拒绝了；拜伦也不哼歌了，丹妮还有点儿想念他的歌声。

亨利的新伤口不多，丹妮很担心他脖子上的刮伤。虽然伤口不深，但那是被又旧又脏的人骨头划的，而且是在贮水池里，很可能会感染。亨利最终还是被她说服了，让她对伤口进行消毒，贴了个创可贴。不过每次丹妮想看看伤口有没有发炎，亨利都摆手拒绝。

“要止痛药吗？”她把药瓶拿给亨利看。亨利耸耸肩。她倒出两片药片，亨利举起四根手指，于是她又倒了两片出来。

战场上的经验法则是——把非处方药的药量翻倍，就能达到处方药的强度。但是又有另一种经验法则说，吃药只是权宜之计，远离战场才是救命良策。丹妮不知道这是谁得出的经验，但她觉得肯定不是亨利的。他把四片药片抛入口中，嚼了几下，就着威士忌吞下去了。好吧，至少酒精是能消毒的，丹妮心想，也许这样还能起到镇静的作用让他睡着呢。

“休息一下吧。”丹妮说。

亨利没有说话。丹妮犹豫了一下，决定在亨利后面的座位好好休息。

第 18 章

克莱·韦里斯坐在办公室里，同时监控着好几个黎明时分的秘密行动。这时，一楼的警卫打来电话，告诉他小杀手眼里流着血，往楼上去了，她还说小杀手左肩中枪，但情况不太严重。

韦里斯向她表示感谢，心里默默为她的表现加分。平时他不太喜欢在行动进行时受到干扰，除非有很重大的事件，因此如果换作一个没那么敏感的警卫，可能会觉得没必要为这事打扰韦里斯。好在这个警卫比较聪明，她知道小杀手的事情永远是第一重要的。

自从第二次刺杀亨利·布洛根的行动失败后，韦里斯就一直在考虑小杀手的事。他一开始就知道不可能轻轻松松把亨利铲除，但那天孩子从卡塔赫纳打来电话说目标逃脱时，他还是感到很意外。

然后是第二次暗杀，这是一次匆忙的行动。确实，韦里斯希望亨利消失得越快越好，但太匆忙，小杀手还来不及认真研究亨利，没时间观摩亨利执行任务的视频，也没时间熟悉他的招式。当然韦里斯并不希望小杀手在这个时候对亨利了解太多——现在的他还承受不了沉重的真相。

韦里斯原本打算在小杀手二十一岁生日时告诉他真相，不过当时的小杀手还是太稚嫩了。韦里斯意识到，小杀手并不缺少教育和训练，他缺少的是历练。

教育对韦里斯家族非常重要。韦里斯的父亲经常说，只有训练没有教育，会浪费上好的人才（无论是男性还是女性）。韦里斯在海军服役时，见识到了这句话是多么正确。不过，他发现真正的问题并不在于执行命令的人，而在于发布命令的人。大多数将领都认为士兵不过是即用即抛的物品，是一种军用消耗品，像炮灰一般。这才是浪费人才呀！将领们应该带出真正的战士，而不是一具具躺在战场上的尸体。

很久以前，韦里斯就知道，就像每一场战争和辩论都存在不同的分析角度一样，战士也是有很多不同类型的。如果亨利·布洛根曾经接受过良好的教育和引导，他原本也可以成为小杀手这样的战士。而他今晚在监控的那些人，又完全是另一种类型。全世界都会看到双子集团培养出的战士代表着军队崭新的、更强大的未来，尤其是女兵。

如果韦里斯待在普通的军营里，那么无论他的军阶多高，都绝对达不到这样的成就；如果他还在海军服役，军队的人只会让他坐冷板凳，因此他才退伍创建了双子集团。他曾经以为亨利一定会加入的——私企的福利会更好，首先工资就要高很多，但亨利却选择帮政府工作，加入了国情局。他总是有一种为国贡献的情怀，这是亨利对自己的承诺，但是韦里斯没有意识到亨利的决心是多么坚定——亨利看起来实在不像那种会挥舞国旗的人。

这实在是太不合理了。后来，韦里斯想通了，没有爸爸的小孩长大了就是这个样子的，他们必须用某种东西去代替父亲的位置。对于亨利来说，国家就是父亲的替代品。让人钦佩吗？也许吧。不过这也意味着亨利永远没办法发挥出自己百分百的实力。这么看来，亨利已经做得很不错了，他克服了自己背景的缺陷，现在也算是出人头地了。

不过，韦里斯还是忍不住想，如果亨利能得到一位父亲的关爱和引导，他能做出什么更大的成就。韦里斯暗自发誓道，如果某天他真的成了一位父亲，那他一定会参与到孩子的成长中，每天陪伴着孩子。

后来，韦里斯意识到自己应该不可能拥有一个普通人那样的传统家庭了。如果他想成为一位父亲，只能选择领养。他本人是没什么问题，但是弃婴的数量并没有那么多，而且领养机构会优先考虑那些有两位家长的家庭，而不是一位连自己的工作内容都要保密的军人。

再后来，他听说了多尔莫夫的研究，他当时就知道那是梦想成真的好机会—— 他能重新培养一个亨利・布洛根了。他会好好地抚养亨利，让他成为本应该成为的战士。他能让新的亨利免受童年心理阴影之苦，也不用经历青少年时期丧父后的贫穷生活，让新的亨利拥有健全的身心和毫无束缚的勇气。

亨利・布洛根 2.0—— 全新登场！

虽然实现梦想的道路并不是一帆风顺的，但小亨利很快就能成为亨利原本能成为的战士了。这孩子能达到亨利永远无法望其项背的高度。

韦里斯多少次想告诉小杀手真相，但他却总是一副很稚嫩的样子。小杀手接受过教育，经受过训练，他是一位战士。问题是，他还太幼稚了。

双子集团的心理专家告诉韦里斯一定要耐心。每个人成熟所需的时间都是不同的，同一种族中的男性成熟时间通常晚于女性，韦里斯只能见机行事，“静待花开”。

他照做了。但是小杀手都二十三岁了，心智还是那么不成熟，韦里斯想不通是哪里出了问题。明明他已经为他扫平了一切障碍了。最后，韦里斯终于发现，解决办法其实一直就在他眼前—— 亨利・布洛根。

只要亨利・布洛根还活着，小亨利就永远不可能成长。

这很显然嘛，他早就应该发现的，韦里斯懊恼不已。亨利不仅要死——而且要死在小亨利的手上。只有这样，小亨利才能知道他在这个世界的位置，以及他到底应该成为什么样的人。

这样，他就是完美的了。

亨利·布洛根是受过伤害的，是不完美的。小亨利是全新的、改良过的版本，而且最棒的是，他是韦里斯的儿子。韦里斯时时刻刻都在提醒小亨利，他是有父亲的。这样小亨利才能成长为一个完美的战士。

换作其他人，应该在向上级报告事件之前就去急诊室检查枪伤并且清理创口了，但小亨利不会这样做。他知道韦里斯肯定已经收到他第二次行动失败的消息了，所以他迫不及待地想要为自己说明。

他没有敲门，这让韦里斯很不高兴。韦里斯把监控画面收起，调成静音。他已经看了这些监控很久了，知道那些人接下来会怎么做。如果有任何意外发生，他会收到消息的。

但是，苍天啊，楼下那个警卫说得没错——小亨利狼狈极了，他好像穿着全套衣服下水游过泳，然后又穿着湿衣服睡觉等到全身风干为止。

韦里斯等着孩子开口说些什么，但是这个男孩只是站在他的办公桌前，用力瞪着他。最后，韦里斯往后靠在椅背上，“说说吧，”他直视着孩子凶狠的目光，“为什么解决掉一个老头儿也这么难？”

“你知道我有多讨厌大吊床公园吗，爸爸？”小杀手急迫地问道。

韦里斯脑中警铃大作。小杀手以他讨厌之物作为对话的开头，这可不是什么好迹象。他生日当天的任务居然又离奇地失败了，这说明肯定有一些无关紧要的破事干扰了他。韦里斯很想马上给他一个响亮的巴掌，就像拍一个接触不好的收音机那样。但是一位好父亲永远不会打孩子的头，除了在训练场上。

也许这只是一种幼稚的转移注意力的方式，也许他是想推卸责任——我没有杀死亨利·布洛根是因为你在我生日这天逼我去大吊床公园。

这样的做法对于小杀手来说未免有些幼稚，但他毕竟是年轻人，年轻人的想法别人永远搞不懂。无论他心里在想什么，韦里斯知道他必须一步一步地解决问题，再看看最终导向的结果是什么。

“你说什么？”韦里斯尽量让自己的声音保持平静。

“在我十二岁之后，每一年，我们都要去那里猎火鸡。我很讨厌这样——我是说，我是孤儿，对不对？那你怎么知道我生日到底是哪一天？可是你从来没有发现我不喜欢这个活动，每年都带我去那里。”

至少他面对火鸡的时候没有手软，韦里斯心想。他从小就教育小杀手，连自己要吃的东西都杀不了的人是软弱无能的，因为他们不能为自己或其他任何人的生命去争取和奋斗。但是这孩子还是想不明白，如果他再这样下去，韦里斯真的要找心理医生给他看看了。

韦里斯放大了嗓门，说：“行！明年我们去查克芝士吃比萨。”

“哦？”小杀手把脑袋侧向一边，“‘我们’是谁？你，我，还有在实验室把我造出来的那群人吗？”

韦里斯面无表情，脸色铁青，此刻的他有种被人从眉间砸了一拳的感觉。“噢！”

韦里斯知道无论自己怎样隐瞒，小杀手还是会发现这一切的。只不过，韦里斯以为小杀手会从双子集团内部得到真相，这样的话他至少局面还能控制住（同时也能知道是谁长了张大嘴巴，然后用钉书机钉起来）。

这么多年来，韦里斯一直在限制小杀手接触到的人。在童年和青少年时期，这两个最容易叛逆的时期，小杀手都没发生过任何问题。但是，现在看来，对成年人的控制更不容易，哪怕是一个注定只能服从命令、不能有好奇心的人；哪怕其他士兵已经自觉和韦里斯的孩子保持距离，方便他把所有的谣言、流言和八卦挡在小杀手身后。

这对小杀手而言并不总是那么好受的。有时候，韦里斯会发现小杀手用羡慕的眼神望着那些结束训练后成群结队去喝酒的士兵。每次他看到小杀手这样，就会让他去进行更符合他智商和战斗能力的训练和练习，只要过一会儿，小杀手就好像完全忘记了喝酒这种不值一提的琐碎事。在他能够接受真相之前为他提供保护，是韦里斯的头等大事。

不过，韦里斯偶尔也会想，是不是在小杀手刚刚掌握基础生物知识的时候就把真相告诉他会比较好呢？如果他从小就知道自己的身份，也许长大后就自然而然能接受了，以后也不会那么痛苦了。

当然，这也有可能成为小杀手寻死觅活的另一个理由。小孩都很擅长这一套。

现在想再多都没有意义了，因为小杀手已经站在他的办公桌前，对他怒目而视，等着他解释这一切。

“我，呃，我认为你不知道真相会过得快乐一点儿。”韦里斯终于开口了。

“快乐？！”小杀手尖刻地干笑了一声，“我唯一快乐的时候，就是趴在地上手指扣着扳机的时候。”

韦里斯脑中的警铃驰声大噪。他曾经听过类似的话，但不是从小杀手的口中，他敢确定这一定不是巧合。事情比他想的更糟。小杀手不仅没有成功刺杀亨利，亨利还不知从哪知道了多尔莫夫的实验，用那些信息干扰了小杀手的思绪。韦里斯不知道哪件事更让他心忧——是亨利发现了实验的真相，还是亨利把真相告诉了小杀手。还有，亨利是怎么知道这个实验的……

布达佩斯。那个俄罗斯间谍尤里，他是杰克·威尔斯的朋友。

可恶！韦里斯心想，要是当初杰克和亨利在游艇上像两个小姑娘一样叽叽喳喳时，他直接发动空袭，就没有现在这么多麻烦了。这一页就可以直接翻过了。

不行。

虽然那样子确实会比较简单，但他还要考虑别的事情——小杀手必须亲自了断亨利，只有这样他才能成为一个完整的人。想想那画面是多么动人，多么优雅，多么完美。布洛根值得他花心思。那个自以为是又傲慢的烂人，明明是个杀手，还装出一副道德高尚的样子，居然还拒绝了双子集团的邀请，好像他真的比韦里斯这位老上司更了不起似的，好像双子集团配不上他似的。

亨利发现小杀手的身份时，一定吓坏了吧？他当年拒绝过韦里斯，但韦里斯还是把他抓走了。不仅如此，现在韦里斯还养育了他的克隆版小杀手，专门培养他去暗杀亨利。只有小杀手有资格说自己看不上别的地方。国情局或其他任何垃圾政府机构都配不上他。

“这不是一个意外，”小杀手双拳锤在办公桌上，身体前倾，“不是你搞大了别人的肚子，不得不把我养大。这是你做的决定，你让科学家复制了一个人出来。”

“不，不是这样……”

“就是这样。”小杀手站直了身子，低下头看着自己，双手在胸前，在身上四处游走，好像是在确认自己到底是不是一个真正的人。

“还有，为什么？世界上那么多杀手，为什么你偏要派我去杀他？”

“因为是他压抑了你的光，”韦里斯说，“你必须亲手湮灭他给你带来的阴影。”

天啊，韦里斯感觉自己的肠子都要打结了。

“你以前骗我说我爸妈把我丢在消防站，我真的信了。你知道我心里是怎么想的吗？”

“那是一个必要的谎言。”韦里斯说。

“这一切都是不必要的！是你，是你选择了要这样对我！”小杀手哽咽了，看起来既迷茫又伤心，“你看不出我有多痛苦吗？”

韦里斯受够了，“放狗屁！”

小杀手吃惊地张大了嘴，他没想到父亲会这样说。

“小家伙，你别忘了自己在和谁说话。”韦里斯等了一会儿才开口说话，但是小杀手还是惊讶得几乎要站不稳了。

“我上过战场！我看过战士发狂死掉的样子，因为他们要做的事情太多了而他们又根本完成不了。我对自己说，我绝不会让这样的事情发生在我孩子身上，我绝不会让世界上的任何事情夺走我孩子的勇气和灵魂，然后将他遗弃在绝望中。绝不可能！你不是这个样子的，永远不会！一切都在我的控制之中，你拥有亨利·布洛根永远不可能拥有的东西——一位慈爱、无私，而且陪伴你成长的父亲。你的父亲每天都在告诉你，你是有人爱的，你很重要！我的天！孩子，我做那么多事都是为了让你拥有亨利所有的优点，再帮你去掉亨利所有的缺点——拥有他的天赋而舍去他的苦难！那就是我在做的事！”

韦里斯看到小杀手脸上的表情从绝望、责备变成了深思，他感觉肚子里的结慢慢散开了。他以前总有办法说服这个孩子冷静下来，感谢老天，他今天依然能够说服小杀手。他站起来，绕半圈走到桌子前。“过来。”他说。小杀手走向他，他把孩子拥入怀中。他一直是那个慈爱的陪伴孩子成长的父亲，总是能给孩子建议，教给他智慧，让他安心。“我爱你，孩子，”他对小杀手说，抱得更紧了，“别让你自己失望。”

在距离双子集团几公里外的一个机场边上，亨利和丹妮正在等待和湾流喷气机告别的拜伦。和飞机告别是拜伦的仪式，他会和驾驶过的每一架飞机好好道别。“因为如果我和它们有缘再见，”拜伦说，“又是在生死关头的话，我希望它们能欢迎我再次坐上驾驶座。”

亨利微笑着，有礼貌地点点头。驾驶员是一个有点儿迷信的群体。每一个驾驶员都有自己的仪式。就连查克·叶格[1]也有自己的一套祈福仪式——在起飞前找地勤人员要一片口香糖。无论什么样的仪式，只要能让拜伦觉得开心和自信，亨利就不介意（出于安全考虑，他没有告诉拜伦自己在一栋废弃公寓里打碎了一面巨大的镜子）。

[1] 退役美国空军准将，持有王牌飞行员称号的二战空战英雄，被认为是20世纪人类航空史上最重要的传奇人物之一。

“和之前一样，这次的飞行旅途虽然短暂但是很甜蜜，”拜伦在湾流喷气机的机头向飞机献上一个飞吻，“谢谢你，亲爱的。无论之后发生什么事情，我们永远拥有在布达佩斯的美好经历。”

丹妮偷偷笑，亨利只觉得一阵肉麻的恶寒袭来，虽然很短暂，但还是让他起了一身鸡皮疙瘩。“哎呀，看来有只大鹅跑到我未来的墓地上闹腾啦。”[1] 亨利想起妈妈每一次起鸡皮疙瘩时都会这么说，这句话总能把他逗乐。可能是自己年纪大了，真有点儿迷信。要不就是他返老还童迎来第二次儿童期，那他明天说不定就要在人行道上跳格子玩了。

“好了，接下来干什么？”拜伦一边走向丹妮和亨利一边问。

“我们不能一直待在室外，”亨利说，“而且我们需要陆地交通工具。”

“我想这附近应该有大卡车。”拜伦说，“我没见过哪个机场是没有卡车的。”

“刚才着陆的时候，我看到那边有一个露天的谷仓，就在那一排树后面。”亨利指着跑道的另一端说，“我们可以先去那里待着，想好下一步计划再走。”

三人一起横跨整个机场时，亨利觉得自己应该精疲力竭了，但此时他却觉得不是很累，好像他体内一直储存着未知能量似的。当然，也有可能是肾上腺素的余威在起作用。不管是什么在支撑着他，他都觉得非常感恩，要不然他现在肯定会累到浑身无力。

一语成谶，就在他们到达谷仓的那一刻，亨利真的觉得自己浑身无力，马上就要倒下了。

作为一名军人，亨利知道怎么克服自己的生物钟，无论是白天还是黑夜，他都能随时开始战斗。不过他自己其实是一只夜猫子。和很多青少年一样，他喜欢熬夜，但又和他们不一样，亨利对夜晚有一种特殊的热爱。

---

[1] 鸡皮疙瘩英文为“goosebump”，goose 意即“大鹅”，bump 意即“撞击”。

夜晚的时光总是美妙的——所有好事都发生在晚上，而不是在白天。很多他不喜欢的东西在入夜后都会消失得无影无踪，比如说晚上不用上学，不用做杂七杂八的琐事，而最好的是晚上没有致命的蜜蜂。

可惜，蜜蜂不一定只有白天才出来蜇人。

亨利感觉到脖子被蜜蜂蜇了，他马上把蜂针拔了出来，但已经太晚了。他知道那是什么，也知道是谁在背后搞鬼。这是他的失误——是他自己的大嘴巴，在布达佩斯亲口告诉小杀手怎么对付他。

好吧，这下他下半辈子都会为之后悔了。不对，哪还有什么下半辈子，再过两分多钟，他的喉咙就会肿起来，他就会窒息而亡，除非他的血压降得够快——那他就能躲过窒息的痛苦，直接心脏停搏，痛快地死去。

亨利摔到了地上，但他对此毫无知觉。拜伦和丹妮在激烈地商量着，拜伦说了一些关于肾上腺素的话，丹妮告诉他这不是亨利原本的备用包。他们两人四手在亨利身上快速翻找着，希望亨利有随身携带肾上腺素注射器。亨利对外界的感觉渐渐消失了，他慢慢感觉不到他们的触摸，他们的声音似乎也飘忽远去。

亨利的头无力地扭向一旁，他看到小亨利举着手枪从阴影处走出来。他看到丹妮跪在自己左手边捡起了什么东西——一支飞镖。

“别动！”小杀手大声地说。

丹妮举起飞镖，“这是什么？”她也大声地质问小杀手。

“蜂毒。”

虽然亨利已经陷入了半昏迷状态，但他还是忍不住要为小杀手的聪明才智感慨。飞镖就像一只间谍蜜蜂——亨利没办法用帽子拍下一支急速射来的飞镖，就算是用费城棒球队的帽子也做不到。

“你不能这么做，他过敏！”丹妮朝小杀手走去，小杀手马上开枪——干净利落的两声枪响，一枪在丹妮脚下，另一枪在拜伦脚下。距离他们只有毫厘之差，这只是在警告他们不要轻举妄动。

亨利的视线渐渐昏暗了，呼吸也越来越艰难，看来他还是要经受窒息的痛苦。虽然这一招没有摩托车杀人那么引人瞩目，但是胜在高效。一旦得手，就再也没有翻盘的机会，打斗、对枪、逃跑都无济于事。除非有人能给他打一针肾上腺素，否则他就只有一个结局——等死。

然后，游戏结束。

亨利视线中的黑斑越来越密集，他看到小杀手正居高临下地站在他身边。天啊，这孩子简直就是二十三岁时的他——不仅仅是相貌，他们的姿势、拿武器的动作都如出一辙。亨利甚至能从小杀手的表情中看出他内心五味杂陈，就像他当年看着目标在自己面前死去时那样。克莱·韦里斯把小亨利变成了亨利最大的敌人，这从各个角度来说都是不对的。

亨利繁杂的思绪渐渐涣散了，他的内心充盈着一种全新的感受。他很放松，所有枷锁和束缚都被解开了，他像一叶随波逐流的扁舟，向上漂浮。

这下是真的完了，亨利心想。这是他人生的最后一次起航，是一次没有飞机的空中飞行之旅。小杀手终于把老版的自己杀死了，能回家给他老爸报喜了。

不远处，丹妮在说："不要，求求你不要！"

拜伦也在大吼："呼吸，亨利！呼吸啊！"这位老朋友不知道他的灵魂已经逸出肉体了。

突然，有人往他手臂上捅了一下。

身体的疼痛把他从彻底无意识的边缘拉了回来，漂浮的感觉消失了。他重新感受到了身下坚实的地面，他能轻轻地呼吸了。虽然现在睁开双眼需要耗费巨大的体力，但他还是努力抬起了上眼皮，睁眼的一瞬间，一张大脸占据了他所有视线。是那个年轻的他。

"肾上腺素，"这张和他一样的脸用和他一样的声音说，"还有抗组织胺。"话音未落，亨利就感觉胳膊上又给扎了一下。

"你会没事的。"

亨利的呼吸频率几乎恢复正常了。丹妮在亨利左边，看到他苏醒忍不住哭了起来。亨利很想告诉她不要这样，杀手不相信眼泪，哪怕是有人在追杀你，你也不能哭。快把眼泪憋回去，坚强一点儿，像没事人一样。不过当亨利把头扭向右边，却看到拜伦也是眼泪汪汪。

“嘿！”亨利用沙哑的声音喊拜伦。

拜伦朝丹妮扬了扬下巴，“她太让我感动了。”

丹妮破涕而笑，她和拜伦一起扶亨利坐起来。小亨利盘腿坐在他正对面几步远的地方，亨利有点儿嫉妒，他现在的柔韧度已经不比从前了，腿都盘不起来。至少他还活着，感谢小亨利出其不意的一针。这孩子看起来像是刚刚从一场纷杂的大梦中醒来，却发现物是人非，已经不认得身边的一切了——他怀疑、困惑甚至感到迷茫。亨利能感受到他的心情。

过了一会儿，小杀手说：“对不起。”亨利知道，他道歉不仅仅是因为刚才让亨利有生命危险，还因为自己这克隆人的身份，因为无法战胜这个世界，还有许多他自己都不知道怎么说出口的原因。亨利以前在镜子里也见过这样的表情。

“没事，”亨利说，“这样的事情换成谁都很难接受。”

小杀手抬起头，谨慎地看着亨利。

“所以你想在这儿用蜂毒杀我，”亨利说，“但是身上又带着肾上腺素？”

小杀手有点儿尴尬地耸耸肩，“你说你对蜜蜂过敏。我想我可能也是，那以后我就随身带着肾上腺素，以防万一嘛。”

“你什么时候想的，今晚吗？”

又是一个尴尬的耸肩。

“同志们，我不是想打扰你们聊天，”拜伦说，“但是你这家伙为什么总是能知道我们的行踪呢？”

小杀手犹豫了一下。

“你相信我吗？”他问亨利。

这问题让亨利一下子笑了出来，“你小子还真敢问。”

“就是，不知道哪来的胆子。”丹妮也揶揄道。

小杀手从踝套里摸出一把刺刀，举在空中，没有说话。

亨利点点头，他确实相信这小子。奇怪，他突然发现自己好像一直很信任这家伙。

小杀手单膝跪地，抓住亨利左边手臂，在肩膀往下几英寸的地方用刀尖剜了个小洞。

“我的天！”丹妮忍不住往后退，就连拜伦也屏住了呼吸。亨利一动不动，虽然刀伤不像挠痒痒，还是会疼，但亨利早已在战场上经历过比这疼痛百倍的现场手术，更何况这也不是今晚发生的最糟糕的事。丹妮在备用包里翻找着，亨利知道她肯定是在找纱布之类能止血的东西。急救护士名不虚传。

将近半分钟过去了，小杀手坐了回去，把刀尖上一个小小的黑色方块递给亨利。

“他们给你植入了芯片。”他说，“记得你三年前那次二头肌撕裂伤吗？”

丹妮给伤口敷上一种凉凉的药，亨利感觉有点儿刺痛。

“我太蠢了，”她一边给亨利的手臂缠上布条打上结，一边懊恼地说道，“我早该猜到的。那么明显。”

“知道答案之后什么都明显。”亨利幽幽地说。他把芯片抢过来，然后弹到了远处看不见的地方。

“韦里斯……”拜伦说，

“你也知道他？”小杀手惊讶地看着拜伦。

“我们在海军服役的时候是他的手下——在巴拿马、科威特和索马里。”拜伦说，“你能带我们到他的实验室去吗？”

小杀手点点头，“可以，为什么要去？”

“我们必须阻止他，”亨利说，“你和我一起。”

小杀手点点头。“我在跑道另一边停了车。”

小杀手疾驰前往双子集团，心脏怦怦直跳。他瞥了一眼身旁的亨利。亨利实在是太自信了，他总是这么沉稳、专注，他总是知道自己在做什么。克莱•韦里斯希望把他培养成亨利那样的人，但是他知道自己永远都达不到亨利的高度。

比如说现在——他知道自己做的是对的，带着亨利和另外两人一起回本部是对的。但是他受过诳欺，受过利用，因此此时也摇摆不定。他不知道回到双子实验室会发生什么事情。他应该怎么做？或许应该问——他能做些什么？

从前他对父亲完全信任的时候，一切都是那么清晰、明朗。每次他一有疑惑，都是父亲告诉他答案，但是以后再也不可能了。他再也不会相信父亲口中的答案了，再也不会相信父亲的解释和承诺乃至父亲说的任何一句话。但是亨利似乎很信任自己，他看得出来，虽然亨利从来没有说过。

他很想问亨利需要他做些什么，想问他们接下来会怎么行动，不仅仅是在实验室的行动，还有等一切结束之后，对未来的打算。但他说出口的却是，“你是在费城长大的吗？”

亨利抬起了眉毛，没想到他会这样问。

“狩猎公园，”亨利说，“在一个叫‘小尾巴’的地方。”

“‘小尾巴’？”小杀手皱起了眉头，不知道该对这个名字做何感想。亨利的生活和他的相差十万八千里，他完全想象不到。小杀手安静了几秒钟，然后下定了决心似的，“我的……我们的妈妈是谁？”

“海伦•杰克逊•布洛根，”亨利难掩骄傲之情，“她是我见过最坚强，最能干的女人。四十年来一直同时打着两份工。”他停顿了一下，“而且天天打我屁股。”

“那你该打吗？”小杀手真的很好奇。

亨利笑了，“很多时候该吧。你觉得发脾气、做蠢事，而且总是糊弄事情的人该打吗？我不太知道。”他的声音忽然变得低沉，“我……我们的……父亲并没有一直在我身边。我五岁的时候他就离开家了。”他又停顿了一下，“一想到妈妈在我身上能看到那浑蛋的影子，我就难受，所以我去参军了。我在军队里长大，结交了一些朋友——真正的朋友，不是像荒地朋克乐队那样的混混，那些人退役以后最大的成就估计就是获得保释了。我找到了自己擅长的事，而且还获得了很多奖章。但是等我带着勋章退伍的时候，妈妈已经走了，后来我就成了……这样。”

小杀手目视前方漆黑的道路，但是他能感受到亨利盯着他看的目光。

“你应该远离这些是非，现在还不迟。”亨利告诉他。

“这是我唯一会做的事。”

“不，这是他唯一教你的事，”亨利说，“现在收手，你可以成为不一样的人。”

小杀手讽刺地笑了笑，“什么人？医生还是律师？”

“丈夫，”亨利纠正道，“父亲。所有因为这份职业而成为不了的人。我亲手抛弃了那些身份，但是你一定能比我做得更好。”

小杀手突然有一种强烈的愿望，希望亨利说的一切都能实现，虽然他从没有幻想过能拥有那样的生活。他从没想过自己会从事其他职业，也没想过自己会产生那样的期望。我的想象力太匮乏了，他心想，这就是父亲努力的结果。

“我想起来有个问题，”亨利说，“你叫什么名字？”

“他一直叫我‘小家伙’。”小杀手看到亨利不可置信的表情，又说，“对克莱而言，我只是你的缩小版，不过不知道他以后还会不会这样看我。”

“这又是一个改行的理由。”亨利说。

小杀手转弯驶向格林维尔区，长吁一口气。他会退出的，不仅仅是因为亨利的劝告，还因为一旦把亨利一行人带入双子集团，他将别无选择，退出反而成了轻松的事。

温迪克斯百货商店的灯已经亮了——商店经理早上总是会比较早过来准备营业。下一个街角的公共图书馆还没开门，远处的高中也是黑漆漆一片，但是路上的交通灯已经开始工作了。小杀手刚开到第一个十字路口，交通灯就转成红灯了。在格林维尔，他总是遇不上绿灯。

“这就是我生活的地方。”他说。

亨利环顾四周，“这小镇挺好。”后座的那两位也喃喃地赞同道。

小杀手短促地呼出一口气，连笑声都算不上。自打他记事以来，格林维尔就是这样破旧不堪，而且每况愈下。这是一个可悲的、没有未来的破地方，只有一些历史遗留的建筑物，可是它们的历史也平平无奇。如果双子集团没有进驻，这个地方可能早就荒无人烟了。双子集团之所以选择驻扎此地，是因为这里很适合克莱·韦里斯，这个小镇很能起到伪装的作用。

“要进去可不容易。”小杀手说。

“你就是我们的门票，兄弟。”亨利说，“和你一起，我们可以从前门大摇大摆走进去。”

小杀手咧开了嘴，无声地笑着说：“是吗？然后呢？”

“和他谈谈，我们一起。”亨利说，“你和我一起。如果他还有一丝人性，那就会听我们说的话。”

小杀手皱了皱眉，“如果他不听呢？”

亨利耸耸肩，“那我们就一起把这里掀翻。”

他们一行四人还在车里等着交通灯转绿，小杀手口袋里的手机响起来了。他掏出手机，给亨利看来电显示：爸爸。

“哟，这是谁呀？”亨利开玩笑说着。

后座的拜伦赶紧往前一趴，“哇，我来接好不好？拜托了让我接。我想亲自告诉他我们已经成为好朋友了。”

小杀手居然认真考虑了一下，但最后还是自己接了电话。

“喂？”

“你和布洛根在一起吗？”韦里斯问道，听起来很着急。

“我怎么会和他在一起？”小杀手尽量装出很无辜的样子，以此掩饰自己的目标就坐在右手边的事实，“是你派我去送他上路的，不是吗？”

“不重要了，”韦里斯说，“跑！”

“哈？”

“跑！”韦里斯大喊道，“离他远一点儿，马上！快啊小家伙！我希望你能安全！”

小杀手笑了，有点儿疑惑地问：“为什么要我安全，因为我是你最喜欢的实验品吗？”交通灯由红转绿，小杀手启动了吉普车。

“不，因为我是你父亲，因为我爱你，儿子。跑啊！”就在这一刻，小杀手面前猛地亮起了一束灼眼的白光，他知道自己有麻烦了。他们全都有麻烦了。

小杀手解开安全带，打开车门。“下车！”他大喊着跳下了车。

亨利一看到那束白光，还没等小杀手喊起来，就知道自己面前是一挺火箭炮。

“跑！”亨利大喊一声。他从吉普车里滚了出去，一直翻滚到柏油路边，等到和丹妮比较靠近才停下来，丹妮手里已经握着武器了。亨利还没找到拜伦，火箭炮就发射了。

爆炸发出了轰天的巨响。亨利捂住自己的耳朵，感受到地面剧烈震动了起来，强大的震波像凶猛的海浪拍在他身上，亨利举起一只手臂挡住飞袭而来的柏油块和尘土。他瞥了丹妮一眼，看到她被震波拍到路旁，此时正匍匐着往后退。

炸弹把地面炸出一个大坑，吉普车也被掀翻了，像一辆脆弱的玩具车在空中滚了几圈，然后被熊熊火光吞没了。亨利侧过脸，顶着刺眼的火光和翻滚的热浪勉强睁开眼睛，看到副驾驶一侧两边的车门都大开着，但是驾驶座那一侧的后座车门却没有打开。然后，烧焦的金属和轮胎发出了刺鼻难闻的气味，但是除了那气味，还有一种特殊的味道直往亨利的鼻孔里钻。

“不要！”亨利站起来，跑向燃烧的吉普车，但是他承受不住翻涌的热浪，还有那股特殊的气味，那恶心的令人作呕的气味。眼前的场景又唤起了他对军队的记忆，“那股气味”仿佛是在告诉他——拜伦没有逃出来。

丹妮死死拽住他的胳膊，告诉他一定要走了。她明白他的心情，但是现在只能走。

“你受伤了吗？”亨利问她。

她摇摇头，手上一直在用力尝试把他拖离那个燃烧的废车架子。亨利看了看四周，眼睛被烟熏得酸痛，终于，他看到站在街道另一侧的小杀手。

借着火光，亨利看到小杀手脸上混杂着复杂的情绪——惊恐、害怕、罪恶、猜疑。这一次被追踪不再是因为亨利的芯片——小杀手已经把它移除了。亨利的心沉到了海底，因为小杀手，因为丹妮，也因为拜伦。

小杀手的目光和亨利的碰上了，他们对视了很长一段时间，两人之间好像存在一股强大的能量，让他们站在燃烧的吉普车旁，半步都移动不得。亨利的身体像是被定住了，连话也说不出来，他只能看着小杀手。

你应该跑的，亨利在心里对小杀手说道。他好像真的把小杀手当成了年轻的自己，好像真的在和二十三岁的亨利·布洛根说话。他告诉他现在离开还不算太晚，你应该为自己的生活而逃——真正的生活，而不是身边这一切是是非非。快跑吧，别回头！

这时，小杀手似乎听到了亨利心中的独白，转身跑进了黑暗中。

第 19 章

丹妮猛地拽了一把亨利的手臂，想让他远离这辆焦黑的吉普车，流着泪说：“亨利，对不起，真的对不起但是求求你了！快走吧！”

亨利推开她的手，挣脱开了。

“都是我的错，是我把他卷进来的。”他擦了擦被烟熏得酸楚的眼睛，烧焦的轮胎味和“那股气味”让他的胃里犹如翻江倒海，“我说了让你回家的，兄弟……”他说着，听到另一辆汽车朝他驶来。

“亨利！”丹妮大喊，几乎就在他的耳边咆哮起来，“我们必须走了！现在！”

双子集团的车头灯刺穿了火焰和烟尘。汽车越来越近，亨利看到车身挂着几个准备行动的双子士兵，每个人身上都挎着一挺 M134 速射机枪。

亨利直到听见身后的枪声和玻璃碎裂的声音，才行动起来。丹妮把酒行的前门和窗户都打破了，拽着亨利往那边跑。汽车停下来的时候，他们正好躲了进去。车上的士兵跳下来，在街道上散开，搜捕他们。

所有士兵都在四处扫射，他们低下头躲避着。

身旁的酒瓶杯罐全都爆开了，破碎的玻璃碴子满屋子飞溅。酒架也纷纷倒塌了，冰箱门被子弹砸出一个个弹坑，紧接着就脱离了冰箱轰然倒地，冰箱里的东西也被炮火打得七零八落。

亨利和丹妮趴在地上，头紧贴地面，匍匐往这栋建筑的后方爬去，基本上是在用脸蹭着地板前进了。机枪猛烈的子弹把墙体打出一个一个窟窿，地板上满是从墙上脱落的水泥块、木块还有酒和玻璃碴。亨利心想，如果双子集团的人再这么打下去，真的很有可能把这栋楼拦腰打断的。他和丹妮必须在这建筑坍塌之前逃出去。

他看了看丹妮，然后用手把粘在她脸上的一小块湿纸巾扫下来。也许地上的酒能帮他们把碎酒瓶划开的伤口消消毒，也许亨利应该努力想一些更荒谬的事情，否则他总忍不住要想自己没了拜伦该怎么活下去。

亨利把对拜伦的伤感压缩成一个包裹，存放在记忆的角落里，和杰克、门罗的包裹紧靠在一起。他必须集中精力破解眼前的困局，才能确保相同的事情不会发生在丹妮这位模范特工的身上，她只是因为伪装成海洋生物的研究生就卷进了这样的事端中，实在是无辜。她想为国家做奉献，但那些人却决定把她牺牲掉。她不应该沦落到这样的下场。也许她曾经设想过如果自己只是一名普通学生该有多好，反正亨利是这么想过。

他们一起往前爬，丹妮转过头看着他，对他绽放出一个灿烂的笑。亨利在心里默默发誓，他一定不会让丹妮死在一个满地是酒的小破商店里，他一定会让他们俩都安全脱身。丹妮会回家长命百岁幸福美满地活着，而他至少会先朝该死的克莱•韦里斯脸上开上一百枪再死。

他们终于爬到了储藏室，这里的后门是重金属材料制成的。好吧，这还真是一个“普通”的小镇啊——整间商店只有一面逃生的安全后门，屋子里没有一扇百叶窗。亨利猜这个店主是不是投了国内恐怖袭击安全保险——应该没有吧，大多数保险公司都不会因为战争或所谓的不可抗力赔钱的。肯定是双子集团给他们的补偿，并修好了路上那个大坑——这应该也不是第一次。

亨利听到从销售区传来了越来越密集的架子倒塌的声音，甚至连承重墙都裂开了，嘎吱作响。这些墙本来就没有防弹功能，这样下去恐怕很快就要断裂了。亨利伸手去摸门柄，一连串的炮弹差点儿将他的手掌轰掉。他悄悄往外瞟了一眼，看到外面只停着一辆吉普车。士兵们可能已经把后门团团围住了。这些浑蛋知道他们的位置，而且看样子想把他们困死在这里。就算这栋建筑没有坍塌下来砸死他们，这些士兵也会等着他们冒头，然后把他们解决掉。

亨利对着丹妮又是耳语又是比画，告诉他自己的分析，然后第二次尝试去抓门柄。不过和上一次一样，噼里啪啦的机枪炮让他缩回了手。

不过，当他第三次伸出手时，却没听见子弹的声音。亨利忍不住偷笑，一分钟打四千发子弹确实很有威慑力，但是子弹也消耗得很快。趁着外面那些家伙还在装弹，他打开了门，和丹妮溜到商店后的小巷子里，身子依然伏得很低。

站在格林维尔镇中心的共济会大厅的砾石屋顶上，克莱·韦里斯一边听着耳机中传来的实时汇报，一边盯着街上的动静。从望远镜中，克莱看见士兵们已经向商店后方的小巷子移动，如果亨利和丹妮离开了商店，那一定能在巷子里逮到他们。不过，克莱并不觉得他们能逃走，就算能逃走，肯定也中弹了。

酒行的后门大开着，但是除此之外，韦里斯什么也看不见——布洛根和扎卡列夫斯基趴在地上匍匐着。只要他们一站起来，就能和士兵们撞个正着。像猫抓老鼠一样惊心动魄，不过现在可不是电影的拍摄现场。

韦里斯预料中的胜利号角并没有吹响，除了M134机枪疯狂扫射的声音之外，他还听到了警笛的呼啸声——格林维尔小镇的警察们正赶赴现场救援。他们平时会把警车开回自己家里，小镇的警察办事情就是这个样子的。每天晚上九点钟，格林维尔警察局就关门了，紧急求救电话会直接转到米契尔警长家里。可以想象，刚才警长家里的电话肯定响个不停，惊慌失措的居民们可能都向他打电话报告大街上的这场“第三次世界大战”了。

韦里斯原本想在亨利·布洛根的飞机刚到达时就打电话给警长，但是当时忙着处理小杀手的青少年情绪问题，一下子忘记了。他可一点儿都不想让米契尔警长和他的同僚加入战场上添乱。若有警察受伤了，那这个郡的机关部门就会对他们展开无穷无尽的烦琐调查。到最后，事情会越来越麻烦。

韦里斯按了一下对讲机上的一个按钮。“米契尔警长吗？我是克莱·韦里斯。请警队不要插手，我们在和一伙带有生化武器的恐怖集团作战。”

“妈的！”米契尔这句话完全违反了警察执勤时的用语规定，当然，韦里斯没打算因此去投诉他。

“联邦当局已经知晓此事，正在往这边赶。”韦里斯对警长说。

“收到。保持联系，克莱。”

“好的，长官。”韦里斯的语气听起来就是公事公办，“我会尽快向你汇报，谢谢配合。”

韦里斯说完就挂断了电话。警长还没来得及向他表示自己有多感谢双子集团驻扎在这儿，拯救了整个小镇的居民；也许他还会请韦里斯在需要帮助的时候第一时间打电话给他呢，不过后者听起来就不太可能了。如果你想阻止平民搅局，那只要说一个词——生化武器——就可以了，他们会像变魔术一样消失得无影无踪，连留下来观战的念头都没有。没有一个正常人会想和感染了埃博拉病毒的人有所接触，哪怕是眼神接触都不行——万一他们打了个喷嚏，而你正好站在下风口呢？米契尔现在可能已经抱着十加仑装的大罐洗手液和二十加仑装的超大罐萨凡纳波本威士忌酒在床底下瑟瑟发抖了。

好了，让我看看小杀手去哪儿了？

亨利和丹妮紧紧贴着地面，躺在一堆东倒西歪的垃圾桶中，双子集团的士兵还在周围扫射，搜查他们的身影。也许韦里斯觉得，既然小杀手没办法完成这个任务，那么还是由他亲自出马，了结他们。不管怎么说，亨利争取到了一点儿时间，他尝试凭借听力来辨认枪手的位置。确认了每一个枪手的站位后，亨利用手语将信息传递给丹妮，所幸丹妮能明白他的意思。

亨利和丹妮一起用口形倒数："三、二、一。"

"走。"

他们同时站起，背靠背，解决了各自的目标。三个，两个，一个。

所以说嘛，机枪是不能代替一个好枪手的。亨利在心里默默对双子的士兵们说着，一边和丹妮从小巷跑到下一栋建筑去了。这一栋建筑比刚才的酒行大多了，而且更结实，就算用 M134 机枪也不能轻易摧垮。亨利一枪打掉大门的锁，刚推开大门，就听见身后传来一声枪响。丹妮应声倒地，鲜血从大腿上的枪眼中汩汩流淌出来。

亨利回头看向刚才的商店，发现一个士兵居然硬撑着靠在垃圾桶上，用枪瞄着他们，准备再一次开枪。

亨利的愤怒无以言表，他一枪打爆了那家伙的头，然后扶着丹妮进了门。

小杀手的肩膀疼得要命。他从吉普车里滚出来的时候，之前的枪伤撕开了一道裂口。这都拜飞机上那个笨手笨脚的医护人员所赐。

他当时已经告诉她只要把子弹挖出来，再把弹坑缝合上就好了，但是她坚持要小杀手脱掉衣服，换成手术服，他怎么可能会让父亲看到自己穿着手术服的样子。那个医护人员一直在和他争执卫生啊、灭菌啊什么的，最后他觉得烦了，宁愿自己用战刀把子弹抠出来。他告诉护士，如果她不愿意帮他缝合伤口，他也可以自己缝，只要给他一根缝合针和一些牙线就行。

一开始，小杀手还以为她肯定会跟他吵起来。不过，她只是叹了口气，让他把衣服脱了——只脱上衣就行，待会儿就能穿回去——然后躺下。尽管她只是将伤口粘合并非缝合，但她还是给他注射了利多卡因麻醉剂，小杀手甚至没来得及阻止她。她还给他注射了其他东西，虽然她说是抗生素，但小杀手知道没有那么单纯，他感受到了止痛剂的作用。

护士可能以为自己在帮小杀手吧，但事实上，这些药物会降低他控制身体感觉的能力。慢慢地，止痛剂开始失效了，而他的疼痛控制机制却不像往常那样发挥功效。护士当然不会给他备着多余的止痛药，她还想着飞机一降落就把他送进医院看医生呢，好像他真的是什么温室的花朵似的，这么一个小伤口也要进医院！

不管怎么说，在肩膀这么痛的情况下，他确实不应该跑上共济会大厅的楼顶。不过他知道父亲一定会在这里观察整个战场，而且这也是唯一一个不用对付他身边的保镖就能接近他的机会。

其实肩膀的伤并没有那么难以承受——他已经习惯了疼痛的感觉，所以对他没有什么实际影响，但这让他的心情跌入谷底，更加没办法接受他那所谓的父亲说的“儿子，我爱你”这些鬼话，尤其是在经受了火箭炮的轰炸后。

韦里斯站在高高的楼顶上睥睨整个战场，像一个指点江山的英勇将军，决定着全世界的命运。看到这一幕，小杀手恨不得揍他一顿。

去他妈的。他在心里骂了一句，抽出枪，“把你的人撤走，父亲。”他说，“现在。”

韦里斯转过身，看到小杀手握着的枪，非常高兴地说：“你做得对！”韦里斯显得非常兴奋，“离开布洛根……”

“我是个懦夫！”小杀手对他大吼，“我觉得自己很恶心！”

那所谓的父亲摇了摇头，“我对你要求太高了。”他的语气让人觉得很安心，好像很通情达理的样子，但小杀手知道，父亲又在哄他了，这只会让小杀手想一拳砸在他脸上。

“我现在也明白了，但这不代表你……”

“他不应该得到如此下场，父亲！”小杀手愤怒地说，“他们所有人都不该这样。”

“他的下场怎么样我不在乎，他必须死。”韦里斯说。他的语气还是非常沉稳，但是隐隐发力，像是在告诉小杀手不要再挑战他的耐心。

“你到底要不要把人撤回来？”小杀手追问。他的肩膀不断抽动着，像是长了第二个心脏一样，将痛苦的血液灌到全身。

“不要，”父亲说，“但是你可以。你只要开枪然后下命令就行了。”韦里斯张开双臂，左手握着一个对讲机。

什、么、鬼、话？小杀手看看韦里斯，又看看他手中的对讲机，又看看他。父亲是在叫自己开枪吗？要他杀了他吗？小杀手确实想过自己有可能会跟韦里斯搏斗一番再制服他。但是杀了韦里斯，这真的是他父亲想看到的吗？这完全不合理。

这些年来，韦里斯有过严厉、死板、固执、跋扈、暴虐甚至是不可饶恕的时候，但他做的每一件事都是可以理解的，都符合他的目的——比如说，想要小杀手杀死亨利，也是出于他扭曲的心理。那确实是很疯狂的事——整个克隆的实验都很疯狂——但小杀手也能理解父亲的用意，但现在，他完全不明白了。

韦里斯把手臂又打开了许多，好像在说：我就是你的目标，开枪吧。

“怎么样？”韦里斯说。

小杀手从来没有做过不合常理的事情，所以他现在也不会做，他把手枪塞回了皮套里。

韦里斯满脸的期待变成了失望，不过小杀手已经不在意他失望的表情了。如果韦里斯认为这样就能叫“好父亲”，哪天知道他要是想当“坏父亲”该有多可怕。

他会让韦里斯知道，一个好的士兵，就算不射杀上司也能完成任务。小杀手慢慢靠近他，伸手去拿他手中的对讲机。

韦里斯突然快速移动起来，绕到小杀手身后，用空着的手抓住小杀手的衣领，用力一拽，把他摔到铺满沙砾的地上。

“想都别想。”韦里斯说着，轻快地往后退了两步，步伐轻盈得像是在舞蹈。

小杀手用手掌撑地站了起来，努力克服肩膀上愈加剧烈的疼痛，尽量不去感受血液从伤口里缓缓流出的温热的感觉。伤口似乎裂得更大了。

“好一个慈爱的、无私的、陪伴我成长的父亲。”小杀手像是在控诉他。

韦里斯突然一个箭步向前，右勾拳打得小杀手的牙齿咯咯响。小杀手踉跄着后退了几步，但还是保持着站姿。他还没来得及举起拳头，韦里斯再一次猛扑过来，双手掐着他的脖子。小杀手也以牙还牙地箍住韦里斯的脖子。

小杀手感觉自己像抓住一捆长了骨头和肌肉的蠕动的蛇，这一捆蛇正在挣扎搏斗着要脱离他的控制。眼前这个老头的身体状态竟然这么好，而且是强壮无比——他的手指像钢筋绷带一样紧紧箍着小杀手的脖子。如果小杀手再不逃出魔爪，那他这慈祥的老父亲就要把他喉咙捏断了，可能还会把他的尸体从房顶上扔下去。

他的视线渐渐模糊了。如果他现在倒下，那韦里斯就会大获全胜，到时一切都完了。还好，小杀手还没有完全失去平衡——他松开双手，重重地踩了他父亲一脚，同时双手握拳向上猛撞父亲的前臂，逼得父亲松开了手。韦里斯向后倒退了几步，然后两个人都锁定了对方的目光。

痛吗？小杀手在心里对韦里斯说道，再对我动手，你会更痛。

只不过韦里斯没有再理会小杀手了。他冷笑一声，转过身去看向下方的街道，他想让小杀手知道自己是非常忙的，不想再浪费时间给他上课了，何况这个教训他早应该领教过。

小杀手低下头，朝韦里斯发起突袭。两人猛地倒地，把地上的碎石砸出一个浅坑。小杀手登时感觉到肩膀传来一阵火辣辣的刺痛感，他咬紧牙关，忍着不要哭出来。韦里斯在小杀手身下挣扎，他抓住了小杀手的肩膀，然后将大拇指狠狠地捅进他的创口。

小杀手一把推开韦里斯，但是他马上又扑了过来，还想抓住小杀手的肩膀。小杀手把他从身上甩出去，自己滚向另一边，用手撑着想站起来，这时，他猛然感到身侧传来一阵剧痛，整个世界瞬间消失在一阵炫目的白光中。一开始，他还以为父亲对他用了电击棒，后来才意识到是他父亲朝他的肾脏狠狠地锤了一拳。

小杀手摔向一旁，韦里斯再一次将大拇指用力戳入小杀手的肩膀伤口。创伤裂开了一个更大的口子，血液渗透了绷带，将衬衫都染红了，但小杀手还是没有流下一滴眼泪。他用力撞击韦里斯的手肘，逼他把手伸直，松开伤口。接下来，小杀手拽住韦里斯，试图敲断他的胳膊，但是韦里斯的另一只手从地上捏了一把尘土，撒到小杀手脸上。

小杀手疯狂地揉搓眼睛，心里猜测着韦里斯的位置，然后朝那边蹬了两脚，但是都蹬空了。他忍住肩膀伤口处的又一阵剧痛，往一侧滚去，再试着站起来，但是父亲马上又给了他当头一击。他的头砸在粗糙的砂土地上，脸上留下了许多伤痕。小杀手站起来，血液从头顶流到脖子后面。韦里斯再用手肘猛撞他的脸，小杀手的下巴脱节了，脑袋也失去了知觉。

小杀手慢慢恢复了清醒。他躺在地上，而他那无私奉献的慈爱的父亲正压在他的胸口上，一拳一拳地把他的脸揍得血肉模糊。

“还想……”

揍一拳。

“把你变成……”

揍一拳。

“一个男人……”

您可真是年度好父亲啊，小杀手心想。他沉下心来，寻找着心灵深处的力量。他一定会让父亲知道，自己已经是一个真正的男子汉了。

小杀手抬起两条腿，用右腿钩住韦里斯的脖子，将他吊起来扭到一边去。小杀手跌跌撞撞地站起来，看到自己刚才弄掉的冲锋枪。他一个横扫用脚把枪钩了过来，枪支在他脚背上旋转着，韦里斯冲过来，枪杆子正好一下子敲中他的脸。

韦里斯后退两步，踉跄一了下，但没有摔倒。小杀手把枪挑起来，用手接住后马上将枪口对准韦里斯。

“哦？”韦里斯说，“动手吧。你已经瞄准目标了，开枪！”

活该！小杀手心想。去死吧，这是韦里斯自己自找的——但他仍然下不了手。

为什么做不到，是什么阻止了他？

去他的！小杀手翻转枪身，又一次用枪杆敲打韦里斯的面部。韦里斯闷声倒地。小杀手把冲锋枪挂在身上，急速冲向屋顶边缘，从楼顶跳到大街上去。

那孩子一走，韦里斯就站了起来。最后一击确实让他有点儿晕了，但小杀手终究没有尽全力，在击中他之前就收了力道。这孩子连全力打他都做不到，更别说枪杀他了。看来，他作为父亲的责任还没有尽到位。

韦里斯往左边看，一名双子士兵正独自站在旁边那栋建筑的屋顶上。他穿着全套新型防弹衣，脸上的面罩比小杀手那一副夜视过滤面罩的功能更完备。这一位士兵是所有军队将领都渴望得到却不敢奢望存在的——完美战士。现在是他大展身手的最佳时机。韦里斯朝他点点头，然后探出头去看向街道。

这位面具杀手跳到屋顶的边缘，又从墙上一跃而下，动作轻松，如履平地。他跳到地上后大步流星地往前跑，脚步快得像不沾地似的。他径直走到五金店前，从外墙爬上了屋顶，没有一刻减速。

韦里斯笑了。今天晚上，所有人都要挨训—— 不过对于小杀手来说已经是第二次教训了。谁能挺过今晚，拭目以待吧。

对于格林维尔这样小的镇子而言，这一家五金店真是大得离谱了。亨利心里想着，手上已经帮丹妮缠好了止血带。他包扎得非常粗糙—— 从围裙上扯下一截布条，用螺丝刀代替固定支架，再用一段麻绳捆住加固。其实，这么大的五金店里应该有卖配备了止血套装的急救箱，但是现在已经来不及去找了。

亨利扶起丹妮，带着她一瘸一拐地从五金店后门往店铺内部走去。这家店的后门不止一个，而且还有一个卸货仓—— 是一个难守易攻的地方，他们守不住，但他们必须先找一个地方躲起来，再伺机将丹妮送去医院。当然，前提是他们还能活到那个时候，亨利知道要活下来非常难，但此前他觉得并非不可能，直到丹妮的大腿中枪。一切都变了。

亨利悄悄看一眼丹妮。他尝试过用止血带的痛苦，但是丹妮哼都没有哼一声，只是有时呼吸会骤然急促起来。

在一排摆满了花盆和泥土袋的架子角落，亨利看到一把带轮的椅子。

“休息一下。”亨利说。

他扶着丹妮坐上轮椅，然后蹲下身子，来回观察眼前这条横向走廊的左右两端。五金店好像是空的—— 他没有看到或听到其他人的动静—— 但是亨利能确定，店里绝对有其他人。如果是他来指挥，那他一定会提前安排好人手在这里守株待兔，而且他和丹妮进来的时候发出了声响，所以在这里蹲守的人肯定知道了他们的位置。可恶。

他和丹妮能不能在双子集团的大军追来以前去到卖武器的区域呢？这

里肯定不会有什么高科技武器，但应该有猎枪，猎枪能打碎人的膝盖骨——虽然有点儿血腥，但也是很有效的防御武器。他可以自己去找。

不，此时更好的做法应该是离开这里。要让丹妮活下来就只能逃出去，站在猎枪的柜台后只会死得更快。

“我们该走了。”丹妮说着，就准备站起来。

“坐好，”亨利说，“我推你走。”他按住丹妮的肩膀，推她穿过眼前的长廊。

“我们应该用商场的购物车。”丹妮轻轻地笑了出来。

“才不要，”亨利说，“我每次都拿到轮子不受控制的车，真是烦死了。”

丹妮又发出了轻颤的笑声。亨利推着她来到另一条横廊前，停下来左右察看了一番，还是没有人。他们穿过横廊，来到电线电器区域。架子上有一个塑料展示板，板上画着一个微笑的灯泡，旁边还有一个对话框写着：记得趴在地上哦！

“那牌子说的真有道理啊。”丹妮从牙缝间挤出一句话。

“你说是就是吧。”亨利推着她走到走廊正中间，这时，他们俩都听到一个微弱的声音，是橡胶鞋底在瓷砖地板上蹭了一下。

亨利把丹妮的头往下按，让丹妮完全俯下身子，然后他对着身后的架子开枪。塑料和橡胶碎片飞得到处都是，架子也轰然倒塌，同时，他听到有两个人也倒地了。亨利扭头透过架子的缝隙往后看。那两人已经跑了。他们甚至来不及开枪就暴露了——这是一个好消息；坏消息是——他把自己和丹妮的位置彻底暴露给了在场的所有人。

丹妮又一次尝试站起来，但是亨利又把她按住，这一次动作更着急了。

“你有听到他们朝这边来吗？”丹妮问道。

亨利摇摇头，“也许他们已经在这里等着我们了。”

“为什么他们还不动手？”亨利问。

丹妮耸耸肩，“可能那样太无聊了吧。”

亨利浑身冰凉。也许丹妮的本意没有听起来那么荒唐，但除了双子集团的人，没有人知道韦里斯到底想要做什么，想要利用手下的士兵达成什么目的。要生产出更优秀的士兵，可不像制造一款优质捕鼠器那么简单。亨利可以肯定，韦里斯达成目标的手段一定非常肮脏。

“亨利？”丹妮瞪大了双眼看着亨利，比起自己的伤口，她更关心亨利。她的脸色越发惨白，现在坐着都在发抖。如果她的伤口没有尽快得到护理，那亨利很可能会失去她，这一点，他们两个都心知肚明。丹妮心里一定非常害怕，但她还是表现得非常坚强，拿出了一副无所畏惧的大侠风范。

他以前要是和她搭档也挺好，亨利心想。门罗其实也不错——生前很不错，他必须纠正自己——但是有了丹妮·扎卡列夫斯基，就相当于有了一件大规模杀伤性武器。

“你还有多少发子弹？”亨利问道。

丹妮看起来有点儿惭愧，“五六发。”

“好，接下来这样。”亨利一边简短明快地说着，一边把她推到货架的一端。在这里她能透过一堆缠绕的保险丝观察下一条横廊的情况。

“你在这里守好关卡。我去探路。”

丹妮抓住亨利的手臂，力气出乎意料的大，“不好意思，不带上我，你别想走。”她卸下身上的步枪，放在地板上，然后掏出手枪。

“我不会让你一个人死的。”

亨利越发欣赏她了。她真的很了不起——像一头勇猛的狮子。

“不过你可以帮我检查一下伤口，这我倒不介意。”她说。

亨利照做了。止血带非常牢固，伤口没有再出血，但是痛感并没有减轻分毫。一定要在伤痛发展到难以忍受的地步前离开这里，他想。

“丹妮，对不起。”亨利突然向她道歉。

“对不起什么？”丹妮惊讶地问他。

“把你卷进来了。”

“当时是我先监视你的。”她轻笑。

如果丹妮没有受伤的话，亨利一定会给她一个熊抱。

“不管怎么说，是我对不起你。”亨利说着，低头看丹妮的伤口。

“我不后悔。”丹妮告诉他。

这一次轮到亨利吃惊了，“真的假的？拜托，如果再给你一次机会，回到我们在码头相遇的那天，我约你去鹈鹕岬见面，你还会去吗？”

“天啊，我才不去。”丹妮又颤笑着说，“我又不是傻子。但是我现在并不后悔当初的选择，就这么简单。”

她又笑了一下，“好了，我们先杀出一条血路，然后再去喝杯小酒吧。”

亨利脸上的笑容转瞬即逝——他听到有人打开了商店的后门，但是他不确定是他们进来的那一扇还是其他的出入口，如果刚才丹妮肯放他走的话，他可能已经找到了。亨利掐了一把丹妮的手，丹妮也掐了回去。他仔细听，预计有四五个士兵正在分头行动。丹妮猛地拽了亨利的胳膊一把，用唇语对他说“趴下”，然后从椅子上滚到地板上。这一瞬间，从三个不同的方向都射来了子弹。

商品纷纷爆裂，货架也被打成了马蜂窝，一层一层倒塌下来，在地上堆起一座座小废墟。

今天绝对是格林维尔小镇零售业的受难日。丹妮受伤的大腿抬不起来了，亨利只好一边推着她一边往后走。

店里一共有五个枪手，都在朝他们这边走来，边走边用机枪扫射眼前所有的障碍物。光是这巨大的噪音就已经让亨利痛苦不堪了，尤其是有三人集中在一起，开着枪向他们步步逼近时，简直是在摧残折磨他的耳朵、脑袋以至全身。他必须保护丹妮，他绝望地想着，然后开始还击。他必须在丹妮昏迷之前将她送去医院，必须在止血带将她的大腿勒到坏死，最后不得不截肢前让她接受治疗。

但不幸的是，他刚刚射出的子弹已经是倒数第二发了。

突然，其中一名双子士兵倒地了，血流从脖子上的枪洞不断往外冒。干得漂亮，丹妮。亨利心想。他马上找好角度把剩下的两个人瞄在一条线上。他只剩一发子弹了，怎么都要来个一箭双雕才行。亨利瞄准、发射。子弹穿透了第一个人的一只眼睛，又继续向后飞去，射穿了第二个人的一只眼。现在，他和丹妮的手枪都只能咔咔咔地响了。

亨利深呼吸一口，“你是一个很棒的搭档，丹妮。”

丹妮点点头，脸上突然一阵痛苦地抽搐。她抓住亨利的手，两人的手紧紧握在一起，看着剩下两个士兵朝他们逼近。他们停止开火了，但狙击枪还是举在手里瞄着他们。是因为亨利和丹妮都没子弹了，所以他们也没必要开枪了？还是说韦里斯下了命令要他们就这样等他到场呢？

丹妮不应该落得如此下场，亨利心想。如果这个世界真有公道正义，那她就不会在生命正要展开之际面临如此悲惨的结局。

突然，从那两名双子士兵身后传来两轮机枪连射的声音。亨利看着他们倒地，惊讶得嘴巴都合不拢了，他们死得那样突然，恐怕连自己都没反应过来吧。又过了几秒钟，亨利才意识到是小杀手把这两人杀死了。小杀手走向亨利和丹妮，递给他们弹药。谁能想到，几秒钟以前还躺在一堆破铜烂铁中等死的他们，居然又有了一线生机。

亨利接过子弹，条件反射一般马上塞到手枪里去。很好，因为他的大脑现在宛如一坨糨糊，根本没办法思考。虽然他不止一次行走在死亡边缘，但每一次受到死亡威胁之后，他还是会感到强烈的后怕。

“呃……谢谢你。”过了一会儿，亨利对小杀手说道。

“这也是我要说的。”丹妮听起来也还没恢复冷静。

小杀手满脸愧疚，“对不起，那时候我跑走了。”

“今晚我们都不容易，”亨利虚弱地笑了一声，“哪里能找……”

“你没事吧？”小杀手看着丹妮的腿，问道。

“还能蹦跶，”她说，“还有一条腿呢。”

亨利感觉到自己的心跳渐渐稳定下来了，呼吸也平缓了许多。他还有未完成的事，还有要保护的人。

“外面还有多少个？”

“我不知道。”小杀手说。

“韦里斯呢？”

“不能指挥了。”

“但是还活着？”亨利问道。

小杀手点点头，看起来很惭愧。

“行。”亨利说，“还会有人追过来的。帮我把她扶起来。”

丹妮举起双手，用力地摇摇头，“不行，我已经走不动了。你还能走吗？”她从踝套里摸出军刀。

亨利看小杀手，小杀手点点头。他们各自拿起步枪，匍匐在地上。亨利面对着商店的后门，小杀手看着他们的六点钟方向，丹妮看着三点和九点钟方向。趁着这短暂的平静间隙，亨利敲了两下枪管，小杀手正好也敲了三下枪管。他们回过头去惊讶地看着对方。

丹妮拍了他们两人的背，朝周围努努嘴：专心一点儿。亨利笑了一下，集中精力准备应付接下来闪亮登场的人。

果不其然，下一个攻击者隆重地从天而降。

商店上方传来一阵噼里乒啷的玻璃碎裂声，紧接着就是暴雨般袭来的玻璃碎片。亨利举起一只手护住自己的脸，抬头一看，一个男人背后吊着一根钢丝线从屋顶降落，一边下降一边向他们开火。亨利、丹妮和小杀手马上往三个不同方向散开。亨利看到丹妮的靴子了，她躲在工具架后面，但是小杀手消失得无影无踪。小杀手是最有可能活着逃出这里的，亨利心想。如果小杀手能帮忙，丹妮应该也能逃出去，但就算她成功逃脱了，贯穿大腿的枪眼可能也会要了她的命。

这时候，他发现这个新的追兵只冲着他一个人来。

子弹追着亨利跑了整整一条走廊，他跑到长架子的一端，停下来观察那家伙。只见他把前面的架子一一射穿，好像期待亨利会慌不择路地绕着架子跑一圈回来似的。紧接着，杀手踏着货架的废墟，朝他步步逼近，同时用机枪从左到右大范围地扫射着。亨利借着枪声的掩护，绕到他的身后，朝他的背部开枪。

杀手的五官抽动了一下，转过身看着亨利，向亨利连开几枪。亨利沿着走廊疾冲，时不时还要跳起来避开堆在脚下的货架残骸。忽然，他一脚踩到了一堆塑料碎片上，脚底板往后打滑，身子前倾，眼见着就要扑倒在地了，亨利弓起身子，在地上往前打了几个滚。子弹还在背后追着他，把水泥地板打出密密麻麻的坑洞。

身后突然停火了，亨利听见那人扔下了步枪。就在他掏手枪的短暂空隙中，亨利站起来，发现自己来到了商店的油漆涂料区。他抓起几罐小油漆，一边跑一边砸杀手。虽然亨利砸得很准，但是杀手好像一点儿也不为所动，任由油漆罐砸在他的肩膀、胸口甚至是头上。

亨利把桌子上的各种瓶瓶罐罐都扫到地上，希望能绊住杀手，但是那家伙要么就跳过它们，要么就一脚踹开这些罐子。

需要一个大一点儿的罐子，他想着，伸出手去抓架子上的大罐油漆，但是这些罐子很难抛出去，而那个家伙又对他穷追不舍。突然间，亨利听到机枪的射击声，从杀手的身后传来。杀手应声停住脚步，虽然还稍微有点儿站不稳，但马上又转身朝小杀手开枪。两个人开始对射，终于，双方都没有子弹了。

好了，哥们儿，亨利心想，让我看看你是不是只会用全自动的武器吧。

亨利马上跑回堆放油漆灌的地方，正好看到那家伙抓住小杀手的头去撞油漆罐，五加仑装的大罐子被小杀手的脑袋砸出一个坑。亨利冲过去，助跑后跳起来，双脚同时踹在那家伙身上，就像他当时在卡塔赫纳抢摩托车时那样。不过这一次，被踹的人没有像摩托车司机一样飞出去，只是稍微曲了一下膝盖，腰身向后下压到常人根本不可能维持得了的弯度，甚至都没有摔倒。亨利从他身边滑过，停在了小杀手旁。

亨利一停下来就原地滚了一圈闪避，但是速度不够快。面具杀手奋力踢出了一脚，虽然没有踢中他的头，但是踢中了他的肩胛骨。亨利的五官拧在一起，趴在地上匍匐后退，感觉肩膀的某个部位已经裂开了。他挣扎着站起来，转了转肩膀，检查看有没有受重伤。肩膀还能动，不过一动起来就撕心裂肺的痛。不只是肩膀，亨利现在觉得全身上下都痛得让他欲生欲死，但至少痛感分布得还比较均匀，还不算是最糟糕的事情。还有一个好消息——明天这些受伤的地方会加倍的痛，前提是他还能撑到明天。

亨利抽出军刀，他用余光一瞥，发现小杀手跟他做了一样的动作。面具杀手的左右手快速抽动了一下，手里一晃出现了两把刀。该死的面罩。看不清敌人的脸，这让亨利感觉自己像半个瞎子。他要靠近一点儿，把这混账东西的面罩扯下来。这面罩看起来比小杀手当时的夜视过滤面具还要高级，功能更完备。装备夜视功能还是很合理的，但是这个过滤功能就让亨利搞不懂了，难道他真的在防着催泪瓦斯吗？

亨利开始小碎步跳动，左右移动佯攻，时不时挥舞小刀在空中突刺。小杀手则佯装向前突进，又用力跺脚，配合经典的击剑动作，干扰对手，但是这个面具杀手完全没有上钩。面对两个手持刀刃的敌人，他好像一点儿也不担心——既没有显露出防御的紧张感，四肢也并不僵硬。好像小杀手和亨利两人握着的不过是橡皮捏成的玩具刀罢了。亨利决定给他一点儿颜色瞧瞧。

亨利后退几步，又向前冲刺。他看到面具杀手调整步伐站稳，一边防着小杀手，一边伸出手准备用刀子割破亨利的喉咙。不过，就在两人快撞上的最后一瞬间，亨利蹲下身子从面具杀手的手臂下滑过。亨利自从在电影里看过这一招之后，就一直很想试一试。

他们所在的这个区域没有铺设瓷砖地板，地面只是抹平了的水泥地——这可不是用这一招的最理想环境。亨利感觉到有小的水泥块飞到他裤子里，可能还刮破了一点儿皮。不过，虽然他这招不是什么正经的格斗招式——如果请一位以色列近身格斗术专家来看，他很可能会对此嗤之以鼻——亨利还是成功地划伤了面具杀手的大腿，而且自己没有受到攻击。

让亨利没想到的是，那家伙低头看着大腿的刀伤，居然一声不吭——没有痛苦的叫喊、愤怒的低吼，甚至连大气都不喘一下，好像那根本不是他的腿。亨利不禁打了个寒战，这不仅仅是让人起鸡皮疙瘩的程度了。他到底在谁的手下接受训练？是《谍网迷魂》[1]里的洗脑特工吗？还是终结者？

小杀手趁着面具杀手一时分神，晃到了他的身后。亨利知道小杀手想做什么了，于是站直身子，吸引那家伙的目光。小杀手在面具杀手身后助跑起跳，使出一招飞踢，越过地上破木板堆成的小山，双腿直直地向面具杀手捅去。然而，就在小杀手击中对手的前半秒，面具杀手居然蹲下躲开了。小杀手越过了他，那家伙趁机出腿——而且是受伤的那条腿——狠狠踢中了小杀手的后腰。

亨利不可置信地摇了摇头，不确定自己刚才看到的到底是不是幻觉。面具杀手向小杀手冲去，小杀手在地上滚了几圈，猛地往回一翻身，才恰好躲过敌人瞄准其胯部的一记重拳。

噢，原来是这种搏斗啊，亨利心想。听他这话好像搏斗还分了什么类型似的。面具杀手虽然大腿上被划了一刀，但是动作没有丝毫放缓。他还掉了一把刀，不过亨利并不认为这样会给他和小杀手带来多大的优势。小杀手一个鲤鱼打挺站起来，马上向面具杀手刺去，那家伙也同时抬起腿。就这样，小杀手还没攻击到对方，面部就被他的膝盖狠狠地顶撞了一下。

亨利向前冲刺，这一次准备使出扫堂腿，把敌人绊倒。但是亨利还没

---

[1] 1962年约翰·弗兰肯海默导演的一部政治惊悚片。

碰到面具杀手，对方就一个后空翻跳到了亨利背后，而且动作轻松自然，没有半点儿炫技的意味。他一脚又踹在了亨利的肩胛骨上。

这一脚下去，亨利的世界变成了一片惨白，他好像听到了背部的神经发出凄厉的哀号。闭嘴，亨利对那些神经细胞命令道，然后颤颤巍巍地站起来。不能再依靠油漆罐这样的工具了，他心想。也许用电动工具会比较好，如果他能找到的话。

他跌跌撞撞地跑了。不远处陈列着许多圆锯刀片。看看他能不能接住这些飞盘吧，亨利心想着，脸上露出了狡猾的笑容。

这时，他感觉到有一个巨大的硬物擦过他的头顶。他马上趴在水泥地上，手掌和膝盖都刮花了。什么东西？

亨利转过头一看，面具杀手又朝他扔了一罐大号油漆桶，亨利及时翻滚到一旁，才没有被油漆桶砸到脸。与此同时，面具杀手还在对他穷追不舍，好像杀死亨利·布洛根是他此生存在的唯一意义似的。

亨利想起了小杀手的话：**我的任务就是杀掉你。**

难道克莱·韦里斯培养了大批士兵，让他们接受训练——不，洗脑——然后专门对付他吗？

紧接着，更荒唐的一幕出现了。亨利抬起头，发现丹妮就在他面前的楼梯平台拐角处。他之前甚至没有发现那里有一层阶梯——她拖着那样的腿，是怎么爬上去的？她小脸煞白，比之前更没有血色。难道她因为失血过多疯了吗？她到底想干什么？

丹妮好像听到了亨利的疑问，开始回应他。她从扶手栏杆后朝面具杀手扔了一枚催泪瓦斯弹，就在瓦斯弹快要击中面具杀手的时候，丹妮开枪射爆了罐体。瓦斯弹瞬间爆炸，熊熊火光把面具杀手吞没了。

这是为拜伦报仇，你这王八蛋。亨利正想着，商店的消防系统就自动启动了。

如果是其他普通特工，此时肯定已经倒地等死了，但是面具杀手却不然，他竟然顶着一头火光朝亨利走了过来，顽固地坚持着要完成杀人的任务。

亨利震惊不已，绝望地扫视四周，心脏几乎要跳到嗓子眼了。他明明身处一家巨大的五金店中，却居然被人逼到墙角；明明眼前有成千上万的工具能作为武器，他却手无寸铁。

好吧，这下是真的应该退休了。不过，看样子他也活不到……

他的目光落到了一个灭火器上——灭火器可是非常有用的，不过现在恐怕更有利于对方吧。

灭火器旁边的东西也许亨利能用上。

当然也可能用不上，不过他现在要把消极的念头放到一边。至少他有武器了，至少比刚才赤手空拳好多了。他拿起那个东西，身体紧紧贴着墙壁。刚才的瓦斯弹爆炸其实是很高明的手段，如果他们面对的是普通特工，对方肯定已经倒下了。亨利决定研究一下为什么面具杀手没有中招，哪怕要因此付出生命代价。

哦，天啊，这个味道，这恶心的味道。亨利的胃里像是被螺丝锥拧过一样，喉咙深处涌起了苦涩的胆汁。他再也忍受不了了，就算面具杀手不杀他，他也要被恶心死了。

不不不，我什么也没有闻到。亨利一边自我催眠，一边离开那面墙，然后用力挥起手中的消防用斧，往面具杀手的胸口砍去。

那家伙的腿登时软了，瘫倒在地。丹妮不知怎么下的楼，坐着她的特制轮椅滑到亨利身边，小杀手也过来了。虽然地上那人的身体已经不再着火了，但是那恶心的味道却越发强烈。面具杀手还在挣扎着吸气，但依然没有发出一声呻吟，也没有哀号，甚至没有因为灼烧的痛苦而扭动身体。

室内喷水系统的水流渐渐小了。亨利看看面具杀手，又看看小杀手。

“我一定要夸夸你老爸。他实在太会训练士兵了。”他蹲下来，扯下了那人的面具。

全世界都静止了。

躺在地上的面具杀手凝视着他们，他的表情是那么茫然，好像无法理解眼前看到的一切。也许他不理解的事情还有很多，亨利心想，比如人应该具有什么样的品质，应该做什么事；比如一些需要经验和历练才能明白的道理。总之，这家伙太年轻了。虽然丹妮和小杀手在亨利的眼中也只是两个小朋友，但眼前这个人是真正意义上的孩子——估计最大也才十八岁。只不过，他长着亨利·布洛根十八岁时的脸，长着小杀手十八岁时的脸，他就是他们十八岁的模样。

亨利早有预感，像韦里斯那样的人不会只满足于创造一个克隆人的，但当他亲眼证实猜想的这一刻，心中却没有丝毫愉悦……小杀手同样不好受，他看起来像是被人用长柄大锤轰的一下砸中了脑门。什么叫“批量生产”？抽象地理解和亲眼目睹“克隆产品”胸插大斧，躺在一片血水之中的感觉是很不一样的。

欢迎来到我的世界，小杀手。亨利心想。事情只会越来越奇怪。

突然，亨利心中涌起了对小杀手和丹妮的强烈的保护欲，紧接着又因为没能护他们周全而感到愧疚和不安。亨利忍不住想，莫非普通人家的家长把摔断胳膊的孩子推进急诊室时就是这样的感受？也许亨利的母亲在费城跳进游泳池里救溺水的他时也是这种心情吧。

原来，在亨利身上看到父亲影子的人不是母亲——亨利恍然大悟——而是他自己。这种错误的观念如此根深蒂固，就连母亲也无法扭转。做出选择的从来不是别人，由始至终都是他。

所有这些杂乱的思绪，瞬息之间在他的脑海中交错。心理医生也许会夸他的自我认知有了重大突破，但此刻的他并不是一个在心理咨询室中等待诊断的病人，他身处于被枪火炮弹包围的五金店中，身边有一个因中枪即将休克的特工，还有两个克隆人，其中一个克隆人被活活烧死，胸口还插着一把大斧子。

妈的，退休第一周就发生那么多诡异事件，他肯定是史上第一人了。

丹妮弯下腰去，仔细察看面具杀手身上叫人惊骇的累累伤痕。急救护士又附体了，亨利心想。不过，就算她现在带着备用包，肯定也不会拿出药品来救助他了。

“你不觉得痛吗？”丹妮问那个克隆人。

将死之克隆人皱着眉，先看看丹妮，又看向亨利，最后看向小杀手，脸上写满“疑惑”二字。显然，韦里斯没有把他们的家族秘密泄露给他。亨利很好奇韦里斯会给他起什么名字——小杀手2.0？新一代秘密武器？

他又是怎么称呼他自己的？

他们永远不会知道了。克隆人的眼皮渐渐合上，呼吸也停了。他神态安详，仿佛自己是死在家里的床上，而不是在五金店的废墟中被火光吞没，被利斧劈胸而死。

有很长一段时间，他们谁都没有说话。亨利看着丹妮和小杀手惊骇万分的表情，心中想着，他必须照顾好他们。他必须帮他们渡过这一场劫难，让他们放下这一切，虽然他不知道到底应该怎么做。他这一生接受过许多训练，正式的非正式的数不胜数，但他从来没有学习过如何应对“你的克隆人想杀你而你先杀了他”这样的情况。

“我不知道你为什么对我这么生气。明明你才是罪魁祸首。”

小杀手转过身，看到自己那无私、慈爱、常伴左右的父亲就站在不远处，迈着轻快、随意的步伐向他们走来。他看起来好像是顺路到五金店里来买点儿工具材料的普通顾客，只是手里刚好握着一把半自动步枪罢了。

“儿子，你没事吧？”韦里斯问小杀手。

小杀手说不出话，只能看着他干瞪眼。韦里斯指望他说什么呢——没事，老爸，我只是需要一个拥抱？

但是韦里斯并没有等他回答就转向了亨利。

“你知道我从哪儿得来的灵感吗？”他说，“在海夫吉岛[1]上。”

韦里斯压下枪头，指着附近仅存的几个架子，脸上却忍不住露出了笑容，“我当时看着你挨家挨户地搜寻，就非常希望能拥有一支个个都和你一样强大的士兵队伍。你应该感到荣幸。”

亨利从鼻腔里哼出一声冷笑，“你应该去死。”

韦里斯咯咯地笑，好像亨利刚才讲了一个笑话，“当时，我们的好兄弟有的躺在棺材里被人运回老家，有的因重伤致残痛苦挣扎，我看到了，我相信你也看到了，还有战场上无数残酷的暴行。明明可以有其他更好的办法，为什么我们要接受命运的安排？”

韦里斯的眼睛盯着亨利，脚步向小杀手逐渐靠近。

“看看我们的成品。”韦里斯朝小杀手努努嘴，好像一个游戏节目主持人在炫耀他的最终大奖。小杀手恨不得扇他几巴掌，把他的脑袋拍飞。

“他是我们的结合体。难道你不觉得我们伟大的祖国应该拥有完美版本的你吗？”

“这不是完美版本的我！”亨利怒吼着。

“或他，”他朝小杀手顿了一下，“或任何人。”

“不是吗？”韦里斯低头看着死去的克隆人，面露伤心之色。

“他本来是要去也门战场的——这是完成也门任务的最佳人选。拜你所赐，现在必须换成普通人上场了。呵，那些能感受到痛苦和恐惧的俗人，那些缺点和恐怖分子一样多的平庸之辈——而不是这个已经被剔除了痛感和恐惧感的人。你告诉我，难道那样比较好吗？”

韦里斯突然想起小杀手说的一句话：你只是让科学家复制出一个人来。

不过，一个真正的“人”是有父母的，一个真正的“人”是能感受到疼痛和恐惧的。如果这个士兵连这些最基本的“人”的特质都被剥除了，

[1] 位于沙特阿拉伯和科威特交界的一座岛屿。

那还凭什么被称为“人”呢？

“你说的是‘人’，克莱，”亨利说，“你肆意玩弄他们的人性，就只是为了把他们变成最理想的士兵。”

韦里斯点头，他觉得亨利终于明白他的良苦用心了，“为什么不呢？想想我们能拯救多少家庭啊。那些父母再也不用经历丧子丧女之痛了。退休老兵也不会因为创伤后应激障碍而自杀了。又能守护世界安全，又能减少不幸的事故。我何错之有？”

“你错在伤害了他。”亨利看着地上死去的士兵，“就像你伤害小杀手那样，像你伤害我那样。你不能把人利用完就随手抛弃——你榨干他们的一切，磨灭他们的人性，最后让他们一无所有……”

“亨利……”韦里斯摇摇头，看来他的灵感缪斯还是完全没有理解他的用意，他太失望了。“这是我们做过最有人性的事。”

小杀手听不下去了。

“外面还有多少个我？”他质问韦里斯。

“没了，”韦里斯听到这个问题有点儿惊讶，“小家伙，我只创造出了一个你。”

小杀手和亨利对视了一下。他向亨利点了一下头，动作极其轻微几乎无法察觉，告诉亨利他并不相信韦里斯的鬼话，亨利也回之以相同的动作。

“他只是一件武器罢了，”韦里斯朝地上的死人甩去不屑一顾的眼神，“你，是我的儿子——我对你的爱不比其他任何父亲对他们孩子的爱少。”

亨利说得不错，小杀手掏出手枪，韦里斯应该去死。

“我没有父亲，”小杀手说，“再见，克莱……”

忽然，亨利的手握了上来，动作轻柔却很坚定，压下了小杀手的枪。小杀手错愕地看着他。亨利摇了摇头。

“我们拿他怎么办？让警察抓他吗？”小杀手感觉胸口的火山隆隆作响，马上就要爆发了，“你知道警察不敢动他，肯定也不敢查封实验室的。”

“看着我。”亨利说。

小杀手不想看，他现在什么也不想看，只想在扣动扳机时瞄准韦里斯的脸。

“看着我。”亨利的声音非常平静，甚至可以说得上温柔，小杀手照做了。

“一旦开枪，你心中从此会有一个缺口，那是未来无论如何都无法弥补的。”

小杀手看着亨利的眼睛，那双眼眸和他自己的简直一模一样，但是亨利的所见所闻远胜于他。小杀手才明白自己还有很多不知道也不理解的事情，但有一件事他可以肯定：亨利不会骗他；克莱·韦里斯则恰恰相反，他骗了小杀手一辈子，甚至连他的身世都是谎言。

“不要开枪，”亨利说，“放下吧，让我来。”

亨利的手依然覆在小杀手的手上，沉稳而又温和。他没有试图用蛮力夺过枪，而是在引导和帮助小杀手。小杀手体内的火山似乎渐渐平息了，放下了枪。

“你不会喜欢噩梦缠身的。”亨利接过小杀手的手枪，“相信我。”然后他转身面对韦里斯，扣下扳机，了结了他。

韦里斯倒下了。眉心有一个枪眼，后脑勺有一个大洞，大脑被子弹轰飞了一大块。

小杀手目瞪口呆地看着亨利，如鲠在喉，什么话也说不出，身体僵硬，动弹不得。

此时，言语已经失去了意义。亨利伸出大拇指往后指着商店后门，小杀手点点头，两人一左一右架起丹妮往外跑。

第 20 章

站在铜地咖啡馆的柜台前，珍妮·拉西特的心情已经不是愤怒一词可以形容的了，她已经在爆发的边缘。

她每天都要处理很多紧急事件，但国情局和（或）韦里斯总是只扔给她一支水枪和一桶沙子，就把她派上火场，而且很多时候，他们给她的水枪里装的是汽油，沙桶里放的还是炸药。

不过，她总能想办法把事情做得妥妥帖帖，让整个世界照常运转，哪怕她其实可以告病休息，或是把以前存下的六十四周假期一次性休完。她甚至可以直接辞职。杀人算什么！国情局，包括双子集团，这群可悲的人中有哪个不擅长杀人？但是她偏不，她就是要来上班，一周七天全年无休。能干又可靠的老干部珍妮·拉西特，就像国情局这个深水池里的救生员，保护着所有池中人的生命安全。

有没有人感激她呢？感激个屁！在局里工作这些年，别人对她最接近感激的一次是——呃，她根本不记得有过这样的时候。这份工作早就把她的生命蚕食得干干净净，她得到的回报就是便秘、牙龈炎和高血压，还有在“男子俱乐部”中工作的无止境的“快乐”，而且要以克莱·韦里斯马首是瞻。

所以，看在她每天要经历这些糟心事的分上，早上喝一杯拿铁真的不过分吧？她等那杯豆奶拿铁已经十分钟了——十分钟！已经打乱了她今天的计划。虽然对她来说，一杯拿铁的钱算不上什么，大不了就去别的地方买，那个傻子咖啡师等不到她自然会悄悄把拿铁喝掉的。

可是她就是不愿意去其他地方。确实，铜地咖啡馆里聚集了很多烦人的时髦小年轻，但是她并不是那么介意，因为这里的咖啡真的很好喝，而且豆奶永远不会缺货，最重要的是，这是距离她办公室最近的咖啡店。但是算上今天，她已经连续三天在这里排很长时间的队了，此时她已经快迟到了。

每次她去催咖啡，店员就会告诉她店里人手不够，造成不便非常抱歉。不便？他们完全不知道对她来说“不便”意味着什么。妈的，这是咖啡啊！她每天就指着这杯咖啡来帮她打起精神，才能处理各种像是被别人越解越乱的毛线一样的复杂事态。做一杯该死的咖啡到底有多难？又不是让他们去造火箭！真是无语，搞得像在政府机关办事一样。

“喂！”她看到咖啡师又开始做别人的单了。

“你好？”咖啡师抬起头，脸上挂着标准的职业笑容。

“我的咖啡呢？”

“马上就做！”咖啡师用高昂的职业语调振奋地回复她，手上又递给别人一杯咖啡。

“马上？什么时候做？”拉西特质问道。

这一下，咖啡师的笑容有点儿凝固了，“您前面还有几个人，等做完他们的就……”

“我的天啊！”拉西特生气地转身走了。真是没救了，她心想，如果自己还要接着等，那还不如坐着等。她往自己平时的座位走了两步，愣住了。

有一个女人—— 一个贱人—— 坐在她的座位上，靠在她的窗边，看着她的萨凡纳街景。店里早上的常客都知道那是她的位置。这个贱人看来是不认识她？

接下来，那个女人回过头，拉西特才明白。

“惊不惊喜—— 我活下来了。”丹妮特工向她绽放了一个功率高达一千瓦的无敌灿烂笑容，发射出没有便秘、没有牙龈炎和高血压的人才有的美丽光芒，“真是不好意思啊。”

戴尔·帕特森觉得，DC 酒吧的酒保最大的优点就是会察言观色。他们总是能看出来你现在不想讨论什么比赛，不想抱怨你的孩子、前任或是工作（当然戴尔不会告诉他们自己的工作是什么）。他们只会静静地给你倒酒，确保你的杯子不是空的，至于你怎么沉沦那是你自己的事情。独自沉沦是一个非常痛苦的过程。DC 的酒保当然知道要保持距离，给你足够的空间去重新振作。

眼前突然出现一罐可口可乐时，帕特森以为自己开始出现幻觉了——一定是因为自己太罪恶、太歉疚了，所以内心的良知才总是选在他最失魂落魄的时候造出幻影。帕特森闭上眼睛。你迟到了，而且我付的酒钱也不止买一罐可乐啊，他对自己的良心说，好了，快消失吧，下次没我允许不要再冒出来了。

他睁开眼，却发现那一罐可乐还在，而在他身边落座的不是别人，正是亨利·布洛根！这不是幻觉—— 就算帕特森内心愧疚得恨不得钻进地缝中，也造不出这么强大的幻影。

“你没那么傻吧。”亨利说着，把帕特森面前的威士忌挪到自己面前。

帕特森自嘲般冷笑一声，“没想到你还会为我着想。”

“确实，你手下的特工追杀过我，”亨利轻轻笑起来，“但那也不代表我就想看到你酗酒。”

对，眼前人正是亨利，如假包换，帕特森想着，心情更差了。这是一个多么正直要强的人啊，帕特森知道亨利生来就是如此。他完全不明白国情局为什么会对亨利这样好的人下手，但他相信参与其中的所有人一定都会下地狱，包括他自己。

“双子集团的实验室被拆了，”帕特森说，“克隆计划已经停止了。”

“小杀手呢？”亨利语气轻松，但帕特森听得出来，无论他怎么回答，他们之间都还有很多问题需要解决。

“他很安全，”帕特森说，“永远都不会有人能打扰到他。我们也确认过，除了他没有其他克隆人了。”

亨利点点头，“那你呢？”

帕特森低头不语，他很想让亨利不要再这么关心他了。

“内务部准备指控我。不过如果我供出珍妮，可以从轻处理。”

“她活该。”亨利说。

帕特森闷闷地点了一下头。他刚准备说话，深思一番，决定还是说点儿别的吧，直到最后都没有开口。他深吸一口气。

“真的对不起，亨利。”他好不容易开口又后悔地皱起眉头。这句话真是弱爆了。

出乎意料的是，亨利向他伸出了手，“保重，戴尔。”

可恶，亨利这是准备用自己的风度把他彻底击溃吗？戴尔想着，握住了亨利的手，“你也是。”他又伸出另一只手握了上去，“呃，还有，退休快乐。”

第21章

坐在城市大学校园中的一张长椅上，亨利忍不住感慨，短短六个月，仿佛经历了沧海桑田般的变换。

这是哪首歌的歌词？这句话太理智、太现实了，没有普通的歌词那么戏剧化，好在人们不是依靠歌曲活着的。疗伤是需要时间的，骨头要重连，伤口要愈合，瘀青要褪去，恐惧要潜伏。人不可能在二十四小时内就脱胎换骨，哪怕是六个月时间都不能完全康复，但至少这是一个好的开始。

还有一个好的开始——亨利手上拿着一本护照，上面印着一个名字：杰克逊·韦里斯。亨利开始颇感意外，没想到那孩子居然会留下韦里斯的姓。后来一想，倒也没什么意外的，毕竟韦里斯不是地球上唯一一位不称职的父亲。亨利认为，每个人碰到不称职父亲的概率是百分之五十左右，当然，他希望自己没有低估这个概率。他自己的父亲就足够差劲的了，但是这也不影响他走自己的路，他永远是亨利·布洛根。他就是他，不是他父亲，杰克逊·韦里斯也不是克莱·韦里斯。

正如那个男人所言，一个名字有什么意义呢？答案也许就和“生命有什么意义”一样——全在于你赋予了它什么。

算了，越想越沉重。亨利及时刹车，把护照和其他纸质文件塞回到牛皮纸袋中。可能是受了环境的影响吧，在大学校园里就总是想思考一下问题，虽然这一所城市大学并不是什么象牙塔。不过，自从在布达佩斯见识过知识的力量后，亨利对受过高等教育的人更加敬佩了。他希望小杀手——哦。不对，是杰克逊——也能好好上学。

“嘿！”身后传来一个熟悉的声音。

“你好啊。”亨利和在身旁坐下的丹妮打招呼，“好久不见。恭喜你升职了。我听说国情局给你派了一个大单子，你能搞定吗？”

“经历了你那些事，”丹妮大笑，“我觉得我没什么搞不定的了。”

亨利注意到，丹妮的眼角多了几条皱纹，有的是笑纹，有的却是忧愁所致。亨利想起了老友杰克·威尔斯，不过他相信，丹妮最后一定不会像杰克那样悲惨。

“你呢？”丹妮问，“你最近怎么样？”

“刚从卡塔赫纳回来，”他说，“把拜伦的遗产都安置好了，也把他的骨灰撒在了加勒比海里。我现在只想为这个世界做点儿好事，你懂吗？我得想想怎么做。”

丹妮拍拍他的胳膊，“你可以的。最近睡眠怎么样？”她脸上笑着，语气却变得严肃了，眼角的皱纹又堆了起来。

“好多了。”亨利诚恳地回答。

“不做噩梦了？”

“最近没有了，”亨利说，“而且我也不怕照镜子了。”

亨利忽然觉得有点儿不自在。要是被丹妮发现了，她肯定会说：“都一起经历这么多事情了，有什么就说什么，不用觉得不自在。”确实，她说得没错，但是有几件事情他还是觉得不好意思说出口，无论他们关系有多密切，他都没办法敞开心胸。

亨利还在想要怎么转移话题，新的话题就自己出现了。

“说到镜子……”他的视线停留在丹妮后方，脸上露出了笑容。

丹妮转过身，看到了小杀手——啊不对，是杰克逊——和几个朋友一起朝这边走来，一个男孩和两个女孩子。那三人似乎要去别的地方了。他们停下来说了几句话，可能是在商量待会儿去哪里会合吧。多么平凡的一个场景，却让亨利顿时喉咙发紧，泪水盈眶。他不是一个喜欢剖析情感的人，但他很肯定自己最近的情绪有了很大变化。大部分是向好的方向发展的，但是他就连这些好的情感也适应不来。

当亨利的情绪变得浓烈时，童年在深水池底手脚并用地挣扎求生的记忆就会在他脑海中涌现。亨利的父亲当年把他丢进泳池中，只是因为他觉得游泳非常简单而已。如果那个男人能体会到亨利的感受，他可能也会沉溺其中。

小杀手——哦不，杰克逊，亨利必须时刻牢记他现在是杰克逊了——跟他的朋友挥手告别，然后走向亨利和丹妮。亨利刚站起来，那孩子就迫不及待给他一个热情的熊抱，然后也紧紧地抱住了丹妮。他的动作如此轻松自然，完全没有觉得尴尬。亨利等他抱完，举起了手中的信封。

“这是什么？”杰克逊问道。

“这是给你的。”亨利说，“你的出生证、社保卡和护照。还有，你的信用报告。不看不知道，你的个人信用等级还挺高的嘛。对了，我喜欢你的名字。”

“谢谢。杰克逊是我妈妈的名字。”他说得好像亨利不认识她似的。

“真不好意思，我才是杰克逊的第一个儿子。”亨利毫不逊色地反击。

杰克逊翻了个白眼，“是的，是的。”

亨利装出一副生气的样子，“你别跟我‘是的，是的’了，小伙子，没大没小，我可是准备请你吃饭的。”他走在前面，带丹妮和杰克逊往他最喜欢的餐厅走去。

“出学校再走一个半街区就到了。你会很喜欢的。”

全新登场的杰克逊·韦里斯感觉自己的脑袋每天都是晕乎乎的，读书可比执行任务要难多了。他感觉自己每天都要记住一百件事情——待会儿在哪里和朋友见面；怎么抢到他想听的课；教室在什么地方；哪一天、几点钟上课；课本清单放到哪里去了……现在，他手上还多了一个装满了自己的资料的牛皮信封。

普通人都是怎么记事情的？可能是用手机记住的吧。他们把所有东西都输入到手机里面，所以才总是在找手机，离开一秒都不行。那他们一开始又是怎么记住要随身携带手机的呢？又是怎么记住自己刚才把手机放在哪里的呢？他不知道自己到底能不能适应这所谓的平凡生活。有时候，他只能记住自己的名字叫杰克逊·韦里斯，不叫小杀手，除此之外他什么都不记得。

“对了，”丹妮用手肘撞了一下他的肋骨，“你决定选哪个专业了吗？”

这个问题他知道怎么回答，“我想选机械工程。”

“机械工程？”丹妮盯着他，好像他刚才说了什么疯话似的。

“不敢相信，对吧？”亨利说着，转向杰克逊，脸上也是同样的震惊，“你得听丹妮的。如果我是你——某种程度上，我还真就是你——我就选计算机科学。”

“我的天啊，不行，”丹妮说完，又想帮亨利挽回一点儿面子，“等到研究生再学吧。你应该从人文学科开始……”

“不行，等等……你别听丹妮的。”亨利说。

“别理亨利，”丹妮飞快地说着，“你应该先学古代经典打好基础……”

事情好像有点儿不受控制了。

“呃，你们……”杰克逊说。

“不好意思，”亨利对丹妮说，“我现在是在跟我自己说话……”

“可以啊，那你自言自语吧，”丹妮毫不示弱，“别去打扰他……”

“你们……”杰克逊又努力尝试了一下。

“我年轻的时候做过很多错误的决定。”亨利说。

“所以现在你应该让他自己去做那些错误的决定。”丹妮不让分毫。

杰克逊站在了原地。丹妮和亨利还在激烈地辩论着，过了好几秒才意识到不对劲，他们转过头疑惑地看着杰克逊。

“你们都给我冷静！”杰克逊命令道，亨利和丹妮可没想到会有这一招。“我能搞定的。”杰克逊补充了一句，这一次的语气缓和多了。

亨利露出了大白牙笑着，“好吧，如果你能搞定，那我支持你。”

丹妮举起两只手，做出“OK”的动作。他们三人都笑了。杰克逊还在笑着，但是他很想去抱一下亨利，告诉亨利他刚才说出了自己此时很想听到也非常需要听到的话。在亨利说出口以前，他从没想过原来自己还需要听到这些支持、关心他的话。

亨利是怎么猜到的呢？也许是因为他和亨利从某种程度上说都是彼此的一部分吧。也有可能是因为他们早已成为了一家人。彼此关心、守望相助的一家人——不是因为他们中有谁想要得到什么，而是因为人就是需要付出真心去相互关照、相互帮助和爱护的。

有那么一瞬间，杰克逊有一股冲动想要把内心的想法通通告诉亨利，想要感谢亨利给了他一直以来渴望拥有的支持和关爱，正是因为他的这些话，杰克逊才领悟到自己想要的到底是什么。但杰克逊也知道亨利不是一个喜欢畅聊感情的人，这并不是因为亨利的内心很压抑或者很封闭，只因为他是亨利。跟别人大聊自己的情感和想法不是亨利会做的事，从前如此，往后亦是如此。就算要聊，他的话也不会这么多。

但是没关系。之前发生的那些事已经让杰克逊非常警惕那些整天喊着说爱他的人了。越是高喊口号摇旗呐喊的人，说话越是不可信。

他看着亨利，叹了口气，摇摇头。

“你干吗？”亨利问。

杰克逊又叹气，“我只是不敢相信，三十年后我会长得……”他朝亨利努努嘴，“和你一样。”

“你在说笑吗？”亨利双手握拳靠在腰间，摆出一副气呼呼的架势，“你知道自己有多幸运吗，小伙子。你感恩戴德还来不及呢！”

三人放声大笑，又继续往前走。

“好了，告诉你们，首先，”亨利用一种高亢夸张的语气说着，“我每天都在健身——每一天。没事，你们可以开始笑了，我就看你们五十岁的时候屁股会变得多大。”

“你是说五十一岁吧。”丹妮插了一句。

“大人说话小丫头别插嘴，不然我要禁你的足了。”亨利说着还冲她伸出手指指指点点，“好，第二点呢——注意了，这一点非常重要——我每天刷牙，用牙线，而且还漂过牙，所以我的牙齿比珍珠还白。我没有一颗蛀牙，宝贝们，一颗都没有。”

好吧，杰克逊·韦里斯心想，这新生活还得花一段时间才能适应了，但他知道自己一定会非常享受这段时光。